LYLA SAGE

Tradução
DANDARA MORENA

Copyright © 2024 by Lyla Sage

A Editora Paralela é uma divisão da Editora Schwarcz S.A.

Grafia atualizada segundo o Acordo Ortográfico da Língua Portuguesa de 1990, que entrou em vigor no Brasil em 2009.

TÍTULO ORIGINAL Swift and Saddled
CAPA E ILUSTRAÇÃO DE CAPA Austin Drake
PREPARAÇÃO Marina Saraiva
REVISÃO Natália Mori e Marise Leal

Dados Internacionais de Catalogação na Publicação (CIP)
(Câmara Brasileira do Livro, SP, Brasil)

Sage, Lyla
  Toda pra mim / Lyla Sage ; tradução Dandara Morena. — 1ª ed. — São Paulo : Paralela, 2025. — (Rebel Blue Ranch ; 2)

  Título original: Swift and Saddled
  ISBN 978-85-8439-443-2

  1. Ficção norte-americana I. Título. II. Série.

24-228501   CDD-813

Índice para catálogo sistemático:
1. Ficção : Literatura norte-americana   813

Cibele Maria Dias – Bibliotecária – CRB-8/9427

Todos os direitos desta edição reservados à
EDITORA SCHWARCZ S.A.
Rua Bandeira Paulista, 702, cj. 32
04532-002 — São Paulo — SP
Telefone: (11) 3707-3500
editoraparalela.com.br
atendimentoaoleitor@editoraparalela.com.br
facebook.com/editoraparalela
instagram.com/editoraparalela
x.com/editoraparalela

Este livro só poderia ser dedicado a você, querido leitor, por correr ao meu lado enquanto persigo meus sonhos.

E para Corrine, o "meu bem" de Leo.

*Nossos pores do sol cintilam com cor,
E, no amanhecer perolado da manhã,
O aroma pungente de sálvia flutua,
Numa brisa que nasce na montanha.*
Juanita Leach, poeta caubói dos anos 1940,
"Essa terra esquecida por Deus"

Um

ADA

Já conheci muitos mentirosos, mas nenhum tão grande quanto o Google. Não estou tentando desqualificá-lo, mas querendo chamar atenção para as suas imprecisões mais irritantes. Nesse caso, me dizer que o bar no qual estava sentada — porque era o único estabelecimento na cidadezinha de Meadowlark, Wyoming, aberto depois das dez numa noite de domingo — servia comida.

Não servia.

O gráfico estúpido de horários de pico do Google também me disse que o Bota do Diabo — não tenho certeza de que o nome do bar realmente seja esse, já que não há placa em lugar nenhum que indique isso — não estava cheio.

Estava.

Não insanamente cheio, mas o bastante para, no mínimo, ganhar uma designação "mais movimentado do que o normal" no Google.

Também tinha um grupo de homens velhos muitos ruidosos no bar. O Google não poderia ter me dito isso, mas, se tivesse alguma imagem desse lugar no perfil da empresa, eu provavelmente teria deduzido sozinha.

E evitado o Bota do Diabo completamente.

Google idiota.

O lugar era igualzinho à imagem que eu tinha de um bar de cidade pequena. Tocava country clássico num jukebox, o odor era de cigarro velho, e havia uma quantidade excessiva de letreiros de neon nas paredes, além de manchas no chão nas quais minhas botas grudavam enquanto eu andava.

Não sou esnobe. Não tenho nada contra um bom bar clássico. Só não achei que acabaria sentada num. Não hoje.

Quando saí de San Francisco no dia anterior e iniciei o caminho até Wyoming, um bar teria sido o último lugar que eu me veria visitando na véspera de começar o maior trabalho da minha carreira.

Só que eu estava com fome, e não tinha wi-fi bom no hotel pequeno e estranhamente pitoresco em que eu me hospedaria essa noite, então saí em busca de alimento e de acesso à internet, mas só achei um dos dois. Que tipo de bar de esquina não tem comida, mas tem bom wi-fi?

Do tipo que tinha um barman muito alto e gato que ficou com pena de mim quando perguntei da comida e pegou um pacote de Doritos de trás do balcão e me entregou junto com meu uísque e minha coca zero. Não questionei por quanto tempo o salgadinho tinha ficado guardado ali — não queria saber —, mas dava para ter uma ideia, já que as tortillas estavam quase moles. O gosto fazia parecer que o saco estava aberto já fazia algum tempo, embora ainda estivesse lacrado.

Então escolhi uma mesa alta no canto para ficar. Na parede atrás dela, havia um letreiro de neon de um caubói montado numa garrafa de cerveja como se fosse um touro. O ridículo disso fez os cantos da minha boca se curvarem, e gostei da sensação.

Sendo sincera, eu não sabia se comer os Doritos tão idosos que provavelmente poderiam descer pela frente no ônibus era melhor do que não comer nada, mas ali estava eu, comendo tudo.

Limpei as migalhas de queijo nacho dos dedos para não sujar a tela do meu iPad. Eu tinha aberto os e-mails trocados com Weston Ryder, checando de novo a hora em que eu deveria chegar ao Rancho Rebel Blue na manhã seguinte e garantindo que eu tivesse o mapa baixado no celular, só por segurança.

Essa era eu, Ada Hart, sempre preparada.

Não sabia muito sobre o Rebel Blue, só o que a Teddy havia me contado nos últimos meses. Eu a conheci no primeiro ano da faculdade. Estudamos juntas no Colorado — no meu primeiro ano, pelo menos. Depois disso, acabei pedindo transferência para ficar mais perto de casa.

Voltar para casa era agora uma decisão da qual eu me arrependia profundamente, porque isso havia me levado ao que seria para sempre conhecido por mim como o "incidente", também conhecido pelos outros como meu casamento.

Balancei a cabeça para afastar os pensamentos *disso* e *dele*.

Depois que saí de Denver, mantive contato com a Teddy — na maior parte pelas redes sociais — e estava grata por isso. Ela que me indicou para Weston, que eu acreditava ser o dono de Rebel Blue, mas não tinha certeza. Ao jogar no Google — de novo, estúpido Google —, só aparecia a informação de que era um rancho de gado e que tinha quase oitenta mil acres.

Acho que podia ter perguntado pra Teddy, mas não quis perturbá-la. Ela já tinha feito muito por mim.

Eu não conseguia visualizar oitenta mil acres. *Enorme pra cacete* era no que eu estava pensando quando ouvi um dos homens velhos perturbar o barman.

— Que tipo de bar fica sem gelo? — grunhiu ele, incrédulo.

— O tipo que tem um monte de homem velho miserável que bebe uísque igual água — rebateu o garçom. Olhei para eles. O barman estava com um sorrisinho no rosto, então ele não devia estar muito irritado com os ataques. — Gus está trazendo um pouco, então faça essa bebida durar mais dez minutos. — Ele apontou para o copo na frente do homem, que bufou de volta.

Senti meu celular vibrar na mesa e o peguei.

> **TEDDY**
> Oi! Chegou bem?

> **ADA**
> Sim, só tô fazendo algumas preparações pra amanhã.

> **TEDDY**
> MARAVILHA.

> Vai ser muito divertido.

> Vou passar aí esta semana.

> Mal posso esperar pra te ver brilhar!

Vi que também tinha recebido uma mensagem do meu parceiro de negócios, Evan — o empreiteiro —, e uma da minha mãe, que com certeza dizia que eu estava desperdiçando meu tempo em Wyoming.

Talvez estivesse, mas, por algum motivo, achava que não.

Deslizei o celular de volta para a mesa e o virei com a tela para baixo. Precisava focar. Durante os últimos quatro meses, eu tinha trocado centenas de e-mails com Weston.

Discutimos sua visão para o projeto, decidimos o cronograma, a equipe e os custos. As pessoas sempre achavam que derrubar paredes era o primeiro passo, mas na verdade era o trecentésimo passo. Eu estava repassando o passo um até o passo 299 quando uma bola gigante de pelo branco apareceu nos meus pés.

— Waylon! Caramba! — Ouvi o barman gritar.

Presumi que Waylon fosse o cachorro que estava sentado aos meus pés me encarando com a língua pendurada e um olhar desvairado.

Um anjo.

Eu me abaixei e dei uma coçadinha na sua cabeça macia e peluda. Uau, poucas horas em Meadowlark, e esse lugar já arrancava sorrisos de mim em velocidade recorde.

— Tá de brincadeira? — Escutei o barman reclamar. — Quem traz o cachorro pra um bar?

Ergui o olhar bem quando um homem passou pela porta. *Caramba. O que estão colocando na água de Meadowlark?*

Eu conseguia ver que ele não era tão alto quanto o barman, mas quase. Sua camisa de flanela aberta cobria uma camiseta branca grudada no peito. Meus olhos deslizaram de cima a baixo, até chegarem em suas botas de caubói desgastadas.

Talvez fosse porque fiquei por muito tempo rodeada de caras de tecnologia vestidos de colete de nylon, mas esse homem estava causando algo em mim.

De cara apostei que ele tinha mãos ásperas. Mãos de trabalhador. E por uma fração de segundo imaginei qual seria a sensação se ele as arrastasse por meu corpo.

Não. Não. De jeito nenhum, não.

Você não *vai começar.*

Não estava disposta a fantasiar com o caubói misterioso

13

num barzinho escuro de esquina — por mais gato que ele fosse.

Estava ali para *trabalhar*.

Fui trazida de volta à realidade por meu novo amigo peludo lambendo minhas mãos — devia estar sentindo o gosto dos Doritos idosos.

Não consegui deixar de ouvir a conversa entre o barman e o caubói. Escutar conversa alheia era um dos meus hobbies favoritos.

— Que tipo de bar fica sem gelo? — soltou o caubói para o barman.

O grupo de homens velhos gritou em concordância.

— Cadê seu irmão? — perguntou o barman.

— Ocupado. — O caubói deu de ombros.

— Cadê meu gelo?

— Caminhão.

— Você não podia trazer?

— Achei que você podia fazer essa parte.

O barman balançou negativamente a cabeça, mas saiu de trás do balcão e passou pela porta. Era óbvio que havia algum tipo de laço entre aqueles dois. Não deviam ser irmãos — não se pareciam —, mas com certeza tinha alguma coisa.

Não irmãos, mas, sem dúvida, amigos.

— Pega seu cachorro — pediu o barman enquanto saía.

— Por favor.

Os olhos do caubói começaram a vasculhar o bar, provavelmente procurando o cachorro, mas pararam bem em mim. Cuja mão estava recebendo uma lambida completa. E que o encarava descarada e ousadamente.

Deveria ter desviado o olhar, mas não o fiz.

Não conseguia ver de que cor eram seus olhos, e queria saber.

Nós nos encaramos por muito mais tempo do que era aceitável socialmente, e ele me lançou um sorrisinho que insinuou uma covinha em cada lado do seu rosto.

Ah, não, covinhas não.

Deveriam ser ilegais.

Ou, pelo menos, requerer algum tipo de aviso antes de aparecerem na frente das pessoas.

Aviso: Covinhas podem aparecer e causar excitação.

Parecia que ele ia vir em minha direção, mas nossa troca de olhares estranha e intensa foi interrompida pelo barman colocando um cubo de gelo nas costas do caubói.

Ele emitiu um som tão pouco viril que me fez rir. Todo mundo é gostoso e fodão até ter um cubo de gelo por dentro da camiseta.

— Brooks! Que merda é essa?! — exclamou ele, fazendo uma espécie de dancinha enquanto tentava tirar. Foi fofo.

Muito fofo.

O barman — Brooks — apenas riu enquanto voltava para trás do balcão segurando um saco de gelo, e disse:

— Pega seu cachorro e deixo você ficar para uma bebida.

O caubói arrumou a camisa e passou a mão pelo cabelo castanho-claro.

— Tá.

Ele deu um passo em minha direção, com seu olhar implacável de novo. Por que ele estava se aproximando de mim?

Uma língua quente lambeu minha mão de novo.

Ah. O cachorro. Verdade.

Abaixei o rosto, interrompendo o olhar. Eu tinha que fazer isso. Não poderia ser responsabilizada por qualquer coisa que acontecesse se continuássemos nos olhando por mais tempo. Tinha algo nisso — a confiança que isso comunicava — que dava uma sensação eletrizante.

— Desculpa por ele. — Sua voz estava próxima de mim agora. Meu companheiro felpudo balançou o rabo quando os passos do tutor se aproximaram. — Ele tem uma queda por mulheres bonitas.

Ergui os olhos, e mais um sorriso foi arrancado de mim, mas aquele era direcionado para o homem que estava agora a menos de dois passos de mim.

— Essa cantada já funcionou pra você? — perguntei com uma risada. Minha voz parecia estranha, não muito confortável. Igual à primeira fala de uma pessoa que acabou de acordar.

— Me diz você — respondeu. Seus olhos brilhavam. E eram verdes. *Muito* verdes.

— Nada mal — comentei —, mas acho que o jeito de dar a cantada pode melhorar.

As covinhas apareceram mais uma vez.

— Como?

— Você tem que ser sincero — falei.

Sua expressão mudou. Ele parecia confuso.

— Claro que fui sincero.

Hum. Ele era muito convincente. Talvez se eu tivesse tido experiências melhores com homens, teria acreditado nele.

— Ei. — A voz de Brooks cortou nossa conversa, e o caubói olhou para ele. — Garrafa ou dose?

Em vez de responder, o caubói olhou para a minha mesa — o iPad deve ter deixado claro que eu estava trabalhando em algo, porque, em vez de tentar se sentar, ele olhou para o cão e falou:

— Vamos deixar essa mulher linda trabalhar, Waylon.

— O cachorro obedeceu e foi até o tutor, cujos olhos estavam voltados para mim. — Vou estar no balcão quando você acabar, se quiser companhia.

Calma. Ele não vai me pressionar? Tentar invadir meu espaço? Apenas vai... me deixar trabalhar?

Caramba. Talvez os homens fossem fabricados de forma diferente em Meadowlark.

O caubói me deu um último sorriso com covinhas antes de voltar para o balcão. Meu novo amigo, Waylon, o seguiu.

Eu o observei se afastar, e me esforcei para desviar o olhar das suas costas.

Tentando voltar para a tarefa, balancei a cabeça um pouco — como se estivesse tentando sacudir cada pensamento sobre aquele desconhecido atraente.

Foi bom ser notada por ele — ser o objeto do seu olhar. Depois do meu divórcio, minha autoestima tinha ficado bem baixa. Até mesmo naquele momento, mais de um ano depois, não estava ótima.

Então eu não podia negar que gostava de ter alguém me olhando como se eu fosse a única pessoa do lugar.

Meu ex-marido nunca havia me olhado daquele jeito.

Bem, *essa* era uma linha de pensamento com a qual não ia lidar hoje. Tratei de afastá-la e voltei para meu iPad, no qual notei um novo e-mail do dono de Rebel Blue.

Ada,
Espero que a viagem tenha sido boa e que tudo tenha ocorrido sem problemas. Estou empolgado para conhecê-la e começarmos amanhã.
Abraços,
WR
Enviado do celular

Dois

ADA

Olhei a hora: dez e trinta e dois da noite. Passaram duas horas desde que havia chegado ao bar. Eu ia encontrar Weston às nove e meia da manhã, então precisava voltar logo para meu hotel. Voltei a repassar meu trabalho, certificando-me de que não estava deixando de lado nenhum arquivo ou informação importante que precisava revisar com Weston no dia seguinte.

Depois que me ocupei da tarefa, foi mais fácil não pensar no caubói sentado no balcão, mas não consegui me livrar totalmente do pensamento. Toda vez que eu erguia o olhar, os olhos dele estavam em mim. Várias vezes trocamos olhares por um segundo longo demais, e então eu voltava ao trabalho.

Era um ciclo aparentemente inofensivo, mas que me deixava excitada.

Não sabia bem por quê, mas estava... atraída por ele. A maneira como ele brincava com o barman, o fato de os homens velhos no bar darem tapinhas ocasionais nas suas costas, e o modo como ele mantinha a mão no cachorro... Tudo isso me fazia imaginar quem era esse homem e como ele era à luz do dia.

Estava curiosa.

Foi por isso que fiz o que fiz.

Pelo menos é o que diria a mim mesma mais tarde.

Terminei meu trabalho, juntei minhas coisas e as enfiei na bolsa. Não precisava erguer a cabeça para saber que os olhos dele ainda estavam em mim, mas o fitei mesmo assim — bem quando ele dava um gole de cerveja.

Ficamos nos encarando de novo enquanto eu me levantava. Seus olhos me seguiram, e torci para que seu corpo também me seguisse. Não sabia o que tinha dado em mim, mas não queria lutar contra isso.

Quebrei o contato visual quando me aproximei da saída, mas, enquanto caminhava, podia sentir os olhos dele nas minhas costas. Em vez de sair, virei no corredor antes da porta.

Ada, que porra você está fazendo?

Está mesmo convidando um estranho para segui-la por um corredor escuro de um bar sujo? É isso que está fazendo?

Sim, era isso o que eu estava fazendo.

Parei quando cheguei a uma porta no meio do corredor e me encostei nela. Esperei para ver se ele viria até mim.

Ele veio.

Sua sombra apareceu na entrada do corredor, e meu coração acelerou no peito como se estivesse tentando fugir.

Eu podia sentir seus passos enquanto se aproximava, porque, conforme vinha na minha direção, o mundo que eu conhecia estava tremendo e desmoronando para abrir caminho para ele.

Para algo novo.

Ele parou a alguns passos de mim, e seus olhos verdes cortaram a escuridão. Estavam ardentes enquanto me embeveciam, mas também estavam preocupados, talvez?

Então éramos dois.

— Você está bem? — perguntou o estranho, sem desviar

o olhar. Ele estava perto agora, então tive que inclinar o pescoço para encará-lo.

Dei um passo na direção dele e assenti. Não confiava na minha voz. Ela me entregaria. Diria a ele que eu não estava bem, e aquele transe em que nós dois estávamos se desfaria. Não queria isso. Queria algo novo. Queria ele: o homem que me olhava como se eu fosse digna de ser olhada.

— Tem certeza de que...

Eu o interrompi quando segurei a gola da camiseta dele, fiquei na ponta dos pés e puxei sua boca para a minha.

Ele ficou imóvel, atônito, mas apenas por um segundo antes de levar uma mão para segurar meu rosto e a outra para se entrelaçar no meu cabelo.

Disso, pensei. *Preciso disso*. A mão em meu rosto era áspera, bem do jeito que imaginei que seria, mas ele era suave — como se estivesse saboreando o momento.

Minha boca se moveu contra a sua, e ele arrastou a mão que estava no meu rosto pela lateral do meu corpo para apertar meu quadril. Sua mão deixou um rastro de eletricidade para trás. Era como se eu pudesse sentir o ar crepitando ao meu redor.

Eu precisava ficar mais perto dele.

Soltei a bolsa e envolvi o pescoço dele com minhas mãos, enquanto ele me empurrava contra a porta com uma força deliciosa. Pensei que minha cabeça fosse bater na porta, mas a mão que estava no meu cabelo a protegeu, garantindo que não a atingisse. Em seguida ele usou essa mão para agarrar as minhas e prendê-las acima da minha cabeça.

Nossos corpos estavam excitados e nossas línguas se entrelaçavam. Quando ele mordiscou gentilmente meu lábio inferior, não consegui evitar um gemido e torci para que o som fosse abafado pelo jukebox.

Sua outra mão saiu do meu quadril para minha bunda, e ele deslizou a mão para o bolso de trás da minha calça jeans.

— Tudo bem fazer isso? — ele perguntou diante de minha boca.

— Mais — soltei, ofegante. Ele apertou minha bunda. Com força.

— Porra, quem é você e o que está fazendo comigo? — grunhiu.

Meu quadril rebolava involuntariamente, querendo mais, e pude sentir seu pau duro sob a calça. Quando fora a última vez que eu tinha excitado alguém? Quando fora a última vez que *eu* fiquei excitada?

Uma tosse alta veio do final do corredor, e nós dois congelamos. Ergui o olhar para o caubói, que manteve os olhos em mim antes de soltar minhas mãos e se virar para falar com o intruso.

— Preciso entrar no meu escritório, se não se importarem.

Era Brooks. O barman. Ele parecia estar sorrindo, mas não o olhei para confirmar. Minhas bochechas estavam quentes, e eu quis me rastejar para debaixo de uma pedra e nunca mais sair.

Isso foi tão estúpido. Eu era tão estúpida.

Sempre fiz isso. Não importava o quanto tentasse, não conseguia me livrar completamente da parte de mim que prosperava em decisões precipitadas e impulsivas. Decisões impulsivas por si só não eram o problema. Tenho certeza de que algumas pessoas tomam decisões ótimas, mas eu não era uma delas. Quando eu tomava uma decisão impulsiva, em geral acabava pagando um bom tempo por ela — meu casamento fracassado era o exemplo principal desse fenômeno.

— Mas vocês podem continuar na outra parede — continuou o barman.

Ai, Deus. Isso era muito constrangedor. Eu não ia aguentar. Então fiz o que tinha vindo fazer em Wyoming.
Fugi.

Três

WES

Encarei a bolsa no balcão da cozinha do Casarão. Era minha única prova tangível de que a noite anterior tinha realmente acontecido — meu próprio sapato de cristal ou algo do gênero.

A mulher do bar não saía da minha mente. Eu não havia dormido nada. Fiquei a noite toda pensando nela.

Quem era?

De onde tinha vindo?

Por que não fui atrás dela depois que ela me beijou?

Brooks era a resposta para a última. Depois que ela saiu correndo, ele ficou parado no corredor do Bota do Diabo me bloqueando com um sorriso idiota e petulante no rosto.

— Sinceramente, as coisas que encontro neste corredor pararam de me surpreender há muito tempo — disse ele. — Mas isso? Eu não esperava.

— Cala a boca — respondi. Não me importei com o fato de ele ter acabado de me ver imprensando uma mulher contra a porta, ficando a cada segundo mais desesperado.

— Você sabe pelo menos o nome dela? — perguntou.

Não, eu não sabia seu nome.

Mas queria muito saber.

— Juro por Deus, se contar isso pra Emmy, soco sua

cara — falei, embora não fosse fazer isso. Mas foi a única ameaça em que consegui pensar na hora. Tacar fogo nele pareceu muito agressivo. Eu também sabia que ele certamente contaria para Emmy.

Acho que aqueles dois não tinham mais segredo entre si a essa altura.

— Já levei um soco no rosto de um Ryder, isso não me assusta.

Lembrei de quando meu irmão mais velho, Gus, deu um soco na cara de Brooks ao saber que ele e nossa irmã caçula, Emmy, estavam se encontrando sem que soubéssemos. Brooks e Gus eram melhores amigos, então o som daquele soco provavelmente foi ouvido por toda Meadowlark. Demorou um pouco, mas agora eles estão bem. Apesar de eu saber que Gus ainda se sentia muito culpado por isso.

— Falando nisso, não conte pro Gus também.

A última coisa de que eu precisava era meus irmãos implicando comigo por ser pego dando um amasso numa garota no bar como se eu fosse um menino de vinte e um anos com tesão.

— Tá bom, vamos fazer um acordo. — Seu sorriso ficou maior. — Só conto pra Emmy, e ela provavelmente vai contar pro Gus.

— Como isso é um acordo? — perguntei.

— Porque eu não vou contar pra ele.

— Você é irritante, sabia?

Ele só deu de ombros. Naquele momento, peguei a bolsa que a mulher tinha deixado no chão do corredor sem saber o que faria com ela, mas não quis deixá-la ali.

E por isso estava no balcão da minha cozinha.

E eu ainda não sabia que merda eu ia fazer com ela.

Podia perguntar a Emmy. Ou Teddy.

Na verdade, esquece isso, com certeza não Teddy. Ela nunca mais esqueceria. Emmy deixaria pra lá depois de um tempo. Teddy comentaria no meu funeral. Desde que chegou em Meadowlark com o pai quando tinha alguns meses de vida, Teddy era a melhor amiga da minha irmã. E era uma implicante notória, o que eu gostava quando seu foco estava em outras pessoas, mas eu não precisava que viesse atrás de mim.

Lembrei da maneira como a mulher misteriosa agarrou minha camiseta. Ela era tão... ousada.

Muito excitante.

E o modo que gemeu quando mordisquei seus lábios? Caramba. Eu posso ter me empolgado, mas tudo naquele momento teve uma sensação *boa* demais. O som grave saindo do jukebox, o corredor escuro, minha mão na sua bunda.

Senti meu jeans estufar.

Coloque a cabeça no lugar, Ryder. Você tem um dia importante. Não pode ficar excitado do nada.

Meus sonhos se tornariam realidade hoje. Só para informar, meu sonho não era ficar excitado do nada.

Era tecnicamente o primeiro dia do Projeto do Hotel-Fazenda Rebel Blue. Na minha cabeça eu me referia a ele como Projeto Bebê Blue, mas não ia contar isso para ninguém. Por mais que fosse o primeiro dia em que a designer, Ada, viesse, estávamos trabalhando juntos por e-mail desde outubro.

Olhei para o relógio do fogão — evitando ver a bolsa de novo. Eram seis e meia. Eu tinha três horas antes de Ada chegar. E a sensação era de que seriam as três horas mais longas da minha vida.

Esperei o inverno todo, e agora estava na reta final.

Tínhamos um monte de gado perto da entrada de Rebel Blue, então, naquela manhã, alguns dos funcionários do rancho e eu os levaríamos para outro local. Pelo menos eu não passaria as horas esperando sentado.

A expectativa estava acabando comigo.

Quando meu pai e Gus finalmente concordaram com o hotel-fazenda, senti que era mais do que apenas o fato de eles confiarem uma grande responsabilidade a mim.

A sensação era de que me viam.

Entre Gus, o filho mais velho durão, mas também dedicado, eficiente e trabalhador, e Emmy, a determinada e campeã de corrida de três tambores, mas também gentil e atenciosa, era fácil se perder. Eu não tinha um identificador como eles.

Eu era apenas Wes.

E tudo bem. Eu não me importava, mas estava empolgado para ter algo meu.

Escutei o assoalho atrás de mim ranger.

— Como está se sentindo sobre hoje? — Ouvi a voz grave de Amos Ryder soar atrás de mim.

— Bem — respondi. — Parece estranho que finalmente chegou o dia.

Meu pai deu a volta no balcão da cozinha e parou à minha frente. Estava usando sua calça jeans clássica e camisa abotoada de algodão. Antes de começar o trabalho, ele sempre arregaçava os punhos da camisa, por isso era possível avistar as tatuagens desbotadas de andorinhas em seus antebraços.

— Que horas a designer chega? — perguntou.

— Nove e meia. O senhor vai voltar pra cá ou quer encontrar a gente no local? — perguntei.

— Vou encontrá-la aqui — respondeu enquanto dava um gole no café, sem deixar esfriar. Eu não sabia como ele o bebia ainda fervendo. — É seu projeto, Weston. Não precisa que eu esteja no local. Você consegue.

Se havia uma coisa que Amos Ryder sempre fazia era

acreditar nos filhos. E em Brooks também, acho. E nós nem fizemos nada para ganhar seu apoio incondicional. Ele só era assim. Bem, imagino que alguns pais sejam desse jeito. Mas mesmo assim.

Eu estava morrendo de medo de decepcioná-lo.

Passei uma mão no rosto.

— Eu sei. É que... — Pausei por um instante, tentando pensar em como verbalizar meus pensamentos. Sempre fui o segundo em comando; terceiro, tecnicamente. Vivia à sombra de Gus, sabendo que ele acabaria comandando o rancho um dia. Nunca fiz nada sozinho. — É muito importante. — Foi o que resolvi dizer.

Meu pai assentiu. Acho que compreendeu a parte da qual não falei.

— O que é isso? — perguntou, gesticulando para a bolsa na bancada.

Eu não queria muito contar para meu pai como aquela bolsa estava comigo, então só respondi:

— Uma amiga deixou no bar ontem à noite.

Amos ergueu as sobrancelhas em sinal de dúvida.

— Uma amiga?

Engoli em seco.

— É. Eu trouxe pra casa porque não queria que ela ficasse permanentemente com cheiro de fumaça de cigarro — expliquei, torcendo para soar desinteressado.

Meu pai estreitou os olhos, só um pouquinho, antes de balançar a cabeça e dar outro gole no café.

— Vocês três precisam aprender a mentir melhor.

Quatro

ADA

Já tomei muitas decisões idiotas na vida — decisões idiotas *mesmo* —, então era de esperar que eu tivesse entendido que decisões idiotas têm consequências.

Por exemplo: se você escolher se casar com um babaca, seu casamento vai ser uma merda. Se escolher não comer nada além de Doritos velho no jantar, você provavelmente vai acordar com fome. E essa é a minha nova favorita: se decidir de forma impulsiva beijar um estranho num bar de Wyoming, vai perder seu iPad.

Do qual precisa. Para seu trabalho. Que começa hoje.

Maravilha.

Agora eu tinha de aparecer no primeiro dia do meu maior trabalho até então sem meu *planner*, sem renderizações, esquemas de cores, planilhas de produtos e basicamente tudo o mais de que eu precisava. Porque eu não só deixei minha bolsa no bar depois de beijar um estranho, como também a deixei num bar que não tem sequer número de telefone. O que, sinceramente, parece um pouco ilegal.

Mas o odor de fumaça de cigarro que saía do meu cabelo me avisava que o Bota do Diabo não se importava muito com a legalidade de ter um número de telefone.

Portanto, além de parecer uma idiota no meu primeiro

dia, teria que voltar à cena do crime e correr o risco de esbarrar com o lindo caubói desconhecido, o que me levaria a outra decisão idiota.

Porque... caramba.

Eu não conseguia tirar aquele beijo da minha cabeça. Sonhei com o que teria acontecido se o barman não tivesse nos flagrado. Será que ele teria continuado? No meu sonho, ele deslizava as mãos ásperas por debaixo da minha blusa para cima e para baixo. Eu desafivelava seu cinto. Ele me erguia do chão. Eu envolvia as pernas na sua cintura. Ele me prendia contra a parede e...

— *Latte* com dose de baunilha em dobro para Ada. — A voz da barista me tirou da fantasia inapropriada para as nove horas da manhã.

Certo. Café. Era isso o que estava fazendo. Não sendo pressionada na parede por um caubói gato num bar escuro.

O que era uma pena, mas talvez fosse melhor assim.

Fui até o balcão, peguei meu *latte* e falei um rápido obrigada para a barista. Ela me olhou por um tempinho a mais, como se não conseguisse entender por que eu estava ali. Os olhares na cafeteria também se demoravam um pouco em mim. Era como se eu estivesse usando uma placa de neon gigante dizendo NÃO SOU DAQUI.

Nunca tinha percebido o quanto era grata por cafeterias drive-thrus até aquele momento, mas mesmo assim eu precisava admitir que aquele lugar era fofo. E também se chamava Grão. Incrivelmente adorável.

Assim que saí, tirei uma foto rápida do meu copo de café com as montanhas de fundo para publicar nas redes sociais com a legenda: "Dia 1. Novo projeto em breve".

Comecei a @lareondeseucoracaoesta depois de ser reprovada no meu curso de design de interiores. Sinceramente, não fui feita para instituições de ensino. Começar meu próprio negócio me ajudou a perceber que isso não era problema — só porque eu não era boa na faculdade não significava que não poderia ser uma boa designer e que não poderia aprender meu ofício num tipo diferente de sala de aula.

O que começou com um trabalho voluntário para organizar os armários das pessoas se transformou em algo do qual eu me orgulhava.

Pena que eu era a única na minha vida que se orgulhava.

Ainda assim, a comunidade que construí no meu perfil era uma das minhas coisas favoritas. Havia pessoas lá fora que nem me conheciam e gostavam de acompanhar meus projetos.

E eu tinha a sensação de que esse superaria tudo o que eu já havia feito.

Meu Honda Civic 1993 vermelho me esperava no estacionamento. Sendo sincera, fiquei surpresa de ele chegar a Wyoming inteiro. Eu deveria ter mais fé nele. Depois do divórcio, foi o único carro que pude bancar. Ele tinha seus defeitos. O fluido da direção hidráulica vazava, então eu precisava enchê-lo uma vez por semana para conseguir dirigir. Também não tinha ar-condicionado. Mas era a única coisa que nunca tinha me deixado na mão.

Sentei no banco do motorista e abri o mapa para Rebel Blue no celular. Graças a Deus eu o tinha guardado no bolso, e não na bolsa. Não sabia bem como ia encarar o dia sem meu iPad, mas, àquela altura, não tinha escolha.

Se brincar com fogo, vai se queimar, Ada. E a queimadura seria parecer uma idiota no primeiro dia do trabalho novo.

O Google Maps dizia que Rebel Blue ficava a mais ou menos vinte minutos do centro da cidade. Eram nove horas, então eu estava com pouco tempo.

Você nunca me veria indo a lugar algum sem me adiantar pelo menos dez minutos.

Eu preferiria que fossem quinze minutos, na verdade, mas o café foi uma parada necessária.

Tirei um instante para me olhar no retrovisor. A primeira coisa que percebi foi que eu aparentava estar cansada. As olheiras não estavam me ajudando.

Rancho Rebel Blue, aqui vou eu.

Cresci na Califórnia, então montanhas não me eram estranhas, mas eu nunca tinha visto iguais a essas. Minhas montanhas eram na maioria secas, sem graça e marrons. Além do mais, eu tinha crescido nos subúrbios de San Francisco — não no coração do Velho Oeste. As estradas sinuosas que levavam a Rebel Blue foram construídas no que parecia ser a entrada para outro universo. Era início de abril, logo, ainda havia uma boa quantidade de neve acumulada, especialmente no alto. O branco intenso da neve contra o céu azul ficava incrível.

Juro que o céu azul de Wyoming era bem maior do que o da Califórnia.

Meus pontos favoritos eram os locais onde a neve tinha derretido o suficiente para conseguir ver os verdes e marrons sob ela. Parecia uma promessa de que nenhum inverno poderia durar para sempre.

Nossa, era uma loucura o que essas montanhas estavam fazendo comigo. Uma vista bonita, e eu estava contemplando toda minha existência. Embora eu me sentisse pequena, o momento parecia... grande. Muito grande.

— Em oitocentos metros, vire à esquerda — ecoou a voz da Siri pelo alto-falante, e direcionei o olhar para o lado esquerdo da estrada na montanha, procurando a entrada. Não sabia se estaria bem sinalizada ou se apareceria do nada.

Depois de um ou dois minutos, avistei um arco e um portão de madeira enorme. "Arco" não era a palavra certa — era mais como os três lados de um quadrado com um portão no fundo. Desacelerei o carro e saí da estrada, parando na frente daquilo. Perto do topo do quadrado, letras grandes de ferro formavam as palavras RANCHO REBEL BLUE. Acima disso, gravado na madeira, estava o contorno do que parecia ser o crânio de um touro. Ou boi? Era assim que se chamava?

O portão estava aberto e depois dele havia uma estrada de terra que parecia não ter fim. Olhei para o celular. O endereço que Weston havia me dado aparentemente ficava a mais ou menos um quilômetro e meio à frente.

Eu torcia de verdade para que os amortecedores do meu carro sobrevivessem. Tirei o pé do freio, respirei fundo e cruzei a entrada de Rebel Blue.

Aqui vamos nós.

Cinco

ADA

Por algum motivo, não me ocorreu que um rancho teria tantas vacas. Em teoria, eu sabia que com certeza haveria vacas. O que eu não sabia era que um monte delas bloquearia a estrada para o Casarão de Rebel Blue, que foi como Weston o chamou no e-mail.

Eu deveria ter me adiantado em quinze minutos.

Não me leve a mal. Amo vacas. Acredito firmemente que, se você passar por elas enquanto está dirigindo, tem obrigação legal de apontar para elas e dizer "Vacas!". Mas esse foi o único modo que já vi uma vaca: pela janela de um carro, num campo, bem distante.

Agora as vacas e eu estávamos bem próximas. Elas estavam se aglomerando no meu carro como abelhas numa colmeia. Não sabia como aquilo tinha acontecido — ou o que fazer em seguida. Minhas janelas estavam abertas, e pensei em começar pedindo a elas que se movessem.

— Vocês poderiam se mover, por favor? — pedi, em voz alta. — Eu realmente preciso passar. — Buzinei uma vez para enfatizar meu argumento.

Nada.

Será que elas sairiam do caminho se eu avançasse lentamente? Ou me tornaria sem querer uma assassina de vacas?

Eu conseguiria matar uma vaca a um quilômetro por hora? Ou apenas a machucaria? Teria que pagar a conta do veterinário? Não conseguiria bancar um veterinário para uma vaca. E se eu atingir mais de uma?
Ah, meu Deus.
Olhei para o celular. Eram nove e vinte e cinco da manhã. Pensei que podia dar a ré para voltar, mas essa ideia foi para os ares quando olhei para o retrovisor e vi mais vacas.
Certo, Ada, essas vacas estão entre você e seu futuro. Como você vai passar?
Peguei o celular, que estava conectado no meu cabo auxiliar — bem, numa daquelas coisas de fita cassete que tem um cabo auxiliar —, encontrei minha playlist do começo dos anos 2000 e aumentei o volume.
Dentro de segundos, "Move Bitch" saía dos alto-falantes. Aquilo ia funcionar. Elas não me escutavam, mas talvez escutassem Ludacris.
Pus as duas mãos no volante, pronta para acelerar pela abertura que surgiria de forma inevitável quando as vacas percebessem o que eu precisava.
Eu estava pronta.
Mas... nada aconteceu.
Ainda estava presa e — olhei para o celular de novo — oficialmente atrasada.
Joguei a cabeça no volante e bufei. As últimas doze horas não tinham sido nada boas para mim.
Mantive a cabeça baixa, pensando sobre toda a minha existência, até que ouvi uma voz.
A voz de um homem. E não era Ludacris.
Tirei a testa do volante e avistei dois homens a cavalo vindo em minha direção.

Também havia uma bola branca de pelo com eles.
O vaqueiro no cavalo cinza e branco se aproximou da janela do motorista, e eu rapidamente baixei a música. Eu esperava mesmo que ele estivesse ali para tirar as vacas do meu caminho.
Quando o olhei, me deparei com os mesmos olhos verdes que tinham me cativado no bar na noite anterior.
Arregalei os olhos.
— Ah, merda — escapuliu da minha boca antes de eu perceber o que dizia.
Eu deparei com as mesmas covinhas de matar que ficavam ainda mais perfeitas à luz do dia. Na minha cabeça, ele era um caubói porque eu estava em Wyoming e ele usava bota de caubói. Não pensei que fosse um caubói *de verdade*. Mas o homem na minha frente era um caubói por completo — do chapéu marrom até a calça de couro.
E o cavalo.
Claro.
— Bom te ver aqui — disse ele, arrastado. Minha boca secou. Quais eram as chances: na única vez em que dou uns amassos com um estranho ele acaba sendo funcionário do rancho que também é o local do meu projeto? — Vamos tirar esse pessoal do seu caminho. — Ele parou. O outro funcionário estava trabalhando com as vacas, que começaram a se afastar do meu carro. Elas eram bem lentas, mas pelo menos estavam se movendo. A bola branca de pelo, que reconheci ser Waylon, o cachorro que me colocou em apuros, também estava ajudando. — Não recebemos muitas visitas. Está procurando algo?
O silêncio não era mais uma opção.
— Vim... vim me encontrar com Weston Ryder — balbuciei. — Começo a trabalhar hoje aqui.

O caubói alargou o sorriso. Ele me olhava como se soubesse de algo que eu não sabia, o que me deixou inquieta.

— Você é Ada Hart?

Ao que parecia, o rancho inteiro sabia que eu estava chegando.

— Sim — respondi, trêmula.

— Faltam uns quinhentos metros até você chegar no Casarão. Te encontro lá. — Ele tocou na ponta do chapéu para mim, e um arrepio percorreu minha espinha.

Minha atração por ele claramente não foi atenuada à luz do dia.

Antes que eu pudesse responder, ele começou a gritar para o outro homem e a movimentar seu cavalo em volta do carro. Tentei não olhar para ele, tentei não notar o jeito que as mãos enluvadas puxavam as rédeas, ou como as pernas se apertavam na sela do cavalo.

Depois de alguns minutos, as vacas tinham saído da frente, e meu caminho ficou livre. O caubói acenou com a cabeça, e eu usei isso como deixa para continuar dirigindo pela estrada de terra.

Deixando o caubói na poeira... por enquanto. Eu não sabia por que *ele* me encontraria no Casarão. Ele não tinha como ser o dono — não podia ter mais do que trinta anos.

E isso importava?

Eu não sabia nada de ranchos. Por que não vi mais *Heartland*?

Tentei elaborar um plano na mente. Eu chegaria ao Casarão, conversaria com Weston e, em algum momento, encontraria o caubói de novo e lhe diria que tinha sido um caso passageiro.

Era para ser apenas uma experiência isolada, e só.

Na noite passada, eu não era eu mesma. Estava cansada,

faminta, nervosa, e me deparei com o par de covinhas mais fofo do mundo. A coisa toda foi uma experiência extracorpórea que jamais aconteceria de novo.
Jamais.
Vim pra cá fugir dos meus problemas, não criar novos.
Se eu não estivesse tão agitada por causa do caubói, provavelmente estaria mais encantada com o Rancho Rebel Blue. "Linda" não descrevia de forma adequada a paisagem ao meu redor.
Sinceramente, era bastante majestosa, como uma pintura ganhando vida. Nunca tinha visto nada igual.
Mas eu tinha outras coisas na mente. Coisas de olhos verdes com covinhas.
Conforme eu me aproximava do Casarão, as árvores se tornavam mais densas, até que avistei uma grande cabana de madeira ao longe — o que presumi ser o Casarão. Havia uma rotatória que formava uma espécie de entrada, e estacionei o carro na porta da frente. Não havia outros carros no local, então presumi que não haveria problema.
Depois de ter parado o carro, meu coração acelerou. Era nervosismo de primeiro dia. Era nervosismo de não-sou-boa--o-bastante, e também nervosismo de caubói-com-covinhas.
Quando fugi do bar na noite anterior, quase me arrependi.
No momento, eu precisava ficar o mais distante possível daquele homem. Eu não o queria mais perto de mim, nem suas covinhas nem seu cachorro fofo demais.
Mas logo em seguida, como se tivesse sido conjurado por meus pensamentos, a bola branca de pelos apareceu na minha visão periférica. Olhei para ele pela janela. Sua língua estava pendurada e seu rabo balançava tão forte que seu corpo todo oscilava junto.

Por que o cachorro dele tinha que ser tão fofo? Ele não deveria poder ter um cachorro fofo *e* covinhas.

Saí do carro, e Waylon estava pronto. Ele continuou balançando o corpo todo, e me abaixei para esfregar a parte de trás de suas orelhas. Eu deveria ter mantido os olhos no cachorro, mas ergui o rosto bem a tempo de ver Covinhas chegando a cavalo na casa.

Quando ele parou o cavalo, abaixei o olhar de volta para Waylon e pensei o quanto era estranho saber o nome do cachorro — eu sabia até o nome do barman —, mas não fazia ideia de qual era o nome do caubói.

Talvez eu pudesse escapar sem nunca saber. Ficaria bem com isso.

Ouvi as botas do caubói sem-nome baterem na terra, mas mantive os olhos no cachorro — não queria fazer mais contato visual com esse homem do que o necessário.

O contato visual prolongado foi o que me colocou nessa confusão.

— Podemos entrar — avisou ele, e então deu um pequeno clique com a língua. Waylon me deixou no meio das carícias e foi até o dono, que me esperava na porta. Ele tinha enrolado as rédeas do seu cavalo numa estaca a alguns metros de distância, o que me deixou feliz.

Eu amava animais, mas cavalos me apavoravam — eram grandes demais.

Quando me aproximei da porta da frente, o caubói Fulano a abriu, e Waylon correu para dentro. Tanto Waylon quanto seu dono estavam muito tranquilos — deviam ir com frequência para a cabana. Percebi que ele segurava a porta para mim, então me apressei por ele, tentando com cuidado não o olhar nos olhos.

Dei uma olhada ao redor. Por algum motivo, achei que teria uma aparência mais empresarial, mas fiquei imediatamente impressionada com a sensação de aconchego.

Aquilo era um lar.

Havia um lugar para casacos e sapatos perto da porta da frente. Havia até ganchos especiais para chapéus de caubói. A entrada era aberta, e eu conseguia ver um amplo corredor que levava à sala de estar e à cozinha. A casa cheirava a massa de torta, cedro e hidratante de couro — uma combinação que eu nunca faria, mas ali ficava perfeita. Se algum dia quisessem vendê-la, não precisariam usar o truque de biscoitos assando, porque o lugar tinha cheiro de casa por si só.

— Meu pai está nos esperando na cozinha. — Sua voz soou atrás de mim. Eu sabia que ele estava perto. A mesma eletricidade que nos envolvia no bar estava zumbindo no momento. Isso quase me distraiu do que ele disse.

Seu pai?

Isso explicava por que ele estava tão confortável. Seu pai era Weston, o dono do rancho. Grunhi mentalmente. Torci para que seu filho não tivesse muito — ou nada — a ver com o projeto.

O caubói Herdeiro passou por mim e seguiu pelo corredor, e eu o segui — tentando me recompor e colocar a máscara de profissionalismo que em geral era um acessório permanente no meu rosto, ainda mais em situações como aquela.

Não gostava que esse homem tivesse me enervado e me deixado instável. Eu não queria que ninguém mais tivesse o poder de fazer isso, muito menos um estranho.

Um estranho muito simpático que havia me deixado sozinha quando precisava trabalhar e me deu um beijo de tirar o fôlego depois, mas mesmo assim um estranho.

Quando entrei na cozinha, vi um homem mais velho — provavelmente na casa dos sessenta anos — fazendo palavras cruzadas no jornal numa longa mesa de carvalho. Ele usava calça jeans desbotada e uma camisa abotoada com as mangas arregaçadas. Eu conseguia enxergar tatuagens desbotadas, mas não conseguia dizer o que eram.

Seu cabelo castanho-avermelhado era comprido — ficava cacheado a partir do pescoço — e combinava com a barba ruiva bem aparada. Ele ergueu o olhar para nós, e ficou óbvio que era parente do caubói misterioso. Eles não se pareciam muito, só o bastante para a pessoa saber que pertenciam à mesma árvore genealógica. Quando o vi, me senti... calma, como se tivesse acabado de achar abrigo em uma tempestade.

Ok, Ada. Prepare-se para o jogo.

O homem se levantou e disse:

— Você deve ser Ada Hart. Estamos felizes em recebê-la. — Ele estendeu a mão, e eu o cumprimentei.

— Muito obrigada por me receber. É um prazer conhecê-lo, sr. Ryder — respondi, tentando manter a voz firme, e falhando em pensar no fato de que eu conseguia sentir os olhos de outra pessoa em mim.

— Me chame de Amos, por favor.

Amos? Quem diabos era Amos? Onde estava Weston?

Fiz uma pausa longa demais.

— É... é um prazer conhecê-lo — gaguejei. *Ótima primeira impressão, Ada.* — Desculpe, é que eu estava esperando encontrar com Weston, já que estivemos em contato.

Os olhos de Amos se voltaram para o caubói atrás de mim, e uma ruga apareceu entre suas sobrancelhas.

Ele estava confuso? Bom, éramos dois.

O caubói atrás de mim pigarreou.

— Eu sou Weston.

Eu ouvi direito? Não. Não. Não. De jeito nenhum, não. Isso não podia estar acontecendo comigo.
— Mas a maioria me chama de Wes.

Seis

WES

Merda. A mulher do bar estava na minha casa. Não apenas isso, ela também era a mulher pela qual esperei o inverno todo — a que ia tornar meu sonho realidade.

Puta merda.

— Eu sou Weston — falei, percebendo que não tinha me apresentado ainda. Não sabia por quê. Talvez só tenha sentido que ela já me conhecia. — Mas a maioria me chama de Wes.

Eu diria que era uma baita coincidência, mas não acreditava muito nisso.

Eu tinha achado Ada espetacular no Bota do Diabo, e a achava espetacular agora. Seu cabelo preto ondulado batia um pouco acima da clavícula. Ela usava uma calça jeans preta folgada e uma blusa preta justa de manga comprida — que era fina demais para o mês de abril nas montanhas —, e seus olhos castanhos olhavam para todos os lados, menos para mim.

Eu não sabia como processar o fato de que queria que ela me olhasse. Queria prender seu olhar de novo, como fiz no bar, até acabarmos no mesmo lugar da noite passada: presos um ao outro.

— Me desculpe, meu filho tem maus modos, srta. Hart. — A voz do meu pai cortou meus pensamentos. — Mas

estamos animados em tê-la aqui. — Ele lançou um olhar feio para mim como se dissesse *Isso é coisa* sua, Weston. *Faça sua parte.*
Certo.
Foco.
— Quer sentar? — perguntei, e gesticulei em direção à mesa. — Podemos repassar... hum... tudo. — Bem, talvez não tudo.

Passei por ela e puxei uma cadeira em frente ao lugar onde meu pai estava sentado. Ela parecia apreensiva, mas se sentou mesmo assim.

— Sinto muito — pediu ela. — Perdi meu iPad ontem, deixei em um lugar, então tive que anotar tudo em um caderno, e posso ter deixado passar alguma coisa. Eu vou buscá-lo hoje à noite, então tudo bem se nos encontrarmos amanhã? Eu realmente peço desculpas.

Ela falava com meu pai, não comigo, mas a decepção — consigo mesma — que eu podia ouvir em sua voz provocou uma pequena pontada no meu peito.

Acho que teve um motivo para eu ter pegado a bolsa do chão do bar na noite passada. Em vez de sentar, fui até a bancada da cozinha e peguei a bolsa, depois voltei para a mesa e a coloquei delicadamente na sua frente.

Ada me olhou com os olhos castanhos arregalados. Esfreguei a nuca e expliquei:

— As coisas deixadas no Bota do Diabo podem ser sugadas para um buraco negro e nunca mais são vistas.

Tirei os olhos dela e encarei meu pai. Odiava que isso estivesse acontecendo sob seu olhar, mas a expressão dele estava vazia. Seus olhos estavam um pouco estreitos, mas esse era o único sinal de que as engrenagens de sua mente estavam trabalhando.

O homem sempre limpava a banca no jogo de pôquer, e era fácil ver por quê.

— Ah... obrigada? — ela respondeu, como se não soubesse bem de que forma reagir. Se eu fosse ela, não saberia também. Antes achei que poderia ser um cenário como o do sapatinho de cristal, mas, agora que a situação se desenrolava, me senti um pouco esquisito por pegar a bolsa.

Era isso que ela devia estar pensando: que eu era esquisito pra cacete.

— Não olhei dentro nem nada, só não quis que estragasse. Conheço o dono do bar, e ele ia me ajudar a te rastrear pra devolver.

Ela assentiu lentamente, ainda incerta.

— Engraçado como tudo se resolve, não é? — Isso foi meu pai. Ele estava sorrindo um pouco, sempre observador demais. — Weston tem razão sobre o Bota do Diabo, é onde as coisas desaparecem, inclusive pessoas.

Ada soltou uma risada.

— Isso é ótimo — declarou. Parecia que ela estava começando a se firmar. Eu quase conseguia ver uma máscara deslizar por seu rosto, que espécie de máscara eu não sabia, mas, caramba, queria descobrir. — Obrigada — falou para mim. — Você me poupou uma viagem por aquela estrada de terra. Acho que meu carro não sobreviveria.

Quando me sentei, Ada pegou a bolsa e tirou seu tablet e uma caneta.

— Bem, normalmente começo me certificando de que não sobre qualquer dúvida sobre os contratos. Sei que os assinou... — Ela olhou para mim e depois para meu pai. — Mas, Amos, você tem alguma dúvida?

— Não. Weston e eu os revisamos com nossa advogada antes de assinar, e tudo parece ótimo. — Cam estava nos ajudando com a parte legal. Meu pai teve outro advogado por anos, mas ele tinha uma fraqueza pela mãe da minha sobrinha. Ela era da família, e Amos Ryder levava isso a sério. Cam ainda não havia passado no exame da Ordem quando analisou os contratos, mas tinha prestado em fevereiro e não tínhamos dúvidas de que passaria. Seu resultado sairia a qualquer momento.

— Que ótimo — respondeu Ada. Ela soava mais confiante e mais profissional agora. Como se estivesse entrando em um ritmo. — Bem, vamos terminar qualquer demolição que vocês já tenham começado, e então vamos começar com os empreendimentos maiores: a cozinha, os espaços de lazer e os banheiros. Quando terminarmos esses, começaremos a trabalhar nos quartos e no exterior ao mesmo tempo. Se tudo ocorrer conforme o planejado, devemos finalizar por volta de 15 de junho, mas a data final no contrato é 1º de julho, porque a única coisa certa em uma reforma é que algo vai dar errado. — Ada deu uma risada.

Se eu não tivesse ouvido sua risada verdadeira no bar na noite passada, essa teria sido crível. Mas aquela risada era treinada, calculada.

— Meu empreiteiro, Evan, vai chegar amanhã. Ele vai ajudar a gerenciar o projeto e a equipe de funcionários local. — Eu sabia de Evan, ele estava incluído em alguns dos e-mails, e eu tinha coordenado sua estadia estendida na Pousada Poppy Mallow bem do lado de fora da cidade, mas ouvir seu nome sair dos lábios dela fez minhas narinas se dilatarem.

Que porra era essa? Não, eu não podia ficar com ciúmes do nome de outro homem nos seus lábios se a conhecia havia menos de doze horas. Era um comportamento de babaca, e eu me esforçava muito para não ser um babaca.

— Enviei por e-mail a reserva de hospedagem do Evan pra vocês dois na semana passada, então deve estar tudo em ordem quando ele chegar — comentei, tentando ser útil.

— Falando em hospedagem — interrompeu meu pai —, Ada, sei que disse que preferia ficar perto do canteiro da obra em projetos longos quando fosse possível. — Ada assentiu. Aonde meu pai estava indo com aquilo? Eu já havia preparado a cabana mais próxima de Bebê Blue para ela. — Weston preparou uma das nossas cabanas pra você, mas estamos tendo alguns problemas com a água em razão da forte nevasca deste ano. Soube hoje de manhã que a cabana está inundada.

Merda. Eu não sabia disso, devia ter acabado de acontecer.

— Vamos trabalhar pra que ela volte ao normal, mas, até lá, você é bem-vinda para ficar aqui no Casarão.

— Ah. — Ada parecia pega de surpresa. — É sua casa, não quero que se sintam pressionados.

— Imagina, não estamos pressionados. Temos bastante espaço. Já preparei um quarto pra você, e tem bastante comida, e, assim, você ainda pode ficar perto da obra. — Meu pai sorria. Ele amava quando as pessoas ficavam no Casarão. Geralmente, éramos só ele e eu. — Além do mais, o Casarão fica mais perto do terreno do que sua cabana, e você pode usar nossos quadriciclos, assim não terá que dirigir seu carro pelo rancho. E, quando a cabana ficar pronta, não precisará ir muito longe.

— Ah... é muita gentileza do senhor... — Ada estava tropeçando nas palavras. — Eu agradeço mesmo, mas...

— É temporário, Ada — declarei sem pensar, mas eu tinha um pressentimento de que ela não queria aceitar a oferta por minha causa. Se ela preferia ficar no canteiro da obra, e se era isso o que a ajudaria a ter sucesso, então eu não

queria que ela precisasse abrir mão disso. — A gente deve conseguir arrumar a cabana em mais ou menos uma semana.
— Não é a primeira vez que inunda — emendou meu pai. — E eu preparo um café muito bom. — Ele piscou para Ada, o que arrancou um sorriso dela, um de verdade. Meu pai conseguia deixar as pessoas à vontade.

Ada baixou o olhar para a mesa por um instante antes de responder:

— Contanto que o senhor não se incomode...

Meu pai bateu palmas.

— Está resolvido então. Agora, se me derem licença, tenho que voltar para o trabalho. — Ele se levantou da cadeira, e eu e Ada levantamos com ele. — Weston pode assumir daqui. — Ele estendeu a mão para cumprimentar Ada de novo. — Estou com um bom pressentimento sobre você, Ada. Bem-vinda a Rebel Blue.

E, com isso, Amos Ryder pegou o chapéu de caubói na mesa e, aparentando dos pés à cabeça ser o fazendeiro que era, saiu pela porta.

Foi como se o ar soubesse que éramos apenas nós dois no momento, porque ele começou a zumbir.

— Desculpe se foi estranho... — falei, olhando para Ada, que tinha voltado a evitar contato visual. — Descobrir quem sou, eu ter pegado sua bolsa, meu pai oferecendo a casa para você ficar... foi bastante para assimilar em uma conversa de dez minutos.

— Sim — respondeu, ainda sem me olhar. — Mas obrigada pela bolsa. Aquele lugar nem tem número de telefone, então eu não estava com esperança de ter um achados e perdidos.

Aquilo me fez rir.

— Como você encontrou o Bota do Diabo? Nem sei se

ele aparece no Google Maps. A estrada para chegar até lá nem tem nome.
— Aparece — falou Ada, com uma sombra de sorriso se insinuando nos seus lábios. — Eu estava procurando por algum lugar pra comer, e foi o único lugar que ainda estava aberto. — Seu sorriso cresceu, como se estivesse compartilhando uma piada consigo mesma.
— Mas não tem. Comida, quero dizer. — Eu sabia que estava nos planos de Brooks começar a colocar um trailer de lanche nos fins de semana do verão, mas ainda não tinha.
— Sim. O Google é um mentiroso terrível. — Ela finalmente olhou pra mim, e meu coração se apertou no peito como na noite anterior. Sorri para ela, mas, assim que o fiz, ela desviou o olhar.
— Bem, a despensa aqui está sempre cheia, e, se tiver alguma comida favorita, só me avisar que pegamos pra você. Evan é bem-vindo à despensa também. — Tentei me livrar da decepção que senti quando ela desviou o olhar. Eu não gostava da sensação estranha que havia entre nós. — Posso mostrar seu quarto pra você se acomodar e então te levar para o canteiro da obra?
— Seria ótimo. Obrigada.
Presumi que meu pai a colocaria no antigo quarto de Emmy, já que tinha um banheiro próprio e era o mais privado. E também tinha uma vista muito boa.
Conduzi Ada pelo corredor, onde passamos por meu quarto e depois pelos fundos da casa, onde ficava o quarto de Emmy. Meu pai havia deixado a porta aberta.
— Aqui é onde você vai ficar — declarei. — Era o quarto da minha irmã, mas tem a melhor vista, por isso meu pai gosta de deixá-lo para os hóspedes quando não o usa como estúdio de ioga.

Ada soltou uma leve bufada.

— Eu não estava esperando por isso — falou.

— Se tem uma coisa certa sobre Amos Ryder é que ele é cheio de surpresas — respondi com um sorriso. Alguns dias eu não tinha muito orgulho de ser eu, mas sempre tinha orgulho de ser filho do meu pai.

Fiz um sinal para Ada ir primeiro, e ela entrou no quarto.

— Aquela porta ali... — Apontei e continuei: — É do banheiro da suíte, e se você virar à esquerda, do lado de fora do quarto... — Apontei para a porta. — Há uma área de estar com uma vista parecida. Essa é parte de trás da casa. — Era onde eu gostava de desenhar sempre que tinha a oportunidade.

— Está ótimo. Obrigada por me deixarem ficar aqui. Eu me sinto melhor quando posso ser a primeira a chegar na obra e a última a sair, e ficar perto torna isso mais fácil. Eu dormiria na obra se pudesse.

— Estamos felizes por receber você — disse com sinceridade.

Não porque eu me sentia atraído por ela, não porque era linda, e não porque a beijei. Estava feliz por ela estar ali, porque isso significava que eu caminhava para ter algo meu no Rebel Blue.

E isso não tinha preço.

Sete

ADA

Àquela altura, era muito difícil acreditar que minha vida não fosse simplesmente uma grande piada cósmica. Weston Ryder era um caubói gato, de idade apropriada e aparentemente gentil — não o velho fazendeiro de pele castigada que estive imaginando.

E eu o tinha beijado.

Bem, "beijado" era um termo educado — ainda mais ao pensar no jeito que ele tinha me pressionado na parede e prendido minhas mãos acima da minha cabeça ou ao lembrar da sensação do corpo dele contra o meu.

E a lembrança disso seria tudo o que eu teria, porque nunca mais aconteceria.

Não só meu trabalho era o projeto *dele*, eu estava morando sob seu teto, e ele era tecnicamente meu *chefe*.

Meu Deus.

Eu dei um amasso no meu chefe.

Isso já era ruim o suficiente, mas ficou pior ainda quando percebi que eu tinha me colocado, sem saber, no lado errado de uma injusta dinâmica de poder com um homem.

Mais uma vez.

Decisões estúpidas têm consequências.

E agora eu ia ser forçada a passar os próximos quatro

meses trabalhando para ele, e morar o mais perto possível dele. Mesmo agora eu estava mais próxima dele do que gostaria — no banco do carona de um quadriciclo e usando uma das suas grandes jaquetas.

Estava bem mais frio em Wyoming em abril do que eu havia imaginado, mas pretendia sorrir e suportar até que pudesse comprar mais roupas. Só que Weston, o caubói gentil, pegou sua jaqueta no armário de casacos quando saímos pela porta, porque não queria que eu ficasse com frio.

Então eu não só estava aquecida, como também envolvida por um perfume masculino de cedro que eu queria absorver. Weston — que me disse várias vezes preferir Wes, mas isso me soava íntimo demais — estava me levando para o canteiro da obra e me apresentando o Rebel Blue no caminho.

O terreno parecia ainda mais impressionante agora do que quando eu cheguei.

— Bem, aqui é onde costumava ser o Casarão — dizia ele. — Foi nele que meu pai cresceu. Ele construiu aquele em que moramos um pouco depois de casar com minha mãe. — Estava apreciando a lição de história, gostava de saber sobre os lugares em que ia trabalhar. Isso me ajudava a criar algo que os donos ou residentes fossem amar. — Esta parte do rancho é onde fica a maioria das estruturas originais. Para o leste, ficam os estábulos da família, e para o oeste ficam as cabanas dos funcionários e os estábulos maiores.

— Quantas pessoas trabalham aqui? — perguntei, genuinamente curiosa com o funcionamento de algo tão massivo quanto o Rancho Rebel Blue.

— Mais ou menos quarenta, dependendo da época do ano, mas estamos em outra onda de crescimento, então esse número provavelmente será maior no ano que vem. Ainda mais com o hotel-fazenda. Vamos precisar de mais peões e outro cozinheiro, no mínimo.

— E sua família toda trabalha no rancho? — As fotos de família na casa me deram a impressão de que os Ryder eram um grupo unido.

— Sim. Meu irmão Gus é o mais velho, e ele é o braço direito do meu pai. Vai herdar o rancho algum dia. — Tentei desvendar a mudança na voz dele. Não era inveja ou ciúmes... Talvez apenas respeito? — Minha irmã caçula, Emmy, dá aulas de equitação, treina os cavalos e faz os trabalhos manuais do rancho: cuidado do gado, manutenção do terreno, esse tipo de coisa. E Brooks vem algumas vezes por semana e nos ajuda onde precisamos, geralmente nos trabalhos diferentes.

Brooks. Eu conhecia esse nome... o barman. Sabia que havia uma intimidade entre eles, mas ele não disse "irmão".

— Ele é o barman, certo? Onde ele se encaixa?

— Esqueci que já o conheceu. — Um rubor subiu pelo pescoço de Wes. — Ele é... bem, o melhor amigo do meu irmão, e ele e Emmy estão juntos. — Eu me perguntei como tudo havia acontecido. Nunca me vi morando numa cidade pequena. Na verdade, nunca sequer tinha estado em uma antes, mas aposto que as fofocas eram divertidas.

— Então eles estão namorando?

— Parece uma palavra normal demais pra eles — respondeu. Esperei que continuasse. — Quando os conhecer, vai entender. É fácil ver que eles são do tipo de casal para sempre. — Olhei para Wes, que estava com os olhos focados no caminho de terra à nossa frente. Uma de suas covinhas havia aparecido. Era óbvio que ele tinha muito amor pelas pessoas da sua vida. — Então descrevê-los como "namorados" é estranho. Eles não são algo que eu consiga realmente descrever, eles simplesmente *são*. Sabe?

Eu não sabia, mas aceitaria sua palavra.

— E onde Teddy se encaixa? — indaguei, porque ela precisava ter algum tipo de influência naquela família para convencê-los a contratar uma designer desconhecida de San Francisco.

— Teddy é a melhor amiga da Emmy, são praticamente inseparáveis desde o nascimento. E moraram juntas na faculdade.

Por que o nome de Emmy não me soava familiar? Nunca havia conhecido a melhor amiga de Teddy, mas tinha ouvido falar dela casualmente.

— Acho que lembro da colega de quarto de Teddy na faculdade ter um nome estranho — comentei, quase sem pensar.

Wes deu uma risada grande e barulhenta. O tipo de riso que me fazia pensar como uma pessoa poderia ser feliz assim.

— O nome todo de Emmy é Clementine — explicou, ainda rindo um pouco. — Mas ela normalmente atende por Emmy. Meu pai é o único que usa nossos nomes completos com regularidade.

Clementine. Era esse o nome, eu sabia que tinha a ver com música.

— Clementine como na música?

O sorriso de Wes ficou maior.

— É, mas não diz isso pra ela. Tema sensível.

Por sorte, o quadriciclo parou antes de eu tentar encobrir o fato de que tinha sem querer insultado a irmã de Wes, de quem ele obviamente gostava muito.

Eu não tinha irmãos, logo nunca entendi de verdade esse vínculo.

Sinceramente, eu não entendia de verdade muitos vínculos. Eu amava e respeitava meus pais o bastante, mas provavelmente não moraria em um rancho em Wyoming com eles.

Em relação a amigos, eu não tinha nenhum — não por não os querer, mas porque fazer amigos na idade adulta é difícil. Para ser honesta, eu gostava da solidão, mas há uma diferença entre isso e ser sozinha.

Por um bom tempo, eu me senti sozinha.

Tinha me divorciado havia mais de um ano, mas me sentia sozinha antes disso.

Agora que pensava nisso, não lembrava de um momento em que não tivesse me sentido sozinha.

Droga. Era uma constatação desagradável para as dez da manhã.

Engoli a sensação espinhosa na garganta e olhei para a casa em que tínhamos parado.

Era grande e linda, mas de uma forma modesta. A pintura estava lascada e ela parecia um pouco assombrada. Mesmo se eu não tivesse visto as fotos do interior, poderia dizer que seria necessário muito trabalho para torná-la não só habitável, como também uma hospedagem cobiçada.

E isso não me assustou.

Quando olhei para a casa, não vi o telhado que estava afundando, as portas e janelas de madeira compensada ou o arredor tomado de mato.

Eu vi meu sonho.

Aquela casa não era só meu bilhete premiado para sair da Califórnia, mas era também o meu ponto de parada em direção a algo maior.

Eu ainda não sabia o que era esse algo maior, mas sabia que estava lá fora. Tinha me esforçado muito para sair do meu estado natal, então não queria apenas fazer esse projeto e voltar.

Wes — quero dizer, Weston — saiu do lado do motorista, e eu o segui pelo do carona, mais devagar, sem conseguir desviar os olhos da casa. Ver a casa pessoalmente foi como acender um fósforo, e meu cérebro era a gasolina. Uma vez que os dois se conheceram, não poderiam mais ser parados.

Eu estava no meio de um pensamento sobre as cores da pintura externa — branco era clássico, mas exagerado; uma versão de azul-bebê me atraía —, quando Weston, cuja voz estava perto demais, disse:

— Nós cuidamos dela da melhor maneira possível, mas algumas das estruturas mais antigas tiveram danos maiores do que esperávamos nesse inverno.

— Ela é linda — declarei. Sim, ela exibia sua idade, mas não estava decrépita ou debilitada. Só precisava que alguém acreditasse nela.

— É, ela é — respondeu Weston.

Sua voz ainda estava muito perto, mas eu não queria descobrir quão próxima, então comecei a caminhar até a casa. O ar estava frio no meu rosto. A sensação era boa, só que eu estava, de má vontade, grata pela jaqueta quente.

Eu sabia o quanto a casa era grande pelas especificações que Wes tinha me enviado — por volta de mil e quinhentos metros quadrados —, mas ela não parecia tão grande assim. Não era chamativa nem imponente. Quase parecia que tinha crescido ali em vez de ter sido construída, como se fosse destinada a estar nesse terreno, nesse rancho, com o grande céu azul beijando as montanhas como pano de fundo.

Eu amei.

Antes de me dar conta, estava nos degraus da frente. Esse lugar me chamava. Como era aquela expressão? A vida está me chamando? Bem, a antiga casa nas montanhas estava sussurrando, e eu precisava entrar.

Ouvi a voz de Wes atrás de mim quando pisei na escada:

— Cuidado com o terceiro degrau, está traiçoeiro... —

55

Ele não conseguiu terminar a frase, porque, quando cheguei ao terceiro degrau, o topo da escada virou para cima, e comecei a ir para a direção oposta à que eu queria.

Fechei os olhos enquanto me preparava para atingir o chão, só que não caí. Em vez disso, atingi algo firme e quente que cheirava a cedro.

Wes tinha me pegado.

Seu braço estava na minha cintura, e a outra mão segurava minha cabeça. Quando abri os olhos, eu o encarei diretamente. O modo como estávamos naquele momento me lembrou da noite passada. Minha língua passou involuntariamente pelo lábio inferior, e vi os olhos de Wes acompanharem o movimento.

O ar ao nosso redor começou a zumbir — do mesmo jeito que no bar na noite anterior e na cozinha do Casarão naquela manhã —, e eu fiquei desesperada para me soltar de novo — para perder o controle só por um instante.

— Você está bem? — perguntou Wes. Sua voz estava baixa. — Tentei te avisar. — Ele sorriu, e eu tive uma vista privilegiada das covinhas.

Senti uma brisa fria no rosto e me lembrei de onde estava. Ao ar livre. Em Wyoming. No Rancho Rebel Blue. Olhei para além do rosto de Wes e vi a casa.

Meu sonho.

Minha chance.

Isso foi o suficiente para me arrancar do transe no qual apenas esse homem era capaz de me colocar. Fiquei de pé e saí dos seus braços. Eu não sabia como me recuperar da situação, então limpei a poeira de mim, mesmo que não tivesse de fato atingido o chão.

— Estou bem — eu disse, com mais irritação do que o necessário.

Torci para que meu tom o afastasse, porque quando ele estava perto de mim eu ficava suscetível a coisas estúpidas, e não podia me dar ao luxo de sofrer mais consequências.

Quando as covinhas sumiram, quis na hora me desculpar — um impulso não natural para mim —, mas não o fiz. Não podia.

— Certo. Ok. — Ele olhou para o chão. — Quando subir os degraus, só garanta que vai pisar no meio do terceiro, para que ele fique no lugar, ou o pule.

Acenei com a cabeça e deixei que ele guiasse o caminho dessa vez.

Enquanto o observava remover a placa grande de madeira da porta da frente com um grunhido, tentei desesperadamente ignorar o frio na minha barriga.

Sinceramente, a reação que eu estava tendo a ele era motivo de preocupação.

Não *queria* reagir dessa forma. Meu corpo não respondia às pessoas assim — nem ao meu ex-marido, embora ele não me quisesse também, então isso podia ser parte do problema. Ainda assim, não era normal para mim, e eu não estava gostando daquilo. Deixava minha cabeça confusa, e eu precisava que essa pequena desgraçada ficasse clara pra caralho.

Wes se virou para mim, e eu rapidamente desviei o olhar, evitando o contato visual enquanto entrava na casa.

Quando passei pela porta, olhei ao redor e senti as mesmas sensações que havia tido do lado de fora, mas houve uma que foi tão inesperada que fez meu coração saltar na garganta.

Esperança.

Oito

WES

Eu era um idiota.

Mas, pelo menos, eu tinha consciência de que era um idiota.

Só que, nessa situação, eu teria perdido, independente da decisão que tomasse. Eu poderia optar entre deixá-la cair ou segurá-la. Me sentiria mal por semanas se a tivesse deixado cair, mas também me senti mal por tocá-la — mesmo que tenha sido para evitar que caísse na terra — quando ela obviamente não queria ser tocada.

Minhas mãos a alcançaram antes de eu sequer saber o que estavam fazendo. E então ela estava em meus braços e meu mundo parou de novo.

Assim como quando ela apareceu na janela do carro hoje.

E assim como na noite passada.

Eu não sabia como lidar com isso. Já tinha me sentido atraído por pessoas antes, tive algumas namoradas, mas não tinha mais ninguém havia anos.

E, sendo sincero, eu não me importava. Correndo o risco de parecer um babaca, eu sabia que havia mulheres em Meadowlark que me desejavam — para um caso ou algum relacionamento. As senhoras mais velhas sempre estavam doidas para me juntar com uma sobrinha ou neta, dizendo que eu precisava encontrar uma garota legal e me ajeitar, e as fontes de fofocas não conseguiam entender por que eu ainda não tinha feito isso.

Era a palavra "legal" que me frustrava.

Não era uma palavra ruim, mas, para mim, não parecia boa. Sempre fui chamado de cara "legal". Não importava o contexto — com amigos, mulheres e estranhos —, eu sempre fui "legal".

De novo, nem ruim, nem bom, só legal.

Talvez fosse por isso que a ideia de uma garota legal dessa cidade legal não soasse... o bastante para mim.

Mas às vezes desejava que fosse.

A verdade — ou parte dela ao menos — era que eu gostava da minha vida como era. Nunca senti que faltava algo ou que estava perdendo algo por não estar num relacionamento.

A outra parte da verdade era mais pessoal. Era a insegurança profundamente enraizada que vinha de ter um cérebro que às vezes parecia não ser meu.

Aos cinco anos de idade, fui diagnosticado com transtorno depressivo maior. A essa altura, eu já tinha aprendido a conviver com isso, e tinha uma rotina — medicação, terapia e atividade física — que funcionava para mim, o que significava que as coisas não ficavam tão sombrias quanto antes. Era por isso que eu gostava de desenhar. Desenhar ajudava meu cérebro a ser mais gentil comigo.

Pensando logicamente, eu tinha a depressão sob controle.

Mas a depressão não é uma doença lógica. É uma frente fria inesperada no meio do verão. Por ser impossível de prever, eu passava muito do meu tempo me preocupando com quando o pior aconteceria. Não se, mas *quando* eu me afundaria em outro buraco e teria que decidir me esforçar para sair dele.

Até quando eu estava feliz, pensava em quando não estaria mais.

Era sinceramente exaustivo. Ocupava muito espaço do meu cérebro, embora eu soubesse que não havia muito o que fazer a respeito.

Foi o que quis dizer quando falei que meu cérebro não parecia ser meu às vezes. Parecia que pertencia à minha doença mental.

E, para ser franco, era um saco.

— Este lugar é incrível. — A voz suave de Ada me trouxe de volta para Bebê Blue. Ela estava no meio do que costumava ser a sala de estar e encarava o teto abobadado. — Você disse que está vazio há quanto tempo mesmo?

Ela olhava para o antigo Casarão do jeito que eu o olhava: como se fosse um sonho. Sim, eu queria um hotel-fazenda, mas também desejava que esse lugar *fosse* algo. Não apenas uma construção que *foi* algo. Eu queria que ela tivesse vida própria.

Fazia parte do Rebel Blue, e o Rebel Blue era uma parte de mim.

— Meus pais se mudaram para o novo Casarão antes do nascimento do meu irmão, então provavelmente há uns trinta e cinco anos.

— Está em bom estado considerando que ficou vazia por tanto tempo — respondeu ela, passando a mão pelo papel de parede da cozinha. — Mas isso significa que talvez tenhamos algumas surpresas.

Sorri e falei:

— Sinceramente, só torço para não ver mais nenhum animal aqui, morto ou vivo.

Ada arregalou os olhos castanhos. Eu gostava deles. Eram escuros, mas tinham uma variedade de anéis claros

e escuros — como os de uma árvore. Pareciam círculos de hipnose.
— É — completei. — Os guaxinins gostam deste lugar quase tanto quanto eu. Pedi para o cara do guaxinim vir, mas esses malditos são imbatíveis.
Ela soltou uma gargalhada — não como a risada da cozinha, e não como a da noite passada. Essa foi como se ela não quisesse rir, mas não conseguiu evitar.
Quem não queria rir?
— O cara do guaxinim? — perguntou ela no fim da risada.
— Sim. Wayne.
Ada ergueu uma das sobrancelhas escuras.
— O que exatamente o cara do guaxinim faz?
— Ele dá um jeito nos guaxinins — respondi, um pouco confuso. — Ele os captura e depois os leva para outro lugar em segurança. — O que mais um cara do guaxinim faria?
Um canto da sua boca se contraiu.
— Claro que tem o cara do guaxinim — constatou. Mais para si mesma do que para mim, acho. Ela caminhou até a mesa de trabalho que eu tinha instalado entre a cozinha e a sala de estar. — Certo — disse ela. — Vamos repassar como vai ser esta semana.
Enquanto ela puxava seu iPad recém-recuperado da bolsa recém-devolvida, me aproximei dela, mantendo uma distância profissional. Não queria deixá-la desconfortável, mas a vi se enrijecer mesmo assim, então dei um passo para trás, e sua postura relaxou um pouco. Ela abriu alguns arquivos diferentes, até chegar ao que parecia um cronograma.
— Evan chega amanhã e vai supervisionar o resto da demolição. Pela aparência do lugar agora, não deve demorar muito. — Gus, Brooks e eu tínhamos passado os últimos fins

de semana avançando nos trabalhos, nenhum deles se negava a usar o martelo.

— A equipe de construção está programada para começar na próxima segunda-feira, certo? — perguntei, tentando lhe mostrar que eu tinha feito meu dever de casa. Ela assentiu. — Obrigado por atender ao meu pedido de uma equipe local — declarei. — Meu pai, bem, a família toda na verdade, está feliz com isso. É importante para Meadowlark.

— Sem problemas — disse ela, olhando para mim dessa vez. — Não havia pensado nisso antes, mas faz sentido utilizar a economia local, ainda mais para um projeto desses. Estou concluindo que vocês têm uma boa parcela nela. — Assenti. Era verdade. — Pra ser honesta, nunca pensei de forma muito crítica nisso antes de você mencionar, mas é algo que quero incorporar nos meus projetos futuros.

— É muito apreciado nesta cidadezinha — afirmei, trocando olhares com ela de novo. Finalmente. Seus olhos eram como ímãs e, quando não estavam me encarando, meus olhos a procuravam por inteiro até encontrarem os dela de novo.

Então, senti meus batimentos cardíacos. Também os ouvi. Quando trocávamos olhares assim, algo se abria dentro de mim, e meu corpo todo lembrava como era se perder nessa mulher — nessa estranha — e ansiava por essa sensação.

Acho que ela também sentia isso, porque deu um passo em minha direção.

Então dei um passo até ela.

No silêncio do cômodo, eu ouvi sua respiração entrecortada.

Porra, eu queria ouvir esse som mais um milhão de vezes.

Demos uns passos em direção ao outro mais uma vez — seguindo a linha.

Ada era uma estranha para mim, mas eu não desejava que fosse. Talvez o que havia acontecido no bar na noite anterior tenha sido o destino. Talvez o Bebê Blue não fosse minha única chance de algo maior — de algo que pudesse ser meu.

Eu queria tocá-la, estender a mão e segurar seu rosto. Quase consegui, mas, quando dei o último passo, o velho assoalho sob meus pés rangeu alto o bastante para nos fazer recuar um passo.

Os olhos de Ada se desviaram dos meus e ela balançou a cabeça.

— Escute — falou. Seu tom estava mais áspero do que eu já tinha ouvido. Não era o tom calmo e profissional que estava usando comigo o dia todo. Esse era um tom irritado. — Não vim pra cá atrás de uma fantasia estúpida de ser enlaçada por um caubói. Vim fazer um trabalho.

— Desculpe — disse depressa, sem pensar muito no fato de ela estar usando piadas contra mim. — Não quis...

Mas Ada não me deixou terminar.

— O beijo de ontem foi uma delícia, mas não significou nada. Eu estava entediada, e você estava lá. Não deveria ter acontecido. — Ai, ok. Não sei por que isso me atingiu tanto, mas essa mulher usava palavras como Gus fazia com socos.

Ela tinha razão: foi só um beijo.

Mesmo que não parecesse ser "só" nada. Para mim, pelo menos.

— E nunca vai acontecer de novo. Isso é estritamente profissional. Entendeu? — Os olhos de Ada estavam frios, e a voz, afiada. Comparado com as risadas que tirei dela na noite passada e hoje quando falei do cara do guaxinim, isso pareceu um chute na barriga.

Mas não ia lhe dizer isso.

63

Ada tinha razão. Ela estava ali para trabalhar, e eu precisava que ela fizesse um bom trabalho.
Então assenti e respondi:
— Entendi.
E tentei ignorar o som do meu coração se partindo.

Nove

ADA

Minha opinião havia mudado recentemente, e agora eu estava convencida de que era muito mais fácil odiar seu chefe do que se sentir atraída por ele — ainda mais quando parecia que ele tinha saído de um romance erótico escrito por uma mulher que ama caubóis.

Durante a última semana, evitei com sucesso ficar sozinha ou precisar interagir com Weston além das questões sobre o projeto. Por sorte, ele acordava mais cedo do que eu e, antes de passar na obra, fazia o que os caubóis fazem nas primeiras horas do dia. Em geral, ele encontrava um jeito de ser útil, mas, outras vezes, só dava uma olhada antes de voltar ao trabalho.

Embora eu o visse menos do que tinha visto durante meu primeiro dia em Meadowlark, não conseguia evitá-lo totalmente. Era impossível.

E, com o passar das semanas, só ficaria mais impossível. No início de um projeto, Evan tomava a frente. Eu basicamente me tornava parte de sua equipe durante esse período — cuidando de demolições, projetos e construções —, mas também era minha responsabilidade garantir os materiais para colocar na fundação que Evan e a equipe estavam criando.

Eu também precisava me preocupar em atualizar minhas redes sociais. Publicava *stories* todo dia, três fotos e um vídeo no perfil por semana durante os projetos. Às vezes era cansativo, mas eu não via isso como uma tarefa árdua. Meu trabalho como eu o conhecia existia por causa da comunidade que eu havia criado no meu perfil, e eu adorava compartilhar tudo sobre ele com as pessoas.

Tinha gente que achava que eu não era uma designer de interiores "de verdade" porque não fiz faculdade para isso. Eu me perguntava o que pensariam de mim se soubessem que *fiz* faculdade, sim, para isso — só não terminei.

Como em qualquer lugar, a internet tinha sua porção de babacas, mas eu ficava grata por serem minoria na "Lar é onde seu coração está". E minha comunidade parecia gostar de mim. Ignorei a vozinha na minha cabeça que me dizia que era apenas porque não me conheciam.

Alguns dias antes, eu havia publicado uma foto em que Wes aparecia. Não havia sido intencional, e ele estava apenas no fundo, encarando a casa com um sorriso, mas levou menos de cinco minutos para eu começar a receber comentários dizendo coisas como "Meu Deus, que garanhão" e "Esse caubói é de matar".

Tentei não me irritar com isso.

E, agorinha, Weston estava usando uma camiseta branca que talvez fosse um pouco justa demais e arremessava uma marreta contra uma parede entre dois quartos.

Ele soltava uns grunhidos leves que me davam um calorão e me faziam imaginar se alguém tinha ligado o termostato sem querer.

Estar fisicamente atraída por ele era... estranho. Não era uma coisa que acontecia comigo com frequência. Eu podia olhar para uma pessoa e saber que ela era bonita, só que, se outro homem por quem eu estivesse atraída ficasse soltando grunhidos minipornográficos, eu provavelmente teria vontade de dar um soco na cara dele.

Mas não em Weston.

— Ada, tudo bem? — perguntou Evan ao meu lado, e eu percebi que estava encarando Weston.

— Sim, desculpe. O que foi? — respondi.

Evan e eu trabalhávamos juntos havia um pouco mais de um ano, mas eu sentia como se o conhecesse desde sempre. Não era realmente um amigo, mas era mais do que um colega de trabalho.

Ele também sabia mais sobre mim do que qualquer um, mas não porque lhe contei. O marido de Evan, Carter, trabalhava com meu ex-marido, Chance. Foi assim que nos conhecemos. Então, quando tudo com Chance foi para os ares, Evan já sabia.

Não conversamos sobre isso, mas eu sabia que ele me apoiaria se eu precisasse dele, e sua presença em Wyoming era prova disso. Esse era meu primeiro trabalho fora da Califórnia, e a maioria deles tinha sido na região de San Francisco. Quando contei a Evan de Wyoming e do cronograma do projeto, eu não sabia se ele viria, mas veio.

E eu fiquei grata.

— Nada — respondeu Evan. — Só queria te deixar ciente de que seu olhar é tão sutil quanto um tiro. — Seus olhos se moveram para Weston e então voltaram para mim.

Revirei os olhos, mas fiquei grata por ele ter me chamado a atenção. A última coisa de que precisava era que Weston me pegasse secando seu corpo e tirasse a conclusão errada do que isso significava.

Embora algo me dissesse que ele não era esse tipo de cara. Quando lhe falei que nada ia acontecer e que era apenas um trabalho, esperei que ele fosse... me pressionar, pelo menos um pouco.

Mas não pressionou.

Ele respeitou meus limites e, mesmo que isso fosse o mínimo, era novo para mim. Algo no seu jeito de interagir comigo, com a equipe, com todo mundo, me fazia pensar que ele era um cara legal.

Só que eu tinha tido experiências ruins com caras legais, e não queria repetir. Além do mais, eu não tinha desejo nenhum de estar num relacionamento. Minha vida era finalmente minha, e eu ainda estava tentando descobrir o que isso significava para mim.

Quando voltei para a planilha de materiais no notebook — marcando o que já tinha sido encomendado e o que não tinha, checando informações e atualizando meus registros de contatos de fornecedores —, ouvi um som que normalmente não ouvia num canteiro de obras nesse estágio: saltos altos.

Ergui o rosto e avistei uma mulher entrando pela porta da frente. Ela devia ser maior do que eu mesmo sem os saltos, mas, com eles, provavelmente chegava perto de um metro e oitenta. Tinha cabelo preto e ondulado que ia até seus cotovelos. Usava um conjunto de camisa branca de mangas compridas enfiada em uma calça *wide leg* preta, e carregava uma bolsa carteiro de couro. Parecia uma daquelas bolsas que eram simples, mas que custavam uma quantia absurda de dinheiro.

Seus olhos, que pareciam pretos de onde eu via, vasculhavam o lugar, procurando por alguém. Quando pousaram em Wes, meu coração parou.

Droga. Droga. *Droga.* Será que eu tinha sem querer beijado um homem com namorada? Uma namorada muito gata e aparentemente poderosa?

É isso que dá ficar com um estranho num bar e não fazer nenhuma pergunta, Ada. Mas ele tinha me beijado de volta. Então era culpa dele também.

Eu *sabia*, cacete. Eu sabia que esse homem não podia ser tão legal quanto parecia.

Wes tinha parado de martelar e ergueu a camisa para tirar um pouco de suor do rosto.

Caramba.

Se eu publicasse isso no meu perfil, ganharia um milhão de seguidores em uma semana. E, agora que eu estava realmente com raiva dele, fiquei irritada pensando que tudo o que um homem precisa fazer para as pessoas se aglomerarem ao seu redor é existir e ser meio atraente.

Ele viu a mulher, acenou para ela e lhe deu um sorriso com covinhas. Quando ela chegou perto de Wes, ele ia abraçá-la, mas ela o impediu com uma mão erguida e gesticulou para o corpo suado dele.

Corpo *brilhante* talvez fosse o termo mais apropriado.

Ele riu e depois gesticulou para a mesa em que eu estava sentada. Ótimo. Estão vindo em minha direção.

— Ada — chamou Weston quando se aproximaram da mesa. — Quero que conheça alguém. — Levantei e pensei em como eu diria a ela que seu namorado na verdade não prestava. Eu teria que fazer isso mais tarde, não podia jogar a bomba no meio da obra. — Essa é Cam, ou, hum, Camille — apresentou como se não estivesse acostumado a usar seu nome completo. Seu nome combinava com ela. Era... majestoso. — Ela é a advogada que está ajudando com o projeto.

— Bacharel, Wes — corrigiu Camille. — Bacharéis se formaram em direito, e advogados são bacharéis em direito que passaram no exame da ordem. Eu ainda não passei.

— Sim, passou. Só não tem os resultados ainda — afirmou ele.

Hum. Como seria ter alguém tão certo de você e de suas habilidades? Ela revirou os olhos, mas claramente lutava contra um sorriso. Certo, então ele tinha esse efeito em todo mundo.

— Ada — disse enquanto estendia a mão. — Prazer em conhecê-la.

— Camille, mas todo mundo aqui me chama de Cam.

— Porque todo mundo ali, incluindo Weston, era conhecido dela. Enquanto a cumprimentava, notei o diamante colossal no dedo esquerdo, e meu coração parou de novo. Ele estava... *noivo*? Meu Deus, eu tinha mesmo feito merda. — Eu nunca estive aqui antes — constatou enquanto olhava ao redor. — Já posso dizer que vai ficar ótimo.

— A visão da Ada é incrível — afirmou Weston na hora, e seus olhos pousaram em mim, brilhantes e suaves. — Ela é talentosa.

— Dá pra ver — rebateu Cam, e me deu um sorriso caloroso.

— Então, hum... — falei, tentando pensar num jeito de perguntar sobre o relacionamento de Weston e Cam. Se estavam noivos, achava que ela tinha o direito de saber do beijo, mas eu não tinha amigas, ou amigos no geral, então não sabia ao certo como lidar com isso. Mas certamente Weston teria mencionado uma noiva no resumo sobre sua família, certo? — Há quanto tempo vocês estão juntos?

Os olhos de Weston pareciam que iam saltar da cabeça, e Cam gargalhou. Eu não entendi.

— Não estamos — respondeu Cam.

— Ela é da família — falou Weston ao mesmo tempo. Ah, Jesus.

Eu tinha acabado de presumir que ele estava noivo da prima ou algo assim? *Putaquepariu, Ada. Você tá que tá.*

— O irmão do Wes é pai da minha filha. — Bem, isso era bastante coisa. Então ela era noiva do irmão dele? Cam deve ter visto meus olhos desviarem para o anel, porque esclareceu: — E, não, também não estou noiva do irmão dele. É toda uma história — falou com um aceno de mão.

— Eu... me desculpe. Vi o anel, e pensei... — Só falo besteira.

— Não, tudo bem — tranquilizou Cam com uma risada. — É revigorante conhecer alguém que não sabe do meu passado romântico inteiro.

Ela parecia muito sincera. Eu não tinha conhecido ninguém da família de Weston além do pai, mas, se todos eles fossem assim, eu ia precisar trabalhar no fato de que sempre presumia o pior.

Weston, que parecia ainda estar se recuperando da minha pressuposição de que estava noivo de Cam, disse:

— Agora que estabelecemos que não estou noivo da mãe da filha do meu irmão... — Ele olhou para Cam. — Tem os papéis para eu assinar?

Cam riu de novo.

— Sério, Ada. Você alegrou meu dia. É engraçado sentir um mistério — afirmou ela. — E, sim. Só alguns papéis de posse que preciso levar até a prefeitura esta semana.

Cam pôs a bolsa na mesa, e eu me senti mal porque ia ficar coberta de poeira em um segundinho, mas ela não pareceu se importar.

Então ela deslizou os dedos por alguns arquivos antes de pegar uma pasta, a qual abriu e folheou, dizendo rapidamente a Weston onde assinar nas páginas. Em seguida, Cam me olhou de novo e perguntou:

— Então, Ada, está gostando de Meadowlark? — Quando ela sorriu para mim, pareceu genuíno.

— É legal — respondi, com sinceridade. Eu estaria mentindo se dissesse que não estava totalmente encantada pelas montanhas e pelo grande céu azul. — Não vi muito dela, mas o rancho é lindo.

— Bem, você já foi ao bar e à cafeteria, então já viu basicamente metade da cidade — declarou Cam com um aceno de mão. Eu não tinha ideia de como ela sabia dessas coisas, o que deve ter ficado escrito na minha testa. — Cidade pequena, esqueceu?

— Os filmes da Hallmark não estão mentindo, né? — respondi, torcendo para que meu sarcasmo fosse entendido.

— Não, mas com certeza não temos tantos donos de pousadas gatos.

— Mas vocês parecem ter um monopólio de caubóis gatos — falei sem pensar. O que chamou a atenção de Weston, que virou a cabeça para mim. Nossos olhos se encontraram por uma fração de segundo, e eu imediatamente me arrependi.

O ar zumbia, e fiz o possível para ignorar isso.

Cam riu de novo.

— Você está definitivamente no lugar certo nesse sentido.

— Conte mais sobre esses caubóis gatos — pediu Weston, apoiando-se na mesa de trabalho de um jeito irritantemente convencido e atraente. — Alguém específico? — Ele cruzou os braços no peito largo e, mesmo com o canto do olho, eu podia ver aquelas malditas covinhas em plena exibição.

— Seu pai — brinquei sem encontrar seu olhar.

Eu já havia cometido um erro naquele momento e não queria repetir o que acontecera da última vez que Weston e eu trocamos olhares por tempo prolongado. Cam bateu com a mão na boca e começou a rir, mas fui poupada da resposta de Weston por uma pequena humana que se jogou na parte de trás das pernas de Cam.

— Mamãe! — gritou a pequena. Cam ainda estava se recuperando da risada, mas envolveu a criança nos braços e a apertou.

— Oi, Raio de Sol — falou Cam.

A filha dela tinha seu cabelo, mas os olhos eram verdes, e ela tinha duas covinhas grandes que eram familiares para mim. Usava o que parecia um uniforme rosa de futebol.

— Riley — chamou uma voz rouca. — Eu acabei de dizer que você precisa de um capacete antes de entrarmos.

Ergui o rosto para ver a quem a voz pertencia e, olhem só, me deparei com mais um caubói. Presumi que esse fosse Gus.

Era óbvio que Weston e Gus eram parentes, mas se Wes exibia um sorriso, Gus tinha uma cara fechada. Seu cabelo e seus olhos também eram escuros, e ele estava com um bigode muito bem aparado. Era preciso ser um tipo especial de homem para sustentar um bigode, e Gus parecia estar conseguindo.

— Eu já tenho uma cabeça dura — a humaninha, Riley, gritou de volta. — Você disse isso quando eu não quis colocar o pijama.

— Não é uma cabeça dura, é um *capacete* — falou Gus com um suspiro. Ele caminhava em nossa direção.

— Não sei o que é isso — respondeu Riley, e Gus balançou a cabeça.

— Ela te pegou — pontuou Cam. — De onde será que ela puxou essa cabeça dura? — A filha estava com os braços ao redor do pescoço de Cam e me olhava enquanto se aninhava no ombro da mãe.

73

— Quem é você? — perguntou Riley, olhando diretamente para mim.
— Eu sou Ada. Quem é você?
— Riley Amos Ryder — respondeu. Fofa.
— Prazer em conhecê-la, Riley Amos Ryder — afirmei com um sorriso que não pude evitar.
— Você tem um nome do meio? Qual é seu sobrenome?
— Desculpe — interveio Cam. — Essa é uma das coisas dela agora. Precisa saber o nome completo de todo mundo.
Assenti para ela, avisando que estava tudo bem.
— Ada Althea Hart — respondi, certa de que minha mãe ficaria empolgada por alguém ter perguntado meu nome completo. Althea era o nome da minha avó. A avó que deu à minha mãe o dinheiro de que ela precisava para sair da Grécia e vir para os Estados Unidos quando tinha vinte e dois anos.
Riley acenou com a cabeça no que parecia ser uma aprovação.
— É bonito — elogiou ela. — Gosto dos seus desenhos.
Ela apontou para meu braço coberto por tatuagens.
— Obrigada. Gostei do seu uniforme rosa.
— Meu pai tem desenhos também, mas só dá pra ver quando vamos nadar — constatou Riley. Essa era a melhor parte das crianças: simplesmente contavam coisas. Sem segredos, sem filtros, só iam na onda. — E o tio Wes me contou que o tio Brooks tem um desenho na bunda, mas eu nunca vi. — *Entende o que quero dizer?* — Então não tenho certeza.
Ouvi Gus suspirar, e Cam começou a rir de novo.
Senti uma risada irromper de mim também, e eu não sabia como reagir a isso. Parecia quando você come um monte de doce azedo e bebe refrigerante, e o fundo da sua garganta

efervesce. Não era uma sensação ruim, mas eu não sabia lidar com ela.

— Riley — chamou Gus.

Riley o olhou.

— O quê?

— Não é educado falar da bunda do seu tio quando você conhece a pessoa há menos de cinco minutos.

— Ah. — Riley parecia confusa. — Desculpe.

— Tudo bem — assegurei. — Obrigada por me contar sobre os desenhos.

— A propósito — disse Cam. — Preciso levar essa tagarela para o treino de futebol. — Ela olhou para Riley. — E temos que fazer algo com essa coisa que seu pai chama de rabo de cavalo.

Wes recolheu os papéis que tinha assinado e os colocou de volta na pasta, que em seguida guardou na bolsa carteiro de Cam, já que as mãos dela estavam ocupadas.

— Fiz o melhor que pude, Cam — falou Gus, dando de ombros.

Riley resmungou de um jeito muito familiar para alguém que não podia ter mais do que cinco ou seis anos.

— Posso ser goleira hoje, mamãe? Odeio correr.

— Vou pensar — respondeu Cam com um sorriso divertido.

Gus pegou a bolsa de Cam na mesa e a colocou gentilmente em seu ombro.

— Arrebenta, Raio de Sol — declarou ele para Riley. — Te amo.

Ele beijou a testa da filha, que beijou a palma da própria mão e a colocou na bochecha do pai.

— Te amo.

— Pode pegá-la amanhã? — indagou Cam.

— Sim, devo conseguir — informou Gus. — Se algo surgir, mando Brooks ou Emmy.

Cam assentiu.

— Obrigada — replicou. — Certo, Riles. Se despeçam.

Riley acenou a mãozinha, e Wes, Gus e eu acenamos de volta.

— Te amo, garota — declarou Wes. — Valeu, Cam. Por ajudar.

— Sem problemas. Eu vou entregar isso e te mando mensagem com qualquer outra coisa. E, Ada, foi um prazer te conhecer. Me avise se quiser tomar um café ou algo assim... Podemos agitar de verdade as línguas de Meadowlark.

— Claro — respondi, mesmo sabendo que as chances de eu me juntar a ela para um café fossem mínimas. Eu queria, Cam parecia ótima, mas na verdade não sabia como ter amigos. Eu tinha receio de que, se conversasse comigo por mais de cinco minutos, ela decidisse que não gostava de mim tanto quanto pensava. Eu era melhor em pequenas doses.

— Vejo vocês mais tarde — gritou Cam enquanto passava pela porta, e Riley deu tchau para nós de novo, e não consegui deixar de acenar de volta.

Virei para Wes, que estava olhando para mim.

Ele sempre estava olhando para mim, e eu estava sempre olhando para ele.

Isso era um problema.

Um problema grande pra cacete.

Decidi olhar para Gus, mas ele já estava olhando para o irmão com uma sobrancelha erguida, e seu irmão estava olhando para mim, então estávamos só numa grande e estranha troca de olhares, e eu precisava que isso acabasse.

— Sou a Ada — falei, estendendo a mão para Gus. Ele manteve os olhos no irmão caçula por mais um segundo antes de se virar para mim.

— Gus Ryder. Prazer em finalmente conhecer você — afirmou enquanto apertava minha mão. Firme. Ah, então ele era um desses caras.

— Digo o mesmo. Gostei da sua filha.

Gus balançou a cabeça, mas eu pude ver um sorriso em seus olhos.

— Ela é demais.

— Muito bem. — Wes bateu palmas. — Agora que todo mundo se conheceu, Gus, vou te levar para um tour.

— Não se preocupe — respondeu Gus enquanto cruzava os braços no peito e se apoiava na mesa. — Quero conversar com a Ada sobre o projeto.

Eu nunca tinha visto Weston nada menos do que alegre até aquele momento. Ele parecia... nervoso. Sua garganta se movia, e ele estava batendo o dedo na mesa repetidamente enquanto esfregava o queixo com a outra mão.

— Fico feliz em fazer um tour com você — declarei. — Mas Weston sabe tudo que sei.

Não sei por que de repente senti a necessidade de fazer algo que achei que acalmaria Weston.

Eu não era assim.

Dez

WES

Aprendi muito sobre mim nessa semana. Primeiro, aparentemente eu tinha queda por mulheres tatuadas de macacão que me ignoravam na maior parte do tempo. Descoberta das grandes. Segundo, ao que parecia, eu transmitia a energia de que beijaria essa mulher num corredor de bar enquanto estava noivo de outra pessoa.

Isso não me fez sentir bem, e odiei o fato de Ada ter presumido isso a meu respeito. Mas também me fez imaginar se ela conhecia alguém que *faria* isso.

E, se fosse o caso, eu odiava isso também.

Era muito fácil esquecer que ela não me conhecia e eu não a conhecia — embora eu quisesse muito.

Era o final da primeira semana, e o projeto estava andando sem percalços. Eu sabia que isso não duraria para sempre, mas, caramba, Ada era... impressionante. Ela e Evan se relacionavam com a equipe de um jeito que os fazia querer ouvir. Ada era quieta e profissional — já tinha ouvido membros da equipe se referirem a ela como "fria" ou "apática", mas eu não achava que fosse o caso. Sobretudo porque, de vez em quando, ela contava uma piada que fazia a equipe toda gargalhar. Depois ela se afundava de volta no trabalho, que era o lugar onde ela parecia ficar mais confortável.

Ada estava sempre com canetas atrás das orelhas. Ficava tão imersa no trabalho que não percebia já ter uma, então acabava com dois chifres de caneta.

Era fofo pra cacete.

Eu gostava muito dela. Mas era óbvio que ela estava tentando ter o mínimo possível de contato comigo, então fiz o possível para respeitar isso.

Apesar de só querer ficar perto dela.

Queria descobrir o que mais a fazia rir do jeito que tinha rido na noite do bar. Quais músicas escutava quando estava tendo um dia ruim, ou um dia bom, e qual era sua comida favorita.

Queria saber se seu corpo reagia ao meu do mesmo jeito que o meu ao dela.

Eu queria uma chance.

Mas nada disso era uma possibilidade. Ada havia traçado seu limite, e eu não queria cruzá-lo. Bem, queria, sim. Mas desejava que ela *quisesse* que eu o cruzasse.

Nosso beijo ainda passava repetidamente no meu cérebro. Toda vez que a via, eu lembrava a sensação maleável de seu corpo sob minhas mãos e o quanto ela respondia ao meu toque.

Eu lembrava o jeito que ela mordiscou meus lábios e como gemeu na minha boca quando prendi suas mãos na porta.

Puta que pariu.

Eu não ficava assim com mulheres. Eu não *queria* ficar assim. Por causa disso, aliás, eu me perguntava às vezes se havia algo de errado comigo. Bem, eu sabia que havia algumas coisas erradas comigo — tem coisas erradas com todo mundo —, mas minha neutralidade em relação a muitas das mulheres que tinham demonstrado interesse em mim me tornavam o estranho do ninho, ainda mais por ter crescido perto de Gus e Brooks.

Antes de Emmy, Brooks era um playboy, e Gus negaria agora, mas, antes de Riley, ele não era exatamente animado por compromissos, porque nunca deixava uma mulher se aproximar. Com exceção de Cam, mas não porque estava apaixonado por ela, e sim por ela ser sua amiga e ele a respeitar.

Agora ele não tinha mais fobia de compromisso, era um pai dedicado, e as mulheres gostavam disso também, mas Gus ainda estava com a porta fechada para qualquer tipo de relacionamento.

Quanto a mim, não era que não quisesse um — só que nunca havia desejado isso com alguém interessado em mim. E agora eu queria conhecer a garota que definitivamente não tinha interesse.

Ótimo.

Falando nessa garota, eu podia vê-la no seu ridículo carro minúsculo enquanto eu caminhava até a frente do Casarão. Era manhã de sábado, então não havia trabalho em Bebê Blue hoje. Eu tinha levado meu cavalo, Ziggy, para uma das trilhas ao redor do rancho mais cedo e depois fui ao picadeiro para ver Emmy.

Olhei para o meu relógio. Eram dez e pouco, mais tarde do que eu esperava. Ada estava batendo no volante, e eu me perguntei por quê, até que a ouvi tentar ligar o carro, sem sucesso.

Do jeito que esse carro guinchava e tremia quando ela chegou em Rebel Blue no começo da semana, me surpreendia ele tê-la levado até Wyoming, quanto mais durado esse tempo todo.

Andei até lá e bati na janela. Ela deu um pulo e me lançou um olhar de reprovação depois que o susto passou, mas eu apenas sorri para ela. Sempre preferiria ver suas caras feias às expressões afetuosas de qualquer outra pessoa.

— Algum problema? — perguntei quando ela abriu a porta do carro.

— Essa porcaria não está dando a partida — respondeu ela, bufando, e deitou a cabeça no volante, derrotada.

— Para onde está indo? — perguntei, tentando não passar do limite.

— Só quero comprar alguns casacos e algumas outras coisas na cidade — explicou, com a cabeça ainda no volante.

— Temos uma caminhonete extra que você pode usar — informei. — Está na garagem.

Ada me olhou.

— Sério? Você me deixaria usar?

— Sim — respondi. — Por que não deixaria? Ninguém mais usa.

— Não é a azul feia estacionada perto de mim, é? — ela perguntou, jogando um olhar preocupado para a caminhonete de Emmy, e eu ri.

— Não, essa é da minha irmã, mas com certeza vou dizer para ela que você acha o motivo de orgulho e alegria dela feio.

Ada arregalou os olhos — esses olhos castanhos grandes mexiam comigo — e mordeu o lábio inferior, e me lembrei de quando ela mordeu o meu.

— Isso é muito gentil da sua parte... mesmo. Seria ótimo. Obrigada.

— É, as chaves estão dentro dele. Vem comigo. — Mantive a porta do carro aberta para ela sair, depois a fechei e fui para a garagem.

Eu a conduzi até minha antiga picape GMC Sierra. Não estava na melhor forma, mas dava para dirigir, e era muito mais confiável do que o carro em que Ada tinha chegado. Mais seguro também. Nenhuma colisão poderia derrubar essa gaiola de aço.

A Sierra ficava nos fundos da garagem, então tive que mover minha caminhonete para tirá-la de lá. Ada a olhou, balançou a cabeça e falou:

— Nunca vi tantas caminhonetes na minha vida como vi neste rancho.

— Bem-vinda a Wyoming — declarei enquanto abria a porta do motorista.

— Talvez o pessoal da cidade não me encare tanto enquanto eu estiver dirigindo esse *bad boy* — comentou ela. — Vai me ajudar a me encaixar.

— Odeio te dizer isso — falei —, mas uma mulher bonita sempre vai ser encarada. Não importa o que dirija. — Assim que falei isso, me arrependi. Não por não a achar bonita, mas porque senti que tinha acabado de ultrapassar seus limites.

Era como se eu conseguisse assistir ao muro de Ada se erguer imediatamente.

Droga.

Ela desviou o olhar de mim e não respondeu nada. Quando olhou o interior da cabine da caminhonete, seus ombros caíram.

— Não consigo dirigir isso — Ada declarou. Eu nunca tinha ouvido sua voz soar assim: baixa e acanhada.

— Desculpe — falei rapidamente. — Eu não deveria ter dito isso, mas claro que você ainda pode dirigir a caminhonete...

— Não, eu literalmente não consigo dirigir — disse ela enquanto remexia os anéis de prata em alguns dos seus dedos. — Não sei dirigir carros manuais.

Eu nem tinha pensado nisso. Na verdade, eu tinha esquecido que essa caminhonete era de câmbio manual. Mas havia algo na resposta dela que soou incoerente na minha cabeça e pesado no meu coração. Parecia bem mais profundo do que só não saber dirigir um carro com câmbio manual — o que era bastante comum, até em Meadowlark.

— Merda, desculpe — eu disse, tentando pensar num jeito de expressar minha próxima sugestão de um jeito que não a fizesse sair correndo para as montanhas. Eu não sabia muito sobre Ada, mas sabia que ela se assustava com a mesma facilidade que um cavalo diante de um saco plástico. — Posso te levar — ofereci, rápido. — Para a cidade. Tenho que pegar umas coisas mesmo.

Ela mordeu o lábio de novo. Fazia isso quando estava pensando. Seus olhos estavam firmes no chão, recusando-se a encontrar os meus como sempre.

— Acho que... — começou, e disse: — tudo bem.

— Minha caminhonete é aquela — indiquei, apontando para a picape marrom atrás de nós. Fomos até o lado do carona, abri a porta e esperei que entrasse.

Ela parecia estar pensando de novo, voltando atrás, provavelmente.

— Sabe... Acho que estou bem. Obrigada por oferecer, mas não é urgente. Não quero atrapalhar seu dia.

Atrapalhar? Eu jogaria minha caminhonete de um penhasco se isso significasse ganhar alguns momentos sozinho com ela, mas Ada não precisava saber disso.

— Não vai. Eu preciso ir à cidade de qualquer forma, e você precisa de uma carona. — Tentei fazer que parecesse uma negociação, como se fosse estritamente um negócio. Ela não respondia a mim, mas respondia a negócios.

— Não, tudo bem...

É, cansei.

— Entra no carro, Ada.

Minha voz saiu mais mandona do que eu pretendia. Ada

enrijeceu a coluna em forma de ataque, seus olhos finalmente encontraram os meus, e ela me encarou.

— Você não tem direito de me dizer o que fazer aos sábados — falou sem rodeios.

— Tenho quando está sendo boba — respondi. Eu não falava coisas assim. Eu não agia assim, mas ela era tão... frustrante. — É uma carona para a cidade, não um pedido de casamento.

Ela não gostou dessa resposta, mas eu não ia recuar. Nós nos encaramos por mais alguns segundos. Eu gostava dos seus olhos em mim, mesmo que estivessem irritados. Era melhor do que os olhares frios que vinha ganhando dela durante toda a semana.

— Tá — soltou, áspera, antes de entrar na caminhonete.

— Tenho que ver se as vacas estão tossindo — murmurei para mim mesmo quando fechei a porta.

— Eu ouvi isso.

— Que bom — retruquei.

Dei a volta na frente da caminhonete, abri a porta e me posicionei no assento do motorista. Levei menos de um segundo para perceber que Ada e eu estávamos sozinhos, num espaço pequeno e fechado.

Ela não podia fugir de mim ali, então fiz algo que não deveria ter feito.

Peguei sua mão do assento ao lado dela e a coloquei na marcha, com a minha em cima. Ela tentou retirá-la, mas eu a segurei.

— O que está fazendo? — perguntou, soando irritada e confusa.

— Vou te ensinar a dirigir um carro manual.

— Não quero aprender a dirigir um carro manual.

— Sim, você quer — respondi. Ada bufou irritada, mas

não negou. Eu tinha visto seu rosto lá atrás, e eu sabia. Era algo que podia fazer por ela. — Tudo bem. Então, agora a marcha está em ponto morto, mas se você mover o câmbio para cima... — Mexi usando nossas mãos. — E depois para baixo, fica em marcha ré. Sentiu como ele meio que se encaixa no lugar?

Ada assentiu. Tentava parecer desinteressada, mas eu podia ver que estava curiosa.

— Não vou poder olhar pra você enquanto estiver dirigindo, então seria bom se respondesse com palavras quando eu fizer uma pergunta.

— Sim, senhor — respondeu Ada com um revirar dos olhos exagerado. Bem, isso foi diretamente para o meu pau. Talvez eu não tenha pensado bem nisso, mas era tarde demais para recuar agora.

— Certo, então um carro manual tem três pedais em vez de dois, e, pra fazer a caminhonete se mover, você tem que passar o acelerador e a embreagem um pelo outro.

— Não tenho ideia do que isso significa.

— Significa que eles precisam se cruzar. Então você solta a embreagem enquanto pressiona o acelerador, e o lugar em que se encontram é o ponto ideal.

— O ponto que faz a caminhonete se mover? — perguntou ela.

— Isso — respondi, colocando a caminhonete em movimento e nos tirando da garagem, desfrutando da sensação da minha pele na dela de novo. Retornei a marcha para o ponto morto bem antes da caminhonete parar. — E, quando a caminhonete para, garanta que o câmbio esteja no ponto morto ou ela vai morrer.

— Morrer? — indagou. Engatei a primeira marcha e tirei o pé da embreagem, e o motor engasgou e morreu.

— Morrer — respondi. Tirei a mão da dela e logo senti falta da sensação da sua pele, mas precisava religar a caminhonete. Então voltei a colocar a mão sobre a dela. — Estamos na primeira marcha agora, que é onde precisa ficar toda vez que começarmos a andar. Quando o carro começar a se mexer — falei enquanto a caminhonete começava a mexer —, vamos para a segunda. — Pressionei a embreagem e mudei a marcha. — E, ao atingir uns vinte e cinco quilômetros por hora — *embreagem, marcha* —, você muda pra terceira, e assim vai.
— E você pressiona a embreagem toda vez que muda de marcha?
— Sim. Pressione a embreagem, tire o pé do acelerador e mude a marcha.
— É muita coisa pra lembrar — constatou ela, baixinho.
— Não é tão difícil quanto parece — falei. — Prometo.
Depois disso, ficamos em silêncio por um tempo. Eu podia ver que Ada estava focada em mim, nas nossas mãos, no que eu estava fazendo, tentando absorver tudo, então não pressionei por uma conversa.
Deixei acontecer.
Depois de alguns minutos, Ada falou:
— Eu já fui casada. — Sua voz estava baixa de novo, do jeito que ficou quando contou que não sabia dirigir carro manual. Mantive a mão na dela e tentei não reagir. Fiquei surpreso por ela ter fornecido alguma coisa sobre si mesma, e queria que continuasse. — Tínhamos um carro. Era de câmbio manual.
— Mas você não sabia dirigir? — perguntei, tensionando a mão que estava no volante.
— Não, o que significa que eu não saía de casa, a não ser que fosse a algum lugar que desse para ir a pé ou meu ex me levasse.

— Ele não tentou te ensinar?

— Ele disse que eu não precisava saber como dirigi-lo se ele podia me levar para todo lugar que eu quisesse ir.

Uma imagem de Ada surgiu na minha mente, na qual ela parecia um pássaro numa gaiola. Minha cabeça estava pensando no que aquilo significava — que ela não era capaz de fazer as coisas por conta própria —, e isso me deixou puto.

Quem quer que fosse esse babaca, eu queria encontrá-lo e jogá-lo de um penhasco.

— No começo, achei fofo ele querer me levar para todo lugar, pensei que fosse uma forma de cuidar de mim, mas, depois de algumas semanas, comecei a me sentir presa.

— Sinto muito — respondi, sem saber como melhorar aquilo.

— Tudo bem. Acabou agora — replicou ela, simplesmente.

Mantive os olhos na estrada porque sabia que, se a olhasse, pararia a caminhonete e a puxaria para mim.

Quando paramos no último semáforo antes da cidade, me virei para ela. Nossas mãos ainda estavam sobrepostas, e eu podia sentir seus batimentos nos meus dedos.

— Eu posso mesmo te ensinar a dirigir com câmbio manual, Ada, se deixar. Você não precisa se sentir presa nunca mais.

Ela desviou o olhar, e eu não tive escolha a não ser começar a dirigir de novo. Depois de alguns minutos, um "obrigada" soou rouco do outro lado da cabine.

Fiquei em silêncio, sem saber como cuidar dela nesse momento. Eu deveria insistir na conversa? Ou deveria ficar quieto e deixá-la em paz?

Por sorte, não precisei decidir, porque Ada falou primeiro.

— Você realmente precisa buscar coisas na cidade ou estava só sendo legal?

Sorri e respondi com honestidade — bem, semi-honestidade. Ela não precisava saber o quanto queria passar tempo com ela.

— Os dois.

— Vou ser enxerida, pra me distrair do fato de que acabei de te falar sobre mim há alguns minutos. Do que precisa na cidade? — Ela usou aspas quando disse "cidade".

Hesitei por um instante.

— Quer a resposta verdadeira? Ou a mais fácil?

— A verdadeira — respondeu ela sem hesitação. — Acabei de te contar do meu ex-marido, e acho que não dá pra ficar mais vulnerável do que isso.

— Você me mostrou o seu lado, então tenho que mostrar o meu? — perguntei, achando graça.

— Tipo isso — respondeu. Achei que ela tinha sorrido um pouco também.

— Bem — comecei. — Tenho que pegar meu antidepressivo na farmácia, que fecha ao meio-dia no sábado, então seu carro morreu na hora certa. Eu talvez não tivesse conseguido chegar a tempo. — Não me importei em compartilhar esse assunto com Ada. Eu era aberto em relação a isso e queria que ela me conhecesse.

Se eu gostasse disso ou não, fazia parte de quem eu era.

Estúpido cérebro triste.

Ada ficou quieta de novo, então soltei:

— Agora nós dois sabemos algo um do outro.

— Sim — disse ela com um pequeno sorriso. — Olhe pra gente, tão abertos e tal...

— É uma sensação meio boa, né?

— É, sim — respondeu. — Eu, hum... — Ela hesitou por

um instante. — Obrigada. Por me fazer sentir menos estranha depois de despejar tudo em você. É bom sentir que não sou a única pessoa que tem problemas para resolver.

Sim, era muito bom.

Onze

ADA

Não sei o que deu em mim para contar a Weston sobre meu ex-marido e não sei o que esperava que ele fizesse quando lhe contei. Achei que pararia de me olhar como se eu fosse mais bonita do que era ou como se ainda estivesse sedento por mim, mas nenhuma dessas coisas aconteceu.

Em vez disso, ele parou a caminhonete, olhou bem nos olhos e falou as palavras que eu nem sabia de que precisava — que ansiava: *Você não precisa se sentir presa nunca mais.* Elas ressoaram em mim como um sino da vitória. Quando ele disse isso, acreditei nele. Talvez fosse culpa do grande céu azul de Wyoming, mas eu não me sentia presa ali.

O resto da viagem foi tranquilo. Tive oportunidade de pensar no que Wes me disse e em como ele estava disposto a garantir que eu não me sentisse sozinha no meu estranho estado vulnerável ao me contar da sua depressão.

Honestamente, eu nunca imaginaria que era algo com que ele lidava. Wes parecia muito feliz. Mas acho que a depressão não tem a ver com a aparência de uma pessoa, mas sim com o que ela sente.

Depois disso, conversamos um pouco. Ele me perguntou qual era minha comida favorita, se eu estava me divertindo com o projeto até agora — coisas superficiais. Era fácil dialogar com ele. Antes de eu me dar conta, estávamos entrando no centro da cidade de Meadowlark. Eu queria comprar alguns moletons, um casaco mais quente e luvas. Achei que podíamos simplesmente ir a uma loja de roupas, mas, quando falei para Weston do que precisava, ele estacionou na lateral da rua principal, bem em frente a uma loja de produtos de tratores.

— Não acho que esse lugar tenha o que quero — comentei enquanto ele manobrava a caminhonete.

— Confie em mim, esse lugar tem tudo de que você precisa e provavelmente coisas que você nem sabe ainda de que precisa — respondeu. — E pela metade do preço que pagaria em outro lugar. — Ele saiu da caminhonete, e eu o segui.

— Vai ficar bem sozinha? — perguntou ele.

Em vez de responder em voz alta, revirei os olhos antes de lançar um olhar de reprovação para ele. Achei que isso o faria recuar um pouco, mas não. Ele só exibiu seu sorriso de covinhas e continuou falando:

— Preciso pegar uma receita, e tenho alguns pares de botas no sapateiro. — Ele inclinou a cabeça para a loja do outro lado da rua. Claro que existia um maldito sapateiro. — Te encontro aqui em meia hora?

Assenti, mesmo que parte de mim desejasse que ele ficasse comigo — não que eu um dia fosse admitir isso. Não sabia o que tinha em Wes, mas, quando estava perto dele, eu sentia que estava flutuando. Eu me sentia bem. Eram dois sentimentos que eu raramente sentia nos dias atuais.

E o fato de ele sempre fazer questão de respeitar meu espaço e meus limites também me trazia segurança.

Se eu não fosse esperta, acharia que Weston era realmente um homem bom e decente por completo. Que pena isso ser impossível.

— Claro — respondi.
Ele tocou o chapéu para mim antes de virar e atravessar a rua. Tentei acalmar o frio na minha barriga. Era o mesmo frio estúpido que havia surgido quando ele me mandou entrar na caminhonete mais cedo.

Eu não acreditava que encontraria o que precisava na loja de tratores, mas entrei mesmo assim. Vi na hora que estava errada, porque a primeira coisa que avistei foi uma prateleira de moletons Carhartt pretos, amarelos e verdes na promoção por trinta dólares cada.

Caramba.

Os mesmos moletons eram vendidos numa butique perto da casa dos meus pais em San Francisco pelo dobro do preço.

Se isso fazia parte de morar em cidade pequena, eu poderia me acostumar. Olhei os modelos e escolhi um preto e um verde antes de começar a percorrer a loja.

Com certeza havia produtos de trator, ou o que eu presumi serem produtos de trator, mas havia também um monte de outras coisas — como garrinhas de dinossauros, muitas roupas, itens de decoração de casa, o que fiz questão de anotar mentalmente, e uma seção de doces a granel.

Avistei um dispensador com anéis de goma de pêssego e não consegui me controlar. Peguei uma das sacolas e a enchi toda. Depois de andar pelo local e pegar outras coisas — um gorro, luvas, e um casaco, que era outro item com desconto —, fui até o caixa.

Um homem loiro estava ali para me atender. Ele era bonito — não bonito como Weston, mas bonito o suficiente. Isso era algo que eu notava agora: se um homem era bonito em comparação com Wes.

— Achou tudo? — perguntou ele. Seus olhos se fixaram em mim por um pouco mais de tempo do que seria confortável.

— Achei, obrigada — respondi.

Ele começou a passar meus itens.

— Nunca vi você aqui — comentou. Foi quase uma acusação.

Com essa frase e o jeito estranho que me olhava, comecei a ficar irritada.

— Era pra ser uma pergunta? — indaguei, lançando para o caixa meu melhor olhar "tenta a sorte" enquanto deslizava meu cartão no balcão. Ele se esquivou do meu olhar agressivo, e tive a sensação de que não ia responder.

Bom mesmo.

Observei ele passar meu cartão. Depois de alguns segundos, um barulho agressivo e terrível saiu da maquininha, e quis me rastejar para debaixo da terra. Eu sabia o que aconteceria a seguir.

— Hum — falou ele —, sinto muito, mas esse cartão foi recusado. Você tem outro que podemos tentar passar?

Não, eu não tinha. Aquele era meu único cartão de crédito que não estava no nome do meu ex-marido. Claro que não os usei depois do divórcio, mas eu não era qualificada para nenhum outro, e minha conta bancária estava drenada.

Calculei mentalmente com o que tinha usado o cartão nas últimas semanas para ter atingido o limite.

Merda.

— E-eu... — gaguejei. — Deixa eu ver. — Peguei a carteira, tentando descobrir como sairia da situação.

Quando eu estava prestes a fugir, outro cartão foi deslizado no balcão, e a voz de Weston disse:

— Usa esse.

Eu não queria que ele me salvasse. Não precisava que cuidasse de mim. Era isso que eu ganhava por ter me aberto na caminhonete: outro homem que achava que podia se intrometer.

— A empresa do cartão provavelmente acha que o seu foi roubado — disse ele, rindo.

Eu sabia que não era verdade, mas o caixa riu com ele. Wes estava me acobertando, eliminando meu constrangimento.

— Essa não seria a primeira vez — afirmou o funcionário loiro. — Como vai o projeto no Rebel Blue?

— Vai bem, Kenny. Obrigado por perguntar. — Wes apontou para mim. — E você acabou de conhecer a mulher no comando.

O caixa, Kenny, me olhou de novo.

— Bem-vinda a Meadowlark — disse Kenny.

— Até mais — falou Wes quando pegou a bolsa com todas as minhas coisas no balcão e foi para a porta.

Quando saímos da loja, parei e olhei para Weston, que ficou ao meu lado. Sua expressão era de expectativa, como se soubesse o que eu estava prestes a dizer.

Bem, ele merecia.

— Não precisava fazer isso. Não preciso que cuide de mim — soltei.

— Sei que eu não precisava fazer isso. Mas ver você tremer toda manhã está me enlouquecendo, e você não aceita os casacos que ofereço.

Sim, porque na única vez que usei um de seus casacos, fiquei tão distraída com o cheiro que quase o beijei de novo.

— Porque eu estava planejando comprar meu *próprio* casaco — retruquei.

— Esse plano funcionou bem, né?

— Eu teria dado um jeito — respondi, embora realmente não achasse que teria. Na pior das hipóteses, eu apenas teria que ir embora sem a mercadoria. Na melhor das hipóteses, Kenny teria caído no meu truque "mas eu sou apenas uma garota" e me dado crédito.

— Ada — falou Weston, esfregando a têmpora, como se fosse ele quem deveria estar irritado —, fiz o que teria feito para qualquer um. — Ignorei o fato de que isso fez meu estômago se revirar um pouco. — Se isso é tão importante assim, eu devolvo tudo. — Bem, não. Eu não queria isso. — Mas você precisa de um casaco. Seu cartão não passou, e o meu, sim. Me paga depois. — Ele me olhou então. — Você pode até adicionar juros se isso fizer você se sentir melhor.

Não fazia, mas a maneira como ele tentava não exibir uma das covinhas fazia.

— Tá bem — respondi.

— Tá bem — replicou.

A viagem de volta para casa foi silenciosa. O único som era a playlist de soft rock — Tom Petty, The Eagles, Fleetwood Mac, Steve Winwood — que fluía dos alto-falantes.

E não houve aulas de direção com marcha.

Só que isso não me impediu de imaginar qual seria a sensação da minha pele contra a dele.

Ótimo.

Doze

ADA

Todas as manhãs no Rebel Blue tinham sido lindas, mas quando acordei no domingo, soube que essas manhãs se tornariam as minhas favoritas.

Eu não era de acordar cedo. Ou de dormir tarde. Na verdade, eu só preferia dormir. Mas despertar numa cabana de madeira cercada de sempre-vivas e do ar fresco da montanha ajudava a acordar cedo.

Tentei lembrar se tinha colocado soneca no despertador alguma vez na última semana e percebi que não, o que era raro para mim. Eu não colocava despertador aos domingos, mas isso não tinha importância em Rebel Blue, porque me levantava com o sol.

Saí da cama e demorei lavando o rosto e fazendo minha rotina matinal de cuidados com a pele. Eu não tinha grandes planos para o dia, e tentava não trabalhar aos domingos. Nem sempre conseguia, mas era uma tentativa. Vesti meu novo moletom preto, uma calça legging, e, por cima, um par de meias grossas de lã que alguém tinha deixado do lado de fora da minha porta alguns dias antes, com uma nota que dizia "Para o piso frio".

Quando calcei essas meias pela primeira vez, soube que nunca mais ia querer abrir mão delas.

Atravessei a casa até a cozinha, pretendendo só pegar um iogurte na geladeira, e um cheiro de manteiga e bacon me atingiu na hora. Não era costume eu sentir que estava começando a salivar, mas os aromas que vinham da cozinha do Casarão eram deliciosos.

Amos estava na frente do fogão, usando uma calça jeans velha e uma camisa xadrez. Seu cabelo castanho-avermelhado estava úmido.

Ele me deu um sorriso caloroso quando me avistou. Mesmo que Wes se parecesse mais com a mãe, ao menos pelas fotos que vi espalhadas pelo Casarão, eu o achava parecido com Amos também.

— Bom dia — cumprimentou ele. — Dormiu bem?

Fiz que sim com a cabeça e completei:

— Ainda não passei uma noite sem dormir como uma pedra. — De novo, algo raro para mim. — Obrigada por me receber aqui. Está sendo incrível ficar tão perto da obra.

— Ficamos felizes em receber você. Já conseguiu se acomodar?

Pensei nas minhas roupas que não estavam mais na mala, mas na cômoda do meu quarto de hóspede, em como eu tinha meu próprio quadriciclo que gostava de usar para ir à obra, e em como, no fim do dia, voltar para o Casarão me dava a sensação de voltar para casa.

— Sim, consegui. Gosto daqui — respondi, com sinceridade.

— Que bom. Gostamos de ter você aqui, especialmente Weston. — Meu coração parou. Ah, meu Deus. Torci para que Amos não soubesse de nada. — Ele está impressionado com seu trabalho. Me fala todo dia que tomamos a decisão certa ao te contratar.

Ele fala... do meu trabalho? Para o pai? E está impressionado?

Bem, isso é... legal, foi o que respondi a Amos.
— Onde ele está? — perguntei. Não que eu quisesse saber.
— Weston acorda mais cedo do que qualquer um de nós. Deve estar em alguma trilha com Waylon. — Claro, aonde quer que Weston fosse, o cachorro ia atrás. — Pode ser que esteja pulando de um penhasco para um lago de gelo, nunca se sabe. — Ele riu. O jeito que falava dos filhos me fazia imaginar como meus pais falavam de mim. Depois de alguns instantes, Amos continuou: — Ele tem esperado por isso há muito tempo. Ama aquela casa velha — falou com um pequeno sorriso enquanto fazia uma quantia obscena de ovos mexidos na frigideira.
— É uma casa linda — comentei. — Foi onde você cresceu?
— Sim.
— Mas você optou por construir algo novo pra sua família? — perguntei, curiosa sobre a história do Rebel Blue. Sentei em um dos bancos na bancada, me acomodando para uma conversa com Amos.
— Preferi, sim — respondeu Amos. — Meu pai e eu tínhamos... — Ele fez uma pausa, e uma linha profunda marcou sua testa. — ... uma relação complicada. — Assenti. Era algo que eu entendia. — Eu queria que meu casamento e minha família fossem diferentes. E acho que isso começou com uma nova casa pra mim. Nos mudamos pra cá semanas antes de August nascer.

Pensei no que Wes me disse durante meu primeiro dia em Rebel Blue: que seu pai usava o nome inteiro dele e dos irmãos. Presumi que August fosse Gus.

Eu tinha mais perguntas, mas não achei educado fazê--las, então mudei de assunto.

— Isso é bastante comida — falei, baixinho.

O sorriso de Amos foi grande dessa vez.

— O café da manhã de hoje é um costume da família. — Eu praticamente podia sentir o orgulho dele ao mencionar a família. — Claro que adoraríamos que se juntasse a nós. Mas também sei que é seu dia de folga, então posso fazer um prato pra você aproveitar em outro lugar que não seja tão barulhento quanto aqui está prestes a ficar.

Tenho a tendência de não me sair muito bem em situações em grupo. Meu rosto sempre fechado e minha energia geral normalmente não me favorecem nesses tipos de situação.

— Não tem problema — respondi. — Posso pegar algo na geladeira.

— Você não vai se juntar a nós? — A voz de Weston soou de trás de mim, e a cabeça de Waylon acabou de algum jeito sob minha mão que estava solta na minha lateral. Virei no banco para encarar Wes, sem conseguir evitar, e nada poderia ter me preparado para o que vi nessa bonita manhã de domingo.

Ele com certeza havia corrido, pois seu peito ainda estava um pouco ofegante. A camiseta branca de manga comprida estava molhada de suor em todos os lugares certos e colava no corpo de um jeito que ele poderia estar num calendário de homens gatos.

Fiz uma anotação mental para pesquisar "calendário de caubóis" no Google mais tarde, e tentei me convencer de que o Rancho Rebel Blue tinha despertado em mim uma atração por caubóis em geral, não só por um específico.

Subi meus olhos de volta para Weston, e me deparei com um sorriso. Eu tinha acabado de ser flagrada e, como se não fosse suficiente ter sido pega secando meu chefe, ele escolheu esse momento para *piscar* para mim.

Uma piscadela realmente boa. Uma dessas que fazem seu queixo cair e envia uma onda de calor por sua espinha. Filho da mãe.

Ele ainda esperava a resposta para sua pergunta.

— Não hoje. — Foi o que escolhi dizer.

— E você também não vai se juntar a nós se não tomar banho — disse Amos. Wes revirou os olhos. Ele me olhou de novo quando pegou a bainha da camisa para limpar o suor da testa. Esse homem sabia exatamente o que estava fazendo, e eu tinha que tentar conscientemente não continuar encarando. — Você está fedendo.

— Já vou, já vou — respondeu Weston ao pai. Ele se virou para sair da cozinha e gritou: — Mas convence a Ada a ficar para o café.

Virei para Amos de novo. Ele parecia achar graça, mas tudo o que disse foi:

— Vou preparar um prato pra você.

Respondi com um olhar que torcia para que ele lesse como gratidão.

Nesse momento, ouvi a porta da frente se abrir, e duas vozes se dirigiram à cozinha.

— Já falei. — Era uma voz masculina que soava estranhamente familiar. — Prefiro comprar uma nova caminhonete pra você do que tentar consertar aquele monstro azul feio.

— Minha caminhonete e eu viemos no mesmo pacote. — Uma voz feminina agora. — Se ela for, eu vou.

Duas pessoas apareceram na cozinha. Um homem, que reconheci na hora como o barman, Brooks, o que significava que a morena ao seu lado era a irmã de Weston, Emmy.

Emmy era alta, devia ser alguns centímetros maior do que eu. Seu cabelo castanho e comprido estava solto e revolto, como se ela tivesse montado em um cavalo com o cabelo ao vento. Tudo nela aparentava muita... liberdade.

Eu me senti presa numa gaiola a minha a vida toda. Dei uma olhada nessa mulher e a primeira coisa que senti foi inveja.

— Oi, Batatinha — falou Amos. — Luke, bom dia.

Emmy soprou um beijo para o pai, e Brooks lhe deu um aceno de cabeça antes de se virar de volta para Emmy.

— Tá bom — disse Brooks. Seus olhos estavam em Emmy de um jeito que me fez sentir que estava me intrometendo em algo, mesmo que fossem eles os recém-chegados à cozinha. — Mas você me deve uma, docinho.

O rosto de Emmy se iluminou até mais, e Brooks colocou um braço em seus ombros, puxando-a para si a fim de lhe dar um beijo na testa. Enquanto ele fazia isso, os olhos dela examinaram a cozinha e pararam em mim.

Ela saiu do abraço de Brooks, que pareceu totalmente decepcionado, e estendeu a mão para mim.

— Oi. Você deve ser a Ada. Sou a Emmy.

Brooks olhou para mim, e sua boca se curvou num sorriso perspicaz.

— Ora, ora, ora — disse ele. — Se não é a mulher que não pagou a conta.

Emmy olhou de volta para Brooks, confusa, e depois para mim. Ela me avaliou por um instante, e vi uma luz brilhar nos seus olhos.

— Calma, *você* é a garota que estava dando uns amassos no meu irmão no bar?

Nunca havia desejado ser um caranguejo-eremita antes, mas existe uma primeira vez para tudo. Nesse momento, eu teria dado tudo para ter uma concha para me esconder.

Amos tossiu atrás de mim, e tacar fogo em mim mesma provavelmente teria sido mais agradável do que esse momento.

— Desculpe — pediu Emmy, rápido. — Eu não sabia que a garota misteriosa do bar e a designer de interiores eram a mesma pessoa. — As palavras escapavam da sua boca sem controle.

— Nem eu — emendou Brooks, sorrindo.

— *Cala a boca*, Luke — mandou Emmy. — Me desculpe mesmo — disse ela, voltando-se para mim. — Às vezes meu cérebro não acompanha o ritmo da minha boca.

— Tudo bem — respondi, mesmo que tudo que desejasse fosse dar o fora dali. Brooks ainda sorria. — Eu vou pagar a conta — avisei para ele, irritada.

— Não precisa. — Brooks balançou a cabeça. — Wes pagou depois que você quebrou o recorde mundial de velocidade ao sair correndo do Bota do Diabo.

Claro que tinha. Wes era o Senhor Certinho de Wyoming.

Emmy deu uma cotovelada nas costelas de Brooks, mas ele não se abalou. Só a puxou para o peito e a abraçou. Ela resistiu por meio segundo antes de se derreter nele — como se seus braços fossem o único lugar onde queria estar.

Brooks beijou a cabeça de Emmy de novo.

Pensei no que Wes havia dito: que, quando eu os conhecesse, entenderia.

E entendi.

Nunca me senti uma pessoa muito agradável. Meu ex confirmou essa suspeita, especialmente no final. Na maior parte do tempo, isso não me incomodava. Só que, ao olhar para Brooks e Emmy, senti uma pontada no peito, e, pela primeira vez em muito tempo, me perguntei como seria não só ter alguém gostando de você, como também amando.

Balancei a cabeça. Era coisa demais para eu pensar às sete e meia da manhã de um domingo.

O som de um prato sendo empurrado pela bancada

chamou minha atenção — me virei para Amos, que estava me dando um olhar de desculpa, mas também vagamente perspicaz. Era o mesmo olhar que havia me dado depois de Weston devolver minha bolsa no meu primeiro dia em Rebel Blue.

O prato que ele havia feito para mim era mais um *platter*, uma espécie de tábua abarrotada de bacon, ovos, tomates grelhados, dois tipos de torradas, *hash browns*, e o que supus ser um muffin de banana e nozes. Eu tinha comido alguns desses muffins desde a minha chegada, estavam sempre na despensa.

— Calma, você não vai comer com a gente? — perguntou Emmy. Ela parecia realmente decepcionada.

— É o dia de folga dela, Batatinha — explicou Amos. — Deixe-a aproveitar.

Os ombros de Emmy caíram, mas ela assentiu.

— A gente devia tomar café algum dia — comentou ela. A segunda mulher da família Ryder a me convidar para um. Para alguém que não estava acostumada a convites, amizades ou afins, era... bom. — Sei que a Teddy está doida pra te ver. — Teddy tinha me mandado mensagens algumas vezes desde que cheguei. Seu pai não estava se sentindo bem, e ela estava cuidando dele, por isso não tinha conseguido me visitar ainda. — Quem sabe podemos fazer algo nessa sexta?

— Sim — respondi, evasiva. — Dependendo de como vai ser essa semana, te aviso.

Emmy me olhou como se soubesse o que isso significava: provavelmente não. Eu conhecia esse rosto. Durante minha vida inteira, fui descrita como fria, mal-humorada, rude. Sei que não sou supercalorosa ou hipergentil, mas a verdade é que sou apenas tímida. Não me considero uma pessoa sociável, com certeza não da mesma forma que essa família inteira... Eles fazem parecer muito fácil. Eu não sei nem como conversar de um jeito que faça as pessoas gostarem de mim ou continuarem interessadas na minha companhia. Parece que sempre acabo sendo uma decepção, então por que perder tempo comigo?

— Antes que Emmy insistisse mais, me virei para Amos.

— Muito obrigada pelo café da manhã. — E, então, para Emmy e Brooks: — Foi um prazer te conhecer, Emmy. E, Brooks, foi meio que bom te ver.

Tanto Emmy quanto Amos riram, graças a Deus.

Saí do meu banco com a bandeja de café da manhã e fui para o quarto.

— Espero que a gente se veja de novo em breve! — gritou Emmy atrás de mim.

Passei pelo corredor do banheiro do andar de cima que Wes estava usando para o banho. A água corrente trouxe todos os tipos de imagens para meu cérebro que eu preferiria mesmo não pensar.

Sentei na mesa do meu quarto para comer e rolar a tela do celular. Algumas das minhas melhores ideias surgiam ao vagar pelo Pinterest nos dias de folga. Só que, quando fui pegá-lo no bolso do moletom, não estava lá.

Merda. Eu devo ter deixado na bancada da cozinha.

Será que valia a pena ir buscá-lo? Eu confiava plenamente na habilidade de Emmy, Amos e Weston de me convencer a tomar café da manhã com eles, o que talvez não fosse tão ruim afinal. Eu gostava dos Ryder — de um deles um pouco demais. Pesando minhas opções, decidi que era melhor tentar pegar meu celular naquele momento do que esperar até mais tarde — quanto tempo o café da manhã duraria para uma família que *gostava* de verdade um do outro?

Enquanto andava de volta pelo corredor, a porta do banheiro se abriu com uma nuvem de vapor. Não tive tempo de me conter antes de dar de cara com o peito largo de Weston.

— Opa — disse ele. De início, eu havia estendido as mãos como uma reação involuntária, um jeito de o meu corpo me proteger de uma colisão. Mas agora minhas mãos estavam tocando de leve seu peito, e eu as olhava, vendo como elas ficavam quando o tocavam. — Vai a algum lugar?

Minha boca não conseguia formar palavras: eu estava focada demais em como era tocá-lo e ele me tocar. Pequenos relâmpagos dispararam pelos meus braços, enquanto as mãos dele estavam nos meus cotovelos.

— Si... sinto muito — gaguejei.

Arrastei os olhos por seu corpo — observando-o de cima a baixo do mesmo jeito que havia feito na cozinha. Já tinha visto o jeito que a camiseta grudava em seu corpo e já tinha reparado em sua barriga na obra, mas agora ele estava na minha frente vestindo apenas uma toalha.

Não demorei muito para concluir que na verdade ele *não* deveria ter permissão de usar camisetas. Deveria sempre só andar por aí assim: sem camiseta e brilhando.

Nesse momento, me senti uma adolescente apaixonada. Uma paixão intensa e inevitável.

Só que paixões não são tão divertidas se forem por seu chefe.

Se outra pessoa estivesse na minha frente, o fato de todos os pensamentos lógicos praticamente terem saído da minha cabeça não seria de grande importância.

Eu nem teria pensado duas vezes antes de querer tocá-lo — em todos os lugares.

— Eu não — respondeu ele.

Sua mão se moveu para minha cintura, me tirando da minha cabeça enevoada e me levando de volta para o momento. Minha respiração ficou presa na garganta. Eu precisava sair do seu aperto, mas não conseguia pensar direito quando suas mãos estavam em mim. Tudo em que conseguia pensar era em *mais*. Quase involuntariamente, passei as mãos por seu peito até os ombros, e seus lábios se abriram um pouco. Eu ainda não estava respirando.

— Faz isso de novo — sussurrou ele.

E fiz, mesmo sabendo que não deveria, mas não parei por aí. Passei minhas palmas pelos músculos do seu abdômen, de cima a baixo.

Finalmente soltei um suspiro trêmulo. O que estava acontecendo comigo?

— Era nisso que estava pensando? Quando não conseguiu tirar os olhos de mim na cozinha, estava pensando em me tocar?

Engoli em seco e assenti, sem saber quando tinha decidido admitir isso para ele — ou para mim.

— Eu te vejo, Ada. Sempre te vejo, mesmo quando não quer olhar pra mim.

Tudo parecia tão... elétrico quando eu estava perto dele, que não sabia como fazer isso parar, mas nem sabia se queria.

Ainda mais naquele momento.

— Estou te olhando agora — respondi.

Era como se eu estivesse em uma experiência extracorpórea, como se as palmas das minhas mãos pressionadas contra ele tivessem inclinado o mundo em seu eixo. Eu me aproximei dele, e a água que escorria da sua pele encharcou meu moletom.

— Por que agora? — perguntou.

Porque você está diante de mim parecendo um deus do Velho Oeste só de toalha, pensei.

Essa sensação, essa atração, era algo inédito para mim. Eu nem sabia que existia até a noite em que conheci Weston no bar. Uma pequena parte de mim desejava voltar para a minha versão que não sabia qual era essa sensação, mas uma parte bem maior sentia que podia respirar pela primeira vez.

As mãos de Weston subiram e desceram pelas minhas costas, deixando rastros de faíscas.

— Por que *agora*, Ada? — perguntou de novo, com mais força dessa vez.

— Não... não sei — Foi o que escolhi dizer.

Ele pressionou a testa na minha, e pude sentir seu hálito no meu rosto. A mão que estava acariciando minhas costas deslizou para debaixo do meu moletom, puxando-me para ele. Eu conseguia sentir ele ficar duro contra minha barriga.

Era demais para absorver.

Minha respiração estava trêmula, e esperei que ele continuasse. Em vez disso, Wes disse:

— Me avise quando descobrir.

E caminhou de volta para seu quarto, com a porta me bloqueando com um firme clique.

Treze

WES

Meu esbarrão em Ada depois do banho era tudo em que conseguia pensar quando me sentei para o café da manhã com minha família, e o fato de Emmy não parar de me atormentar sobre ela não ajudava. Ela me golpeou de perguntas: *Você sabia que ela era a designer quando a beijou? Já a beijou de novo? É melhor você não a assediar no trabalho. Você gosta dela? Ela gosta de você?*

Se eu gostava dela? Com certeza, sem dúvidas. Quanto mais tempo eu passava com ela, mais gostava. Se ela gostava de mim? Eu não sabia. Sabia que estava atraída por mim — não dava para fingir o calor em seu olhar —, mas não significava que gostava de mim. Pelo menos, não do jeito que eu gostava dela, que era avassalador, de me fazer sonhar acordado, e levemente irritante.

Não respondi a essas duas últimas perguntas de Emmy. Já era ruim o suficiente ela estar me fazendo o interrogatório sob o olhar vigilante e frustrantemente observador de Amos Ryder, e os comentários dos meus irmãos tornavam tudo pior. Bem, o comentário de Emmy, a expressão de divertimento de Luke, e o único comentário de Gus, que basicamente equivalia a "Não ferra esse projeto".

Claro que eu não queria ferrar com nada — nem com o projeto, nem com o que estava acontecendo com Ada.

Eu queria os dois.

E queria que ela também quisesse os dois.

Era nisso que eu estava pensando na manhã de quarta-feira, quando Ada entrou na salinha de estar ao final do corredor de seu quarto. Eu não a tinha visto muito desde o fiasco do banheiro, e tinha um pressentimento de que era de propósito. Na segunda-feira, não tive tempo de ir à obra e, quando cheguei ao Casarão, a porta do quarto de Ada estava fechada e as luzes, apagadas. Na noite anterior, eu a vi correr pela porta dos fundos de Bebê Blue quando cheguei lá, e Evan disse que ia me atualizar sobre o progresso do dia.

Ela estava fazendo um ótimo trabalho para me evitar, então me perguntei por que se aproximava de mim agora.

— Oi — cumprimentou, olhando para o chão.

— Oi — respondi, erguendo o olhar do meu bloco de desenho para observá-la. Era cedo, talvez por volta das cinco... Eu realmente não sabia, porque não estava dormindo bem, então fui desenhar por volta das três. Ela ainda não tinha vestido as roupas de trabalho, que normalmente era um macacão com uma camisa de manga comprida ou uma regata por baixo. Eu gostava quando ela usava regatas porque podia ver suas tatuagens. Às vezes eu só conseguia pensar no braço direito dela, que era inteiramente tatuado com rosas, vinhas e espinhos. Mas no momento ela usava legging e moletom pretos. Desde que a conheci, só a vi duas vezes usando algo que não fosse preto, branco ou jeans. Três vezes, para ser generoso.

Em seus pés estavam as meias que eu tinha deixado do lado de fora da sua porta. Ela as usava o tempo todo, e toda vez que as via eu não podia sorrir — o sorriso revelaria que tinha sido eu, e então ela provavelmente decidiria nunca mais usá-las e deixaria os dedos dos pés congelarem só para me contrariar.

Eu gostava disso nela — de sua teimosia —, mas isso também me enlouquecia.

Ela me enlouquecia.

— Quero falar com você — disse ela, ainda sem me olhar.

— Nova regra — respondi. — Você tem que olhar pra mim quando falar comigo.

Ela arregalou os olhos. Isso a atingiu.

— Você não pode criar regras — rebateu.

— Sério? Porque você cria o tempo todo — repliquei. O que tinha nela que me tirava tanto do sério e me fazia agir diferente de como agiria com outra pessoa? — Não podemos nos olhar, ficar perto um do outro, respirar na direção um do outro. A não ser, é claro, que você me aborde depois de eu sair do banho. Nesse caso, pode tudo.

— Não foi isso o que aconteceu — respondeu ela com um tom irritado.

— Não é assim que lembro.

Eu tentava não lembrar, na verdade. Da sensação das suas mãos nas minhas costas, dos seus suspiros abruptos que eu queria guardar num pote, do modo que me olhava, como se estivesse pronta para deixar acontecer o que quer que fosse entre nós.

Porque ia acontecer.

Sentimentos como esse não existiam para serem reprimidos. Eu só precisava esperar que ela se desse conta disso.

— Bem, não foi o que aconteceu — disse ela enquanto cruzava os braços.

— Se pensar assim te ajuda a dormir à noite, meu bem...
— Voltei a olhar para meu bloco de desenho e comecei a sombrear algumas partes das folhas em que estava trabalhando. Ela não foi embora. Ficou parada ali. Deixei passar um minuto ou mais antes de dizer: — Você precisa de algo?

Ada parecia irritada.

— Tem alguma notícia do meu carro?

Sim, aquele filho da mãe precisava de mais trabalho do que valia a pena, mas eu não ia lhe dizer isso.

— Preciso que Brooks dê uma olhada nele também. Ele é melhor com carros do que eu — expliquei. — Mas pelo que vejo, é falha... — Ri um pouco porque ia parecer que eu estava inventando a próxima parte, ainda mais se ela soubesse alguma coisa sobre carros. — Em cada um dos cilindros.

A probabilidade de todas as partes do motor terem algo errado era baixa, mas, de algum jeito, o carro dela havia conseguido isso.

Na verdade, era meio impressionante.

Ada fez uma careta.

— Está falando sério?

Coloquei a mão no coração.

— Prometo que estou. Você precisa de uma bateria nova também.

E sabe-se lá mais o quê.

— Certo... Bem, preciso de um carro para trabalhar, então, se não conseguir consertá-lo, preciso encontrar alguém que consiga.

Seu discurso pareceu ensaiado. Imaginei por quanto tempo ela vinha pensando nisso.

— Você não vai achar ninguém mais capaz do que Brooks quando se trata de carros. — O que era verdade. Quando tínhamos treze anos, ele encontrou sua velha caminhonete Chevy no ferro-velho. O proprietário disse a Brooks que, se ele conseguisse fazê-la funcionar, poderia ficar com ela. Ele conseguiu. E dirigiu aquela caminhonete por mais de uma década.

— Preciso de um carro, Wes — declarou Ada de novo.

— Então vou te arranjar um carro — respondi, simples.
— Você não vai me arranjar um carro — ela bufou. Seus olhos miraram o chão de novo, e ela começou a bater o pé.
— Bem... você tem outra ideia?
Ada respirou fundo e então sentou na outra extremidade do sofá em que eu estava.
— Queria você... — Ela parou, e desejei que tivesse terminado a frase bem ali. — Queria você me ensinando a dirigir com marcha. Mas de verdade. Não aquele flerte besta que você fez quando me levou para a cidade.
Sorri com a lembrança da minha mão sobre a dela.
— Não foi besta — rebati. Ada ergueu uma das sobrancelhas pretas para mim. — Tá, tudo bem — cedi. — Foi um flerte, mas também uma aula. É mais fácil fazer do lado do motorista quando já sabe como é.
— Tanto faz, caubói. — Ela balançou a cabeça. — Vai me ensinar ou não?
— Vou te ensinar — respondi, tentando não tornar óbvio que eu teria ficado de joelhos e implorado para ela me permitir. — Com uma condição — emendei.
Ada revirou os olhos.
— Qual condição?
— Você tem que falar comigo, Ada. Não pode me evitar como tem feito desde quando chegou aqui. Você tem uma ideia de mim na cabeça que estou disposto a apostar que não é verdadeira, com base *naquela* noite. Não acho isso justo... E, para eu provar que está errada, você precisa conversar comigo. — Nossa, eu estava com tudo. — Essa é minha condição.
Ada mordeu os lábios, e meus olhos foram para sua boca. Caramba, por que ela tinha que ser tão... ela? Tão tudo.
Depois de um instante, ela disse:
— Tá. — Não foi bem a resposta entusiasmada que eu estava desejando, mas, por Ada, eu aceitaria. — Quando começamos?

Catorze

ADA

— Com todas as batalhas por vir, você vai lutar para manter o azulejo rosa e amarelo do banheiro? — perguntou Evan.

Estávamos no lavabo principal da casa, e Evan me olhava com uma expressão que era de algum jeito divertida e entediada ao mesmo tempo.

— Vou — respondi, simplesmente. — E vou lutar pelo azulejo azul-claro na suíte principal também.

— Claro que vai. — Evan suspirou.

— Claro que vou.

Desde que comecei a assumir projetos reais de design, sempre fiz o possível para restaurar em vez de demolir. Quando comecei a trabalhar no Rebel Blue, não tinha noção do quanto poderíamos salvar, considerando o tempo que a casa tinha ficado desocupada, mas as manutenções dos Ryder ajudaram a preservá-la. Quanto aos animais era outra história, embora eu achasse que já tínhamos conseguido lidar com eles a essa altura. O interior da casa, depois da demolição básica, parecia ótimo.

Eu estava arrasada com o fato de termos que instalar pisos novos. Os originais estavam em péssimo estado — provavelmente por terem abrigado várias gerações de uma única família, e não por terem sido abandonados nos últimos trinta anos.

Fiz um lembrete mental para ver depois se havia algum jeito de podermos reutilizá-los. Eu já sabia que tínhamos madeira suficiente das portas antigas para criar duas estantes de livros grandes para a sala de estar.

— É um milagre que não haja nenhum vazamento debaixo deste piso — comentou Evan.

Ele tinha razão. Depois de inspecionar esse andar e o porão, que parecia ter saído de um filme de terror, não encontramos vazamento em nenhum dos banheiros — nem mofo, infiltração, nada. Mas havia infiltração na cozinha. Como já tínhamos planejado demoli-la completamente, a notícia não importou muito.

— E quem somos nós para questionar um milagre? — perguntei.

Evan revirou os olhos.

— Seu namorado chegou — avisou. — É melhor você perguntar a ele. — Fiz a cara mais feia que consegui para Evan, que, aliás, deve ter sido muito boa, porque ele se encolheu.

Antes que eu tivesse tempo de desfrutar isso, vi Wes passando pela porta da frente, deixando minha bola de pelo branco favorita do lado de fora.

"Nenhum cachorro é permitido dentro do canteiro de obras" era uma regra necessária, mas toda vez que via os olhos amuados de Waylon tinha vontade de quebrá-la.

Eu sabia que Wes pretendia ir à obra só no fim do dia, então me perguntei por que ele estava ali. Ele tinha o próprio uniforme para trabalhar, mas como não ia pôr a mão na massa, ainda estava em modo caubói, usando uma jaqueta e uma chaparreira.

Cacete.

Olhei para o relógio. Já eram quatro e meia. Como diabos

isso aconteceu? Eu precisava olhar minhas anotações. Havia coisas que precisavam ser resolvidas ainda hoje, e que nos atrasaria caso não fossem.

— Oi, Evan — cumprimentou Wes quando se aproximava de nós. — Ada.

Era irritante o quanto eu gostava do som do meu nome quando saía dos seus lábios. Parecia sempre... reverente de alguma forma.

— Oi — respondemos Evan e eu ao mesmo tempo.

— Como foi hoje? Tudo ocorreu bem? — perguntou Wes. Ele olhava para mim.

— Bom — falei. — Na verdade, eu tenho algumas perguntas pra você. — Olhei de volta para Evan. — Avise à equipe que podem ir para a casa, mas que precisaremos deles aqui às sete em vez de oito amanhã. — Evan assentiu. Sabia que precisávamos arrancar o teto no dia seguinte. — Me siga — falei para Wes, levando-o para o lavabo.

— Sim, senhora — respondeu. Malditos sejam ele e seu charme estúpido de caubói. Desde quando a palavra "senhora" me fazia corar? Nada me fazia corar. Eu não era de corar.

Caminhamos, e ele ficou um pouco perto demais de mim — e eu me deleitei com isso.

Depois do incidente do banheiro e após ele ter concordado em me ensinar a dirigir com câmbio manual, achei que conseguiria ser um pouco mais legal com ele. O que não tinha nada a ver com o fato de que pensava nele o tempo todo, ou de ele ser o homem mais bonito que já tinha visto, ou de ele parecer de verdade uma boa pessoa.

É óbvio que não tinha a ver com nada disso.

— Então — comecei. — Queria falar com você sobre alguns banheiros. — Estávamos do lado de fora do lavabo agora. Sua porta tinha sido tirada, então podíamos ver o interior. —

O que acha de mantermos o azulejo? — perguntei. — Claro que substituiríamos o vaso e a pia, e atualizaríamos a pintura, mas é raro ver esse tipo de azulejo em tão bom estado, e acho que, quanto mais elementos conseguirmos preservar, mais coeso será nosso produto final.

Fiquei nervosa enquanto esperava por sua resposta. Não sabia por quê.

— Adorei — respondeu ele depois de alguns instantes.

— Sério? — perguntei, meio chocada. Geralmente era uma luta conseguir fazer alguém concordar em manter algo que parecia ultrapassado. Todo mundo queria tudo novo, elegante, moderno, o tempo todo.

— Sim. Amo esse azulejo, e o azul do outro banheiro também — disse ele, sorrindo. — Desde que os aparelhos e os canos possam ser renovados para atender à demanda dos hóspedes, sou totalmente a favor.

— Certo, excelente — respondi. — Isso foi mole.

— Estava esperando que fosse duro? — Um milhão de piadas inapropriadas surgiram na minha mente, mas as afastei. Esse era meu *chefe*.

— Tem vezes que é — respondi. — A maioria das pessoas prefere coisas novas em folha.

— Não eu — afirmou Weston. — Este lugar tem história. Não quero que pareça como qualquer lugar.

Eu sabia disso, foi uma das primeiras coisas que ele havia dito no seu e-mail inicial, mas, agora que eu estava ali em Rebel Blue, e agora que conhecia o homem por trás dos e-mails compreendia com mais profundidade o que ele procurava.

— Já que estamos falando disso, eu estava pensando nos móveis. Temos muitas portas antigas para fazer algumas estantes de livros, e provavelmente há muita madeira recuperável que podemos aproveitar. Tem algum carpinteiro em Meadowlark?

Os olhos de Weston brilhavam. Ele gostou dessa ideia também.

— Vários — respondeu. — Mas acho que você vai gostar de Aggie.

— Você pode entrar em contato com ela? Ou prefere que eu faça?

— Eu faço — respondeu Wes. — Aggie é uma velha amiga da família. — Claro que era. — E Gus acabou de convencer seu filho a voltar para Meadowlark, então não acho que ela vá negar.

— As pessoas saem de Meadowlark? — perguntei em tom de brincadeira, mas logo me arrependi. Não queria soar esnobe, mas Wes apenas sorriu de novo.

— Dusty saiu — disse ele. — Ele tem sido um caubói pelo mundo.

— Isso existe? — indaguei. Tudo aquilo era novo para mim.

— Existe — falou ele. — Se alguém sem ser Gus tivesse pedido pra ele voltar, não acho que voltaria.

— Por que ele pediu? — Tudo parecia muito bem cuidado em Rebel Blue.

— Gus precisa de outro número dois, já que agora eu tenho isto. — Ele gesticulou para o entorno, indicando a casa.

— Mas isto não vai durar pra sempre — comentei, sem a intenção de que minhas palavras tivessem um duplo sentido, mas tiveram.

— Dusty gosta do temporário — respondeu Weston. — Ele deve chegar esta semana. Você vai gostar dele.

— Ah, é? — Não achava que Weston me conhecia o bastante para saber se eu gostaria do recém-chegado, ou melhor, do veterano.

— Ele é tipo a versão masculina de Teddy. — Ele deu de ombros. — E todo mundo gosta de Teddy. Exceto Gus.

Interessante. Guardei esse pedaço de informação para perguntar a Teddy mais tarde. Eu ainda não a tinha visto. Ela havia enviado mais algumas mensagens — dizendo que estava ocupada com o pai, mas que passaria no rancho na sexta-feira.

— E a mãe dele é carpinteira? — perguntei.

— Sim, ela é legal. Vou ver se nós podemos levar os materiais pra ela esta semana, e então poderemos conversar. — Ele estava usando muito "nós".

Assenti.

— Seria ótimo.

Weston esfregou a nuca, como se tivesse ficado nervoso do nada.

— Então — falou —, vim com minha caminhonete pra cá, e achei que você poderia levá-la de volta para o Casarão.

— Ah, sim — respondi, também ficando subitamente nervosa. — Acho que podemos tentar.

— Certo, ótimo. Te encontro lá fora quando estiver pronta.

Depois de a maior parte da equipe ter partido, tendo concordado com o início mais cedo no dia seguinte, Evan e eu saímos por último da casa. Evan ia para San Francisco passar o fim de semana, então o dia seguinte seria seu último na obra naquela semana, e ele queria me informar sobre o que precisava acontecer antes de ele voltar. Eu estava acostumada a ficar sozinha em partes de um projeto, mas não em um daquele tamanho. Fiquei ansiosa, mas só precisava seguir o plano.

Evan entrou no seu carro alugado, certificando-se de lançar um olhar afiado para mim enquanto dizia:

— Divirtam-se vocês dois.

Deus, que insuportável.

Eu me virei para Wes, lembrando da sua regra — que eu precisava olhar para ele ao conversarmos. Era uma regra idiota. Eu ficava perfeitamente feliz olhando para todo lugar exceto seus olhos verdes estúpidos e encantadores. Mas eu também ficava muito feliz olhando diretamente para eles.

Para ser honesta, era uma situação irritante.

Fui para o lado do passageiro da caminhonete de Weston, mas ele segurou meu cotovelo de leve e me puxou para seu peito.

— Lado do motorista, meu bem — falou.

Pisquei lentamente, esperando meu cérebro reconectar.

— Oi?

— Você entra no lado do motorista. Vai nos levar pra casa, lembra?

A voz de Weston demonstrava que estava se divertindo.

— Certo, desculpe — respondi, e fui para o lado do motorista dessa vez. Assim que ele abriu a porta para mim, me acomodei no assento. A caminhonete tinha o cheiro dele.

— Ok. Está vendo aquele pedal na esquerda? — perguntou. Olhei para o terceiro pedal, a embreagem, e assenti. — Use o pé esquerdo e empurre ele até o chão.

Fiz o que ele falou, mas não consegui empurrá-lo até o final. Eu não estava perto o suficiente dos pedais — o banco estava ajustado para uma pessoa com mais de um metro e oitenta, não para alguém de um metro e sessenta e oito, talvez um metro e setenta num dia bom.

— Mantenha o pé na embreagem — disse ele enquanto colocava a mão na alavanca sob o assento do motorista, a qual só era possível alcançar colocando o braço entre minhas pernas.

Estava calor ali?

Ele puxou a alavanca para cima e empurrou o assento para alguns centímetros à frente. O fato de ele ter feito isso comigo ainda sentada ali me deixou toda mole, e se Wes continuasse com essa palhaçada eu ia pegar fogo em segundos.

— Certo, agora empurra o pedal de novo. — Empurrei, e foi até o chão. — Boa. Está bom? Fácil de empurrar tudo?

Guarde as piadas para você, Ada.

— S-sim — respondi, torcendo para ele não notar que minha voz estava um pouco ofegante.

— E você consegue pegar na marcha sem problema? — Naquela altura, eu estava realmente me arrependendo de não ter pensado em todas os trocadilhos sexuais que podiam ser usados quando se aprendia a dirigir um carro manual. Engoli em seco e coloquei a mão direita no câmbio, mostrando em vez de responder. Era mais fácil. — Perfeito — elogiou ele, sorrindo para mim.

Quando eu estava sentada na caminhonete, ficávamos quase da mesma altura, e ele estava tão perto, com uma das mãos ainda na alavanca sob meu banco.

Eu me perguntei se ele percebia a proximidade entre nós — alguns centímetros para cima, e sua mão estaria entre minhas pernas. O jeito que ele passou a língua nos lábios me avisou que sim.

Merda, merda, merda. Se controle.

Meu pé escorregou da embreagem, e o som que ela fez quando voltou para sua posição original assustou a nós dois. Wes piscou algumas vezes antes de se afastar.

— Só vou... — falou enquanto apontava o polegar para trás. Eu não sabia o que ele estava tentando dizer até que ele deu a volta na frente da caminhonete e abriu a porta do passageiro. Waylon pulou na frente dele e foi para o pequeno banco de trás.

Certo. Entendi.

— Certo — disse ele. — Está pronta?

De jeito nenhum.

— Claro.

— Coloque o pé direito no freio. Quando ligar o motor, a embreagem precisa ser empurrada até o chão. — Eu a empurrei com o pé esquerdo. — E o câmbio precisava estar em ponto morto. — Ele colocou a mão sobre a minha, assim como fizera quando fomos para a cidade, e pôs em ponto morto. — Boa.

— Podemos... hum... ligar uma música? — perguntei. Eu não sabia se era o câmbio ou Weston que estava me deixando nervosa.

— Sim, mas você precisa ligar a caminhonete primeiro.

— Ah — respondi, acanhada. Não havia pensado nisso.

— Faça isso, e gire a chave — falou. — Mas mantenha o pé na embreagem. — Eu fiz o que ele disse, e o motor ligou. Meu nervosismo começou a subir pela garganta. — O volante não vai fugir, Ada.

Olhei para as minhas mãos e entendi o que ele queria dizer. Eu estava segurando tão forte o volante que não era difícil de ver.

— Desculpe — falei, e tentei afrouxar meus dedos.

— Por que está se desculpando? — ele perguntou. Sua voz estava reflexiva. — Não tem problema sentir medo quando se está fazendo algo novo.

Eu não respondi. Não estava muito a fim de falar do meu ex-marido àquela altura, mas aparentemente isso não era bom o bastante para Weston.

— Ainda está em ponto morto? — indagou. Assenti. — Certo, tire o pé da embreagem e do freio. — Fiz o que ele pediu, sem saber aonde ele queria chegar com isso. — Olhe pra mim. — Olhei. Os olhos verdes dele estavam suaves. — Você provavelmente vai fazer merda. Muita.

Bem, que reconfortante.

— Mas todo mundo faz. Também não há lugar mais seguro para aprender a fazer isso do que aqui. Não tem ninguém por perto. Não tem outros carros pra você bater ou algo assim.

— Mas tem as vacas...

— Você acha que eu deixaria você bater numa vaca? — perguntou ele. Isso me arrancou uma risada, e balancei a cabeça em resposta. Acho que nenhum de nós conseguiria lidar com a culpa de bater em uma vaca. — Você vai arrasar demais.

— Música? — pedi de novo, agora que o carro estava ligado. Wes abriu o porta-luvas e tirou um cabo auxiliar.

— Do que gosta?

Pensei nisso.

— James Taylor — respondi.

Não havia nada mais calmante do que James Taylor, certo? Wes riu um pouco.

— Gosto do seu jeito de pensar.

Observei ele mexer em um aplicativo de músicas e clicar no modo de reprodução aleatório de uma playlist de melhores sucessos de James Taylor. "Fire and Rain" começou a tocar, então estávamos indo bem.

— Certo, James no rádio — declarou ele —, pé esquerdo na embreagem, pé direito no freio, mão na marcha.

Assumi a posição.

— Lembra o que falei sobre embreagem e acelerador?

— Tem que passar um pelo outro — respondi. Eu precisava pisar no acelerador e soltar a embreagem ao mesmo tempo.

— Certo. Então tenta.

Engatei a primeira marcha, e ouvi Wes murmurar "Boa", e depois comecei a soltar a embreagem e pisar no acelerador.

A caminhonete sacudiu e depois ficou silenciosa.

— O que aconteceu? — perguntei.

— Você deixou morrer — respondeu ele. — O que não é uma coisa boa neste caso. Coloque no ponto morto de novo e ligue ela novamente. — Fiz o que ele disse. — Agora solte a embreagem lentamente, até você sentir aquele ponto ideal de que falamos.

— A caminhonete não vai morrer?

— Não enquanto estiver em ponto morto. — Entendi. Tirei o pé da embreagem aos poucos, e houve um ponto onde eu senti que havia mais folga na embreagem. — Sentiu isso?

— Sim, acho que sim.

— Então, quando você sentir esse ponto, você vai acelerar mais — instruiu ele. — Pisa um pouco, solta um pouco.

— Você está... — Olhei para ele, sabendo que um sorriso estava surgindo entre as minhas bochechas. — ... imitando *Como perder um homem em dez dias?*

Um rubor subiu no rosto de Wes.

— É, acho que estou — respondeu. Eu ri como na primeira noite no bar e senti meus ombros caírem um pouco. — Citar Matthew McConaughey ajuda ou atrapalha?

— Ajuda — respondi, sincera. Pisar um pouco, soltar um pouco. Eu poderia fazer isso.

— *All right, all right, all right* — disse Wes com uma fala arrastada estranha na voz, e ri de novo.

— *Isso* é você imitando o McConaughey?

— Claro — respondeu, um pouco abatido.

— Essa é, literalmente, a pior imitação de Matthew McConaughey que já ouvi.

Eu podia estar exagerando um pouco, mas era realmente ruim. Weston ficou de queixo caído, e foi tão fofo que não pude deixar de rir mais.

Eu me sentia mais leve a cada expiração.

— Certo, espertinha — falou. — Se é tão ruim, eu gostaria de ver você fazer melhor.

Pigarreei, sem nem ter a oportunidade de me perguntar quando foi que fiquei tão confortável com Weston, e saquei minha melhor imitação de Matthew McConaughey.

— *All right, all right, all right.*

Weston soltou uma gargalhada que parecia a sensação de quando se sai para se aquecer no sol depois de ficar num ambiente com ar-condicionado por muito tempo. Eu podia sentir o calor esquentando meus dedos das mãos e dos pés.

E então ri também.

Rimos juntos, e, quanto mais ríamos, mais difícil era parar.

Tentei recuperar o fôlego, mas não consegui. Não demorou muito para eu sentir lágrimas brotarem do canto dos meus olhos e para minha barriga começar a doer. Quando Weston gargalhava, aparentemente ele dava uma daquelas risadas estranhas e silenciosas que dão soluço. Ele estava com a cabeça apoiada no painel, e a parte superior do corpo estava balançando. Ele me lembrou um inseto, o que me fez rir mais.

E quando bufei de leve Weston bateu no painel com a mão e jogou a cabeça para trás e riu mais.

Aquilo era tão estúpido, mas eu não conseguia parar. Não conseguíamos parar.

Lembrei da noite no bar, de como ele me fez sorrir, de como tinha me feito sorrir todos os dias desde então — mesmo quando eu não era gentil com ele.

Wes era como o sol. Não importava o que acontecesse, ele continuava surgindo.

Eu nunca estive com os ombros tão relaxados.

— Isso foi muito ruim — disse Weston, enxugando uma lágrima do canto do olho. — Você é a pior imitadora que já existiu. Não estou brincando.

— Não, você que é.

— Pelo menos sei dirigir carro manual — falou com uma piscadela. Jesus. E eu achava que as covinhas eram ruins.

— Bem, meu professor não é lá essas coisas, então... — Dei de ombros.

Wes balançou a cabeça.

— Ligue a caminhonete, Ada.

Ele estava sorrindo, e eu também. Eu me sentia mais relaxada do que alguns minutos antes, como se realmente pudesse fazer isso e ficar bem.

— Ponto morto, embreagem e acelerador? — perguntei em voz alta, olhando para Wes.

— Você pegou. — Ele assentiu, e liguei a caminhonete. James Taylor começou a fluir pelos alto-falantes de novo. Engatei a primeira marcha e me preparei para soltar a embreagem e pisar no acelerador. *Pisa um pouco, solta um pouco.*

Comecei a soltar a embreagem, e, quando cheguei no ponto que havia sentido antes, pisei no pedal do acelerador. Provavelmente um pouco forte demais, porque a caminhonete deu um solavanco para a frente, sacudindo nós três.

Mas continuou. Não morreu.

— Boa — disse Weston. — Deixa ela em movimento, e então vamos mudar de marcha, tudo bem?

Havia muita coisa acontecendo, muitas coisas em que se focar, mas a caminhonete estava se movendo.

Caramba. A caminhonete estava se *movendo*.

Eu só assenti.

— Ok, em alguns segundos, você vai tirar o pé do acelerador, pisar na embreagem e engatar a segunda.

— É muita coisa. — Engoli em seco.

— Você consegue, Ada. Agora tire o pé do acelerador e pise na embreagem. — Foi o que fiz. A caminhonete fez um movimento que pareceu um soluço. — Segunda marcha, rápido. — Movi o câmbio para a segunda marcha e senti que ele travou. — Acelera, meu bem. Pise no acelerador agora e deixe o pedal da embreagem subir.

Meu bem. Não odiava, mas estava tentando fingir que odiava o quanto a voz dele me acalmava.

Fiz tudo, e a caminhonete deu mais um solavanco.

— Bom, Ada. Vamos manter a velocidade baixa, está bem? Só até quarenta quilômetros por hora. — Olhei o velocímetro, que marcava cerca de quinze. Eu sentia que estava pelo menos a oitenta. — Consegue mudar a marcha de novo? — perguntou ele, e assenti. — Tudo bem, quando chegar a trinta quilômetros por hora, quero que me mostre o que consegue fazer.

Nossa, ele era tão gentil, tão tranquilizador. Falava comigo do jeito que as pessoas falam com as plantas quando querem que elas cresçam.

Não estrague tudo agora, Ada. Mostre a ele o que você consegue fazer. Pisei de leve no acelerador, olhando para o velocímetro algumas vezes até chegar a trinta.

Lá vamos nós. *Tirar do acelerador.* Ergui o pé. *Pisar na embreagem.* Pisei. *Marcha.* Engatei a terceira. *Acelera, meu bem.* Ouvi a voz de Weston na minha cabeça, já que ele estava silencioso ao meu lado.

Engatei a terceira, e a caminhonete ainda se movia, e a Terra ainda girava, até onde eu podia perceber.

— O que eu disse? — falou Wes.

— Que eu ia arrasar demais? — respondi.

— E eu estava certo.

— O que faço agora? — indaguei. Sentia que havia muito a fazer, e eu não estava fazendo nada no momento. Agora dirigir a caminhonete era fácil?

— A gente anda bem tranquilo a trinta quilômetros por hora. Escutamos James Taylor cantar sobre estradas do interior e, por fim, vamos parar.

— É isso?

— É isso. Não se precipite.

Weston começou a cantarolar com a música e continuei dirigindo, tentando não me distrair pelos sóis — o do céu e o sentado ao meu lado — banhando de luz tudo que eu conseguia ver.

Quinze

ADA

Era minha terceira sexta-feira no Rebel Blue, e as coisas estavam indo notavelmente bem. Apesar de outro incidente com um roedor — não sei bem se era uma coisa boa ele estar morto daquela vez —, conseguimos realizar a elevação do teto sem problemas.

Quando removemos as superfícies das paredes, encontramos algumas áreas com o tijolo vermelho original por baixo, e eu planejava mantê-las expostas. Ao que parecia, íamos acabar com muito mais cores na casa do que eu tinha pensado no início, mas eu amava. Estava cansada de ouvir pedidos para deixar tudo chique, claro e... bege.

Eu não tinha nada contra bege. De forma objetiva, bege era ótimo. Mas esse lugar merecia mais do que bege.

Já que estávamos começando a entrar na fase da renovação onde recolocávamos as coisas, minhas mãos coçavam para iniciar tudo e, visto que eu não tinha habilidade na carpintaria, e Aggie — com quem tive uma conversa adorável pelo telefone no início da semana — ia cuidar disso, fiquei encarregada das cortinas.

Meu carro ainda estava quebrado, mas consegui encomendar pela internet algumas cortinas de linho branco lisas — muitas delas. E martelos.

Eu tinha um plano.

Embora eu ainda não classificasse o clima em Meadowlark, Wyoming, como "quente", flores silvestres estavam começando a surgir, e eu vinha colhendo pequenos buquês delas durante a semana. Naquela noite, eu ia passar um tempo fazendo algo com as mãos e o cérebro.

Eu não era boa em desenho ou pintura ou qualquer coisa desse tipo, mas eu era boa em qualquer tipo de DIY, e era exatamente isso o que ia fazer com essas cortinas.

Já era quase o fim do dia e a equipe se preparava para ir embora, então comecei a organizar minhas coisas para trabalhar à noite. Estendi três cortinas para começar e peguei a caixa com as flores silvestres que tinha colhido.

Evan tinha acabado de sair quando ouvi uma voz familiar na porta.

— Ada Hart, você é a única pessoa cuja bunda fica bonita num macacão — falou Teddy.

Eu não via Teddy ao vivo desde os dezenove anos, só que, embora parecesse diferente — claro que parecia, tinham-se passado sete anos —, ela era inconfundível.

Eu não sabia se era por causa da aparência ou de sua presença em geral — provavelmente um pouco dos dois.

O cabelo ruivo estava preso no mesmo rabo de cavalo cheio de movimento de quando a conheci. Ela usava legging preta, regata *cropped* branca e um sorriso. Tinha uma garrafa de vinho rosé nas mãos. Atrás dela, apareceu Emmy. Ela usava um conjunto de moletom vermelho que teria me deixado uma palhaça, mas, de algum jeito, ela estava fofa e confortável, o que era injusto.

— É bom te ver, Teddy — respondi, andando até ela.

Normalmente, eu não dava abraços, mas pareceu apropriado cumprimentar Teddy com um. Fiquei surpresa por Emmy me puxar para um também, mas só com uma mão, já que ela segurava algumas caixas de pizza.

— Eu nem reconheci isso aqui — comentou Emmy quando se afastou. — Está ótimo.

— Obrigada — respondi, constrangida. Emmy me intimidava. Eu não sabia realmente por quê, afinal ela tinha sido gentil comigo quando nos conhecemos. E engraçada. Não é que eu não gostasse dela, só não achava que ela gostava de mim.

— Eu estou literalmente muito feliz por você ter dito sim — falou Teddy. — Wes nos contou que você vai manter os azulejos coloridos nos banheiros. Ele estava tipo vibrando de empolgação.

— Amo aquele azulejo rosa — declarou Emmy. — Estou tentando convencer Luke de que precisamos de mais rosa em casa.

— Concordo com isso — emendou Teddy. — Está longe de ter rosa o suficiente na casa ClemenLuke. — Ela se virou para mim. — Quando acabar aqui, você deveria ir lá e convencer Brooks a se livrar daqueles móveis de flanela.

— Tem *uma* cadeira de flanela! — exclamou Emmy. — Ele gosta!

— Quando você virou defensora de flanela? — rebateu Teddy.

— Disse a mulher que eu sei que, de fato, tem lençóis de flanela na cama neste exato momento.

Teddy ergueu a mão para impedir Emmy.

— Não estamos falando de mim.

Senti uma pontada no peito, do mesmo tipo da que havia sentido quando vi Luke e Emmy pela primeira vez no café da manhã de domingo.

Eu não tinha muitos amigos e, sobretudo, não tinha muitas amigas mulheres. Nunca senti que sabia como me conectar, ou falar a linguagem certa, e estava sempre deslocada das regras sociais. Minha mãe não parecia ter esse problema; ela só tinha irmãs e um grupo de amigas das quais era próxima e com quem ia para jantares e eventos. Mas ela era linda e alegre. Nunca me vi sendo igual à minha mãe.

Por isso eu construí muros ao meu redor. Não priorizei o cultivo de amizades femininas. Adotei a estratégia de "não sou como as outras garotas" e decidi que não gostar da Taylor Swift, não usar maquiagem e escutar bandas indies obscuras se tornariam minha personalidade. Tudo para me distrair do fato de que, na verdade, eu queria ser exatamente como as outras garotas.

Só que, quando percebi isso e enjoei de ver as coisas que amava (rosa! *Crepúsculo*!) como coisas vergonhosas, era tarde demais. Todo mundo já tinha uma melhor amiga ou um grupo no qual eu não me encaixava, e isso ficou ainda mais evidente enquanto eu assistia a Emmy e Teddy praticamente terminarem a fala uma da outra.

— O que vocês estão fazendo aqui? — perguntei. Soou grosseiro, como a maioria das coisas que eu falava, e me encolhi um pouco.

— Wes nos contou que você ia ficar aqui um tempo para um projeto. Viemos ver se queria companhia — explicou Emmy.

— Noite das garotas — anunciou Teddy. — E você não pode dizer não para a gente. — Aquilo tudo me deixava nervosa. Teddy era ótima, mas eu não passava tempo com ela havia anos. E se levasse menos de cinco minutos para ela perceber que eu era uma chata? — Mas você pode nos contar sobre ter sigo pega no bar dando uns amassos no Wes.

— Teddy! — Emmy olhava para Teddy com uma cara do tipo "Você está falando sério agora?", mas Teddy não viu, pois estava olhando para mim e sorrindo como o Gato Risonho de *Alice no País das Maravilhas*.

Acho que seria bom conversar sobre o que quer que estivesse acontecendo entre mim e Wes.

— Vou precisar de um pouco disso primeiro — falei, apontando para o vinho que Teddy segurava. — E disso — falei, apontando para a pizza.

— Temos de queijo, de vegetais e de pepperoni duplo — falou Emmy.

Andamos até a mesa de trabalho e ajeitamos tudo. Teddy puxou uma pilha de pratos de papel e copos descartáveis vermelhos da bolsa.

— Toc-toc — A voz de outra mulher soou da porta. Todas nós erguemos o olhar: era Cam.

Ela entrou na casa, ainda emanando o mesmo poder de quando estava de calça social e salto, mas agora num casaco de moletom largo, bermuda biker e tênis branco.

— A festa é aqui — anunciou Teddy enquanto dava um abraço em Cam. Emmy a abraçou também, e então Cam me abraçou. Eu realmente teria que me acostumar com todos esses abraços. Não tive muito contato humano nos últimos tempos.

— Eu deveria estar buscando Riley — falou Cam —, mas parece que ela não está aqui.

— Quem te falou que ela estava aqui? — perguntou Emmy.

— Amos. Ele disse que estava aqui também.

Emmy pensou nisso por um instante.

— Você deveria ligar para ele e dizer que vai ficar aqui com a gente.

Cam pareceu confusa.

— Por quê?

— Porque é isso que ele queria que acontecesse. — Emmy deu de ombros. — Teddy e eu fomos ao Casarão primeiro. Ele sabia que estávamos aqui e que te pediríamos pra ficar. Ele já deve ter deixado Riley animada com guloseimas ou algo assim.

— Aquele homem! — Cam balançou a cabeça.

— Ele se preocupa por você trabalhar demais — explicou Emmy. — E você trabalha mesmo. Então, quem for a favor de a Cam ficar, diga "sim".

Teddy, Emmy e eu levantamos a mão e dissemos "sim" ao mesmo tempo. Cam revirou os olhos, mas estava sorrindo quando pegou o celular e discou para alguém; Amos, presumi. Ela colocou no viva-voz.

— Oi — falou ela. — Tudo bem eu ficar aqui embaixo um pouco?

— Fique aí embaixo a noite toda — respondeu Amos, alegre. — Deixa comigo. Riley e eu estamos fazendo marshmallow.

— Marshmallow! — disse uma voz infantil do outro lado do telefone.

— Riley, se comporte com o vovô, tá bom?

— Sempre me comporto com o vovô — respondeu Riley, direta.

— Tá bom — replicou Cam. — Se divirta, luz do sol. Te amo.

— Te amo, mamãe.

— Obrigada, Amos — disse Cam.

— Se divirtam, senhoritas — respondeu Amos, presumindo corretamente que estava no viva-voz. — Amo vocês.

Teddy, Emmy e Cam responderam "te amo" antes de desligar o telefone. Era estranho estar perto de todas essas pessoas que pareciam genuinamente se gostar e se importar uma com a outra.

— Agora que isso está resolvido — falou Teddy enquanto tirava a tampa do vinho rosé —, a noite das garotas pode começar oficialmente.

Emmy pegou uma caixinha de som da bolsa de Teddy e a conectou ao seu celular.

— O que vocês acham de um pouco de Taylor Swift esta noite? — Tanto Teddy quanto Cam assentiram com entusiasmo. — Ada? — perguntou ela, esperando minha resposta.

— Claro — respondi. Na minha fase "não sou como as outras garotas", eu realmente não gostava de Taylor Swift. No momento só era indiferente. Depois de falar por tanto tempo para as pessoas que não gostava dela, não me interessei mais por sua música quando aquele momento da minha vida passou.

Emmy me olhou por um instante antes de dizer:

— Mesmo que não goste dela agora, vai gostar antes de ir embora de Rebel Blue.

— Vamos acabar com essa misoginia internalizada, sem problemas — emendou Teddy, e não consegui segurar o riso, apesar de odiar o fato de as duas parecerem capazes de me ler como um livro. — Mostre para a gente o que vai fazer com essas cortinas. — Teddy gesticulou para as peças de linho que estavam estendidas.

— Venham ver — falei. — Mas deixem as bebidas aqui. — Todas as três colocaram seus copos com obediência na mesa e me seguiram até o meio da sala. Eu me ajoelhei, peguei uma flor silvestre roxa da caixa e a posicionei na parte inferior da cortina. — Não tenho certeza se isso vai funcionar, mas vamos ver. — Coloquei um pedaço de papel-manteiga sobre a flor e o pressionei, depois peguei um martelo.

— Adoro bater nas coisas — exclamou Teddy, esfregando as palmas. — Isso vai ser ótimo.

Martelei o papel-manteiga algumas vezes, garantindo acertar cada parte da flor.

— Então, idealmente — comecei —, quando eu tirar o papel-manteiga, a flor deverá ficar presa nele... — Tirei o papel-manteiga da cortina. — E o pigmento da flor deve continuar no tecido.

Uma imagem abstrata de flor silvestre roxa ficou de fato no tecido. Emmy soltou um gritinho maravilhado.

— Que legal! — exclamou ela. — Como pensou nisso?

— Tem muitas coisas girando aqui — falei, apontando para minha cabeça. — Venho tentando pensar em maneiras de trazer o Rancho Rebel Blue para dentro desta casa de modos diferentes.

— Realmente amei isso. Meu pai vai amar. — Emmy sorriu, pensativa, para a cortina. — Você pode dizer não, mas acha que poderíamos colocar rosas em algumas delas?

— Tem rosas no Rebel Blue? — perguntei.

— Sim, as roseiras da minha mãe ficam em frente ao Casarão. Acho que seria legal se ela fizesse parte disso também. — Ah. *Ah.* Quando cheguei, tinha passado bastante tempo olhando para as fotos dos Ryder na sala. Depois que Emmy nasceu, havia só algumas fotos com a mulher que presumi ser a mãe deles. Concluí corretamente que ela tinha morrido em algum momento por volta daquela época.

— Sim, claro. Amei essa ideia — respondi, com sinceridade. Emmy sorriu para mim e, mesmo que ela e Wes não parecessem tanto quanto ela e Gus pareciam, pude ver as semelhanças.

— Que fodona, Ada — elogiou Teddy. Ela esfregou as mãos. — Vamos lá.

— Podemos fazer algumas para minha casa também? — brincou Cam. Quando todas elas elogiaram minha ideia, comecei a me sentir... tímida, como se tivesse feito algo errado de algum jeito, ou como se não merecesse o enaltecimento.

— Devemos separar um monte de papel-manteiga antes? Para preparação?

— Essa é a coisa mais Cam que já ouvi — comentou Teddy.

— Eu já separei tudo. Não sabia se dava para fazer com um ou se precisaria de vários — emendei.

Teddy alternou o olhar entre mim e Cam.

— Ai, meu Deus, tem outra.

— Tem gente que gosta de se preparar — respondeu Cam com uma risada. — Nem todo mundo consegue fazer as coisas na cara e coragem.

— O que eu posso dizer? Tenho um dom. — Teddy jogou o rabo de cavalo para os lados. — Mas, já que a situação do papel-manteiga foi resolvida, acho que devemos começar com a pizza e depois martelamos as flores.

E foi o que fizemos.

Eu não sabia se alguma vez tinha feito parte de alguma espécie de noite das garotas — talvez uma ou duas festas do pijama na escola ou algo assim —, mas sempre foi mais uma daquelas coisas que eu via em filmes ou na TV. Aquela noite me fez sentir falta de algo que nunca tinha vivenciado, e agora eu sabia que estava certa em sentir falta.

Emmy e Teddy estavam sentadas no chão, segurando o rosto uma da outra e gritando a letra de uma música da Taylor Swift sobre implorar a alguém para que não se apaixone por outra pessoa; Cam segurava um pedaço de pizza em cada mão; e eu estava absorvendo tudo. Cam colocou uma das fatias de pizza na mesa e pegou seu copo. Do nada, ela deixou cair o copo no chão antes de beber o vinho. Todas nós a encaramos. Ela estava olhando a janela da frente e parecia ter visto um fantasma.

— Cam, você está bem? — perguntei.

Ela balançou a cabeça, mas não como se estivesse negando, e, sim, como se estivesse tentando afastar algo.

— Sim, desculpe — respondeu ela, baixo. — Eu só... pensei ter visto alguém.

Ela mal terminou de falar e uma batida soou na porta.

Todas viraram a cabeça para o som quando um homem de chapéu de caubói preto entrou na sala. Ele tinha cabelo loiro ondulado que caía até seu queixo. Seu cabelo me lembrava de uma praia no sul da Califórnia. Seu rosto era angular, e uma argola prata perfurava seu nariz. Era alto, bronzeado e tatuado. Eu consegui ver um A tatuado numa fonte gótica na base de sua garganta, do lado direito.

Teddy deu um grito e imediatamente se levantou do chão e correu na direção dele. Ele a pegou com facilidade, e ela riu.

— Dusty Tucker, o que está fazendo aqui? — gritou ela. — Da última vez que ouvi falar de você, estava tratando gado na Austrália.

Ah, então foi dele que Wes estava me falando.

Emmy tinha levantado do chão também, e foi dar um abraço em Dusty.

— Oi, Dusty — cumprimentou. Ela lançou um rápido olhar preocupado para Cam, então também olhei para ela, que estava ainda mais inquieta do que tinha ficado após derrubar o copo. Ela me pegou olhando e logo se sacudiu. Vi a máscara de Cam surgir. E pude dizer que isso aconteceu porque eu também fazia isso e sabia exatamente como era.

— O que está fazendo aqui? — perguntou Emmy a Dusty.

— Emmy, bom te ver também — respondeu ele.

— É noite das garotas, garotos não são permitidos.

— Nem eu?

— Nem você — emendou Teddy. — Mas é bom te ver. Bem-vindo ao lar.

Os olhos de Dusty examinaram o aposento, parando em mim por um segundo antes de pousarem em Cam. Eu o vi arregalar os olhos e então voltar ao normal. Quando seu olhar parou nela, foi como se alguém tivesse sugado o oxigênio da sala.

— Ash — falou ele, ainda olhando para Cam.

— Dusty — respondeu ela. A voz dela... tremeu?

— Então, Emmy — disse ele, que ainda olhava para Cam, e eu podia jurar que ele olhou para a mão esquerda dela também. — Soube que você e Brooks estão juntos agora. — Seu tom teve uma pitada de algo. Sarcasmo, talvez? Surpresa?

— O que tem? — perguntou Emmy, cruzando os braços.

Quando olhei para ela, a primeira coisa que pensei foi: *Nossa, essa mulher sabe lançar olhares afiados*. Fiz uma nota mental para nunca dizer algo ruim sobre Brooks na frente de Emmy.

— Acho ótimo — respondeu Dusty, finalmente desviando o olhar de Cam e erguendo os braços em sinal de rendição. — Só fiquei chocado porque acho que, na última vez que vi os dois juntos, você estava criticando o cara.

— As coisas mudam — rebateu Emmy.

Dusty olhou para Cam de novo.

— Sim, mudam.

— Sou Ada — falei, sentindo que precisava proteger Cam por algum motivo, como se precisasse manter os olhos dele longe dela. Dusty me olhou.

— Prazer em te conhecer. Ouvi ótimas coisas sobre você.
Ele estendeu a mão, e eu a apertei.
— Mas, sério, é noite das garotas, então você tem que sair — disse Emmy.
— Por mais estranho que pareça, também é noite dos rapazes, mas ao que parece estou no lugar errado — respondeu Dusty.
— Eles estão na casa do Gus — informou Emmy, e Teddy fez um barulho de vômito. — Por que estariam aqui?
— Não sei — falou Dusty. — Foi o que seu pai disse quando passei no Casarão.
Interessante Amos Ryder ter enviado *duas* pessoas ali embaixo.
— Certo, bem, hora de ir — disse Emmy. Ela pôs as mãos nos cotovelos de Dusty e o girou para a porta.
— Estou indo, estou indo — avisou ele, mas, antes de passar pela porta, virou-se para Cam e disse: — Você está bonita, Ash. — E então saiu.
Olhei para Cam.
— Ash?
Ela engoliu em seco e encolheu os ombros.
— Velho apelido. Meu sobrenome é Ashwood.

Dezesseis

WES

Ouvi o velho Ford Bronco preto do Dusty antes de avistá-lo. Aquela coisa era muito barulhenta, e sempre foi. Enquanto ele subia para a casa de Gus, eu conseguia ouvir Led Zeppelin por cima do som do motor.

A casa de Gus era branca, tinha dois andares e ficava na parte oeste do Rebel Blue. Ele a tinha construído um pouco antes de Emmy partir para a faculdade, por volta de dez anos atrás. Tinha uma boa estrutura — a casa tinha quatro quartos e ficava longe o bastante de tudo do rancho para parecer realmente dele.

Brooks, Gus e eu estávamos sentados no quintal da casa jogando conversa fora quando Dusty chegou. Ele estava idêntico à última vez que o vi, só um pouco mais velho.

Nós três nos levantamos para cumprimentá-lo com um "Ei, cara" e um aperto de mão.

— Por que você demorou tanto? — perguntei.

— Seu pai me mandou para o antigo Casarão — respondeu Dusty, dando de ombros.

— O quê? Por quê? — Isso foi estranho.

— Ele falou que vocês estavam lá — explicou Dusty, e então se virou para Gus. — Riley está crescendo.

Gus passou a mão no cabelo, que, pelo menos dessa vez, não estava coberto por um chapéu.

— Sim, ela está. Mas estou tentando não pensar nisso.
— Gus balançou a cabeça. — Mas quando você a viu? Cam já deveria tê-la buscado.

Algo passou pelos olhos de Dusty.

— Cam estava no antigo Casarão. Aparentemente é noite das garotas lá.

Gus assentiu.

— Que bom, ela precisa descansar. — Gus pegou uma cerveja do refrigerador e a jogou para Dusty, que a agarrou com facilidade. — Beba, vamos fazer laçadas hoje.

Laçadas de caubói eram o que Gus e Luke mais gostavam de fazer quando estávamos juntos — provavelmente porque eram bons pra cacete nisso. Assim que pegavam nas cordas, eles viravam adolescentes extremamente competitivos.

As regras eram simples. Cada pessoa recebia uma corda de laçar. Ao se enfrentar, um corria em direção ao outro e tentava laçar a perna do oponente. Quanto mais difícil o golpe, melhor.

Nessa noite, o duelo foi Dusty e eu contra Brooks e Gus, como sempre. Acho que Dusty e eu tínhamos ganhado talvez quatro vezes na vida inteira contra esses dois. Não por serem melhores laçadores, mas porque falavam tanta merda que conseguiam bagunçar nossa cabeça.

Jogávamos por pontos. Se o oponente não caísse depois da laçada, era um ponto. Se ele tropeçasse e então caísse, dois pontos. Se fosse um laço completo e ainda desse uma rasteira nele, três pontos.

A primeira equipe a conquistar trinta pontos ganhava.

Para começar, seria Gus contra mim. Ficamos a meio metro de distância um do outro, não longe o bastante para eu não conseguir ver seu sorriso convencido e idiota.

Juro, as únicas coisas capazes de fazer Gus sorrir eram Riley e a chance de me derrubar.

— Está pronto pra perder, maninho? — perguntou ele. Seus olhos reluziam.

— Cala a boca. — Como verdadeiro filho do meio, foi a única resposta em que consegui pensar, o que fez Gus rir.

— Quem perder bebe o resto da cerveja? — indagou.

— Combinado.

Luke nos deu o sinal para iniciar, e começamos a correr um em direção ao outro. Girei o laço acima da minha cabeça e imediatamente mirei nos pés de Gus. Quando arremessei o laço, ele pulou e jogou o dele bem quando passamos um pelo outro. Tentei pular, mas acabei pulando dentro dele. Ele o puxou com força, e eu tropecei, caí, e atingi a terra.

— Dois pontos — gritou Brooks.

— Não me diga — gritei de volta, ainda no chão, erguendo o olhar para o céu que estava mudando do azul para o rosa. Sentei e desenrolei a corda de Gus do meu pé. Gus estendeu a mão para mim, e a peguei.

Voltei para perto de Brooks, que me entregou a cerveja, dizendo que os perdedores deveriam beber.

Brooks e Dusty foram os próximos e, embora Dusty tenha colocado a corda no calcanhar de Brooks, ele foi rápido e pôs sua corda bem ao redor das duas pernas de Dusty, que caiu na hora.

Pelo menos eu e Dusty fizemos um ponto.

Quando chegou a hora de eu lutar contra Brooks, ele falou:

— Se eu ganhar, você tem que nos contar o que está acontecendo entre você e Ada.

— A designer? — perguntou Dusty.

— Não tem nada acontecendo — comecei, mas Brooks me cortou.

— Já passei por isso. Falei a mesma coisa, e estava mentindo. — Brooks deu de ombros. — Não acredito em você.

Realmente, nada estava acontecendo. Bem, algo estava acontecendo, mas eu não sabia o que era e se algum dia seria o que eu desejava que fosse.

Então não teria muita coisa para contar a ele, afinal de contas.

— Tá bom — cedi.

A diferença entre Brooks e Gus em relação ao lado competitivo deles era que Gus desejava ganhar a todo custo e de lavada, enquanto Brooks desejava vencer, mas estava disposto a abrir mão de alguns pontos no caminho, o que sempre me dava uma falsa sensação de segurança. Quando lacei seu pé, relaxei, o que foi um grande erro. Fiquei tão focado em fazê-lo cair que não notei que ele não tinha arremessado a corda dele ainda. Ele não tentou laçar meu pé. Em vez disso, jogou o laço exatamente para onde eu estava correndo e, assim que dei um passo, ele puxou com força e eu caí.

De novo.

Era seu movimento usual, e essa merda me pegava toda vez.

Para ser justo, ele caiu depois que eu caí, mas ainda conseguiu mais pontos.

Nós dois estávamos no chão, e Brooks ria — uma risada sincera e alegre que começou a aparecer com mais frequência depois que ele e Emmy ficaram juntos. Nós nos levantamos e fomos até as cadeiras no quintal de Gus para uma pausa.

— Certo. Então, Wes... — falou ele. — Desembucha.

Estávamos sentados ao redor da fogueira externa de

Gus, mas não havia nenhum fogo. Provavelmente a acenderíamos quando o sol se pusesse.

— Eu não sei, pessoal. — Passei as mãos no cabelo. — Gosto dela.

— Obviamente — disse Gus.

— Ela gosta de você? — perguntou Dusty.

— Acho que sim — respondi.

— Sim — Brooks disse ao mesmo tempo.

Dusty alternou o olhar entre nós.

— Eu peguei os dois dando uns amassos no bar — contou Brooks. *Jesus. Cristo.* As pessoas achavam que as mulheres mais velhas em Meadowlark eram as maiores fofoqueiras. Bem, elas e o pai de Teddy, Hank. Mas Luke Brooks e sua boca grande pra cacete superava todas elas. Era um milagre ele ter conseguido manter em segredo o relacionamento com Emmy por tanto tempo.

— Eu nem a conhecia aquele dia — falei. — Mas, agora que conheço, gosto muito dela. Ela é muito inteligente, engraçada e trabalha muito. Acho que ela gosta de mim também, mas não quer gostar, o que é um saco.

— Ui. — Foi tudo o que Dusty falou.

Olhei para Brooks.

— O que você fez?

— Como assim? Com o quê? — Brooks pareceu confuso.

— Com Emmy. Quero dizer, vocês se odiavam. O que mudou?

Brooks sorriu, e seu rosto assumiu uma expressão entorpecida que sempre aparecia quando alguém falava de Emmy.

— Tudo — respondeu ele. — Tudo mudou no dia em que Emmy voltou para casa, mas acho que, sem realmente saber, nós dois simplesmente começamos a entregar um ao outro pedaços de nós mesmos, e então percebemos que queríamos mantê-los. Para sempre.

Gus olhava para Brooks, pensativo. Quando soube que Brooks e Emmy estavam juntos, Gus não aceitou bem. Não acho que tenha sido porque ele não queria que ficassem juntos, mas porque duas das pessoas que ele mais amava acharam que precisavam mentir e esconder a relação dele.

Só que o motivo não mudou o fato de que Gus não lidou bem com tudo. Brooks saiu com um olho roxo, e Gus com um monte de culpa que acho que ainda não superou.

— Acho que o momento decisivo foi quando a levei para meu lugar secreto — afirmou Brooks. — Talvez você pudesse fazer algo assim?

— Calma aí — interrompeu Gus. — Você tem um lugar secreto? Que lugar secreto?

— Bem, se eu te contasse, não seria secreto, seria? — rebateu Brooks.

— Mas Emmy sabe dele — Gus soou genuinamente ofendido.

— Sim, e daí?

— Então por que eu não sei dele?

— Porque é um segredo, Gus.

— Mas sou seu melhor amigo. — Meu irmão cruzou os braços.

Jesus Cristo, esses dois.

— E Emmy é o amor da minha vida! — exclamou Brooks, lançando um olhar exasperado para Gus.

Era difícil para Gus contestar esse ponto, mas murmurou:

— Ainda acho que eu deveria saber sobre o lugar secreto.

— Ok, odeio interromper a briga dos amantes — interveio Dusty —, mas estamos falando de Wes. — Ele acenou com a cabeça para mim, e Brooks e Gus de repente se lembraram de que eu estava ali.

— Sim, estamos falando de mim — comentei.

— Quer meu conselho? — perguntou Dusty.

Ele era um cara bom — reservado, mas um cara bom —, então fiz que sim.

— No final das contas, se ela não gostar de você, ela não gosta e ponto, e você devia respeitar isso. — Eu tinha noventa e nove por cento de certeza de que ela gostava de mim, mas entendi o que ele estava falando. — Mas se ela gostar de você — continuou ele —, tente fazer coisas que a façam saber que você tem pensado nela, que ela tem estado na sua mente. Mantenha as coisas simples.

Eu pensava nela constantemente. Em seu cheirinho gostoso — parecia um biscoito de açúcar, porra. No jeito que ela mordia a parte interna do lábio quando estava pensando, ou na maneira como sempre sentava de pernas cruzadas, fosse no chão, numa cadeira ou no sofá. Não importava.

Ada não só "passava" na minha mente, ela estava *dentro* dela: em cada canto e recanto.

Dezessete

ADA

Depois que Dusty foi embora, a noite das garotas fluiu sem problemas. Comemos, bebemos e nos divertimos. Terminamos todas as cortinas. Prometi a Emmy que adicionaríamos algumas rosas nelas durante a semana. Teddy me contou a história completa da discografia da Taylor Swift, me explicou a relação entre *Crepúsculo* e My Chemical Romance e se ofereceu para me levar para fazer compras na boutique em que trabalhava. Cam, que devia arrasar em *quizzes*, nos contou sobre as leis mais estranhas de Wyoming — nem pense em tirar uma foto de um coelho entre janeiro e abril.

E eu me diverti.

Em geral, eu me sentia deslocada em situações como essa, e, quando a noite acabasse, eu teria me convencido de que todo mundo me odiava e que todos ficariam melhor se nunca mais me vissem.

Só que não me senti assim nessa noite. Eu me senti bem.

A melhor parte da noite? Estava de volta ao Casarão às nove e meia.

Cam me levou, já que precisava buscar Riley. Soube que ela e Gus nunca ficaram juntos de fato, mas decidiram criar Riley juntos.

— Tenho sorte de o pai da minha filha também ser meu

amigo — disse ela. — E ele é muito bom em ambos os papéis.

A dinâmica entre aquele grupo de pessoas era muito interessante para mim. Talvez fosse o vinho, mas não pensei antes de perguntar:

— Eles são tão... bons quanto parecem? Os Ryder?

Cam soltou uma risada leve que me indicou que ela entendeu minha pergunta.

— Sim, sinceramente, eles são — respondeu ela. — Eles têm seus defeitos, exceto Amos — brincou ela. — Gus é muito teimoso e rígido, Wes é cortês demais e tem um caso grave de síndrome do filho do meio, e Emmy guarda tudo e tem problemas com controle, mas, no final das contas, os três arriscariam tudo um pelo outro e pelas pessoas que amam, e me sinto sortuda por fazer parte disso com minha filha.

— O que quis dizer com Wes? — perguntei.

— A parte do cortês ou da coisa de filho do meio? — respondeu. Eu não podia ter certeza no escuro, mas achei que ela estava sorrindo.

— Os dois.

— Sinceramente, devem estar relacionados. Desde que o conheço, Wes sempre foi legal pra cacete, mesmo que isso implicasse algum sacrifício. O amigo dele quer chamar a garota de que Wes gosta para o baile de formatura? Ah, tudo bem. Eles vão se divertir. Seu pneu furou? Ele vai trocar pra você, mesmo que signifique não conseguir chegar aonde ele estava indo. — Compreendi o que ela dizia, mas fiquei confusa, porque não entendia por que esse cara legal parecia estar a fim de... mim. — Ele age do mesmo jeito com os irmãos e o pai, cuida deles, e às vezes penso que ele acha que é para isso que serve.

— Mas não é — repliquei, sentindo necessidade de defendê-lo.

— Eu sei. A família dele sabe, mas acho que ele não. Acho que o hotel-fazenda foi seu jeito de provar isso para todo mundo, mas nós já sabemos. Espero que ele prove isso para si mesmo.

É engraçado. Wes e eu éramos muito diferentes, mas tínhamos nos encontrado na mesma situação: nós dois achávamos que precisávamos provar algo.

Depois de Cam me deixar em casa, eu ainda não me sentia pronta para dormir, então decidi fazer algo que não havia feito desde que cheguei a Meadowlark: tomar o banho. Lavar o cabelo, hidratar, esfoliar a pele, depilar as pernas — tudo.

Para ser honesta, meu banheiro no Casarão tinha o melhor chuveiro em que eu já havia estado, e senti a necessidade de tirar vantagem disso.

Depois de estar limpa, macia e quentinha, saí do chuveiro e entrei na nuvem de vapor que eu havia criado e fiz toda minha rotina de cuidados com a pele — completando com uma daquelas máscaras faciais em gel. Decidi até vestir um pijama bonitinho — uma blusa de seda preta com detalhes em renda branca e short combinando.

Entre o banho e a sensação de não me odiar depois da noite das garotas, eu me sentia uma nova mulher.

Eu me aconcheguei sob as cobertas da cama, esfregando as pernas uma na outra e me deliciando na maciez. Peguei o notebook e abri o aplicativo de streaming que tinha *Como perder um homem em dez dias*.

Nada poderia melhorar minha noite. Exceto pipoca, talvez. Eu adorava pipoca, e, depois que ela passou pela minha cabeça, não consegui tirá-la.

Eu não tinha dúvida de que a despensa gigante de Rebel

Blue teria pipoca de micro-ondas. Olhei o celular. Era pouco depois de meia-noite. A casa estaria quieta, e eu só precisaria pegar a pipoca antes de o micro-ondas apitar.

Saí do quarto na ponta do pé, passei pelo corredor e entrei na cozinha. A despensa ficava nos fundos do cômodo, e as prateleiras eram cheias como as de um mercado. Acendi a luz e comecei a procurar pipoca.

Eu a encontrei na parte da frente de uma prateleira alta. Manteiga de cinema. *Perfeito*. Eu estava prestes a pegá-la, mas então ouvi a porta da frente se fechar. Apaguei a luz e esperei. Alguns segundos depois, Wes apareceu na cozinha.

Hum. Achei que já estivesse em casa. Ele quase passou sem me notar, só que, no último segundo antes de chegar ao corredor que levava aos nossos quartos, ele parou, olhou para mim e deu uma segunda olhada.

Até no escuro da cozinha, iluminada apenas pelo luar, pude ver seus olhos percorrerem meu corpo de cima a baixo. De repente fiquei constrangida em relação à minha escolha de pijama. Claro que isso aconteceria na única vez em que usei algo além de uma camiseta gigante e calça moletom para dormir.

Ele engoliu em seco enquanto me olhava, e suas mãos estavam fechadas em punho ao lado do corpo.

— Oi — cumprimentou. Sua voz estava rouca.

— Oi.

— Teve uma boa noite?

— Sim. — Tive mesmo. — E você?

— Levei uma surra, mas sim, tive. — Só assenti, sem saber quando a cozinha havia ficado tão pequena. — Estava procurando algo?

— Pipoca — respondi, apontando para a prateleira atrás de mim. — Mas acho que não consigo alcançar. — Observei

Wes engolir de novo e tentei conter a vontade de lamber o mesmo caminho na sua garganta.

Ele caminhou até onde eu estava na despensa e, a cada passo que dava, eu sentia arrepios surgirem na minha pele. Quando parou na minha frente e se inclinou, deixei minhas pálpebras fecharem.

Eu disse para mim mesma que não sabia o que estava esperando, mas isso era mentira. Eu era especialista em mentir para mim mesma, porém o que eu esperava nunca chegou.

Ouvi algo deslizar numa prateleira atrás de mim.

— Sua pipoca. — A voz de Wes disse.

Abri os olhos e o vi bem na minha frente. Havia calor no seu olhar e um sorriso no rosto.

— O-obrigada — gaguejei.

Ele assentiu e deu um passo para trás, e esse passo fez parecer que alguém tinha arrancado um cobertor de cima de mim. Nós nos encaramos por um segundo, mas ele não se aproximou.

Certo.

Passei por ele, e juro que, quando meu braço encostou no dele, houve um choque elétrico.

Depois de rasgar o pacote de pipoca, eu o desenrolei, joguei no micro-ondas e pressionei o botão de pipoca.

Wes ainda estava na cozinha — eu podia senti-lo —, então fiquei de cara para a bancada em vez de me virar para olhá-lo. Depois de alguns segundos, ouvi suas botas se aproximarem de mim e depois senti sua mão passar por meu ombro e mover meu cabelo para a lateral do pescoço, e um arrepio percorreu minha espinha.

Então senti seus lábios no meu ombro.

— Está tudo bem? — murmurou ele.

Era na verdade um milagre eu conseguir ouvi-lo, considerando que meus batimentos ecoavam bem alto nos meus ouvidos.

— Sim — respondi, ofegante.

E então ele beijou meu ombro, e depois meu pescoço. Eu o ouvi respirar fundo.

— Por que você sempre cheira tão bem? — perguntou. Eu não achei que ele estava procurando por uma resposta de verdade, então fiquei quieta. — Minha caminhonete está com seu cheiro. E agora arrisco minha vida toda vez que dirijo porque só consigo pensar em você. — Ele me envolveu com seu braço e me puxou para si, sem deixar espaço entre nós. — Isso é tudo em que consigo pensar.

Ele moveu meu cabelo de novo para poder dar um pouco de atenção ao outro lado do meu pescoço, e, quando senti seus lábios na minha garganta, joguei a cabeça para trás no seu ombro e não pude deixar de soltar um pequeno gemido.

— Eu gosto de você, Ada.

Sua mão estava debaixo da minha blusa agora, pressionada na barriga, e ansiei para que ela descesse, mas minhas inseguranças começavam a gritar comigo. Wes era um bom rapaz. Ele era gentil e atencioso, e eu não tinha ideia de por que ele se interessaria por uma mulher como eu. Eu havia passado todo meu casamento basicamente implorando para que meu marido me notasse, me visse, me amasse — para que *fizesse alguma coisa*.

Ele nunca fez.

Quando somos tratadas de determinada maneira por muito tempo, começamos a acreditar que é assim que *devemos* ser tratadas. Isso fez com que eu sentisse que não havia nada em mim que alguém *pudesse* amar.

E agora havia Wes. Ele era todas as coisas maravilhosas

que às vezes eu desejava ser: falante, carismático e profundamente atencioso.

Eu era cínica, tímida e realmente não *gostava* de muitas pessoas. Wes parecia gostar de todo mundo, e todos pareciam gostar dele — inclusive eu. Eu não compreendia como poderíamos combinar.

Levantei a cabeça do seu ombro e olhei para o chão.

— Não sei por que continua fazendo isso, Wes — falei baixinho, ainda olhando para o chão. — Não sei por que você me quer. Eu não sou... legal.

— Ada — chamou, ofegante. Ele usou a mão na minha barriga para me virar e encará-lo. O zumbido familiar de eletricidade que aparecia quando ele chegava perto de mim voltou. Senti seu dedo sob meu maxilar, me forçando a erguer o olhar para ele. — Você é determinada, talentosa, persistente e engraçada. — Eu não conseguiria desviar o olhar nem se tentasse. Seus olhos verdes me agarraram e não soltavam. — Eu nunca te insultaria chamando de algo tão genérico quanto *legal*.

Não foram suas palavras que me conquistaram, foram seus olhos. Desde a primeira vez que ele me olhou até agora, eu sentia que Weston Ryder me enxergava, por mais que eu tentasse me esconder.

— Me beije — sussurrei. — Por f... — Não consegui terminar de pedir, porque sua boca estava na minha em um instante.

Beijar Wes foi a coisa mais próxima que já tive de uma experiência religiosa. Parecia que o céu tinha se aberto e as estrelas estavam caindo ao nosso redor, como se raios acertassem todos os lugares em que nossa pele se tocava, e como se meus batimentos tivessem se tornado uma tempestade.

Uma de suas mãos segurava a parte de trás da minha cabeça e a outra estava na minha cintura, me prendendo a ele, mas eu queria estar mais próxima. Coloquei as mãos sob sua camisa, e ele arfou.

— Suas mãos estão congelantes — falou na minha boca.

Dei uma risadinha como uma idiota e as levei para suas costas, grudando-o em mim.

Ele usou o braço que estava na minha cintura para me colocar sobre a bancada. Envolvi as pernas nele. Eu conseguia sentir alguma coisa dura entre suas pernas pressionada em mim, e eu queria mais. Comecei a tirar sua camisa de flanela, puxando-a pelos seus braços, e ele a jogou no chão.

Sua mão patinou pela minha coxa nua até chegar à bainha do meu short, onde ele parou, mas apenas por um segundo. Então subiu a mão para segurar minha bunda, e gemi na sua boca.

Quando foi a última vez que fiz isso? Não conseguia lembrar.

Qual foi a última vez em que senti algo parecido ao que estava sentindo no momento? Nunca. Tinha certeza.

Mordisquei seu lábio inferior e ele gemeu também, roçando o quadril em mim de novo.

— Mais — implorei, mas não funcionou.

Ele se afastou, e eu quis gritar.

Um sorriso se exibia em seus lábios.

— Mais? — perguntou. Sua voz tinha assumido um tom brincalhão.

Eu assenti. Ele passou a mão que estava no meu cabelo pela minha clavícula, e seu toque leve me levou à beira do abismo.

— Essas são as alças mais ridículas que já vi — comentou, enfiando o dedo sob a alça fina da minha blusa antes de descê-la delicadamente por meu ombro. Ele se inclinou e colocou a boca onde a alça estava, e eu agarrei seu cabelo. Movi minha outra mão entre nós, sendo mais ousada do que o normal, e o segurei pela calça jeans.

Wes grunhiu no meu pescoço, e eu senti seu gemido pelo meu corpo inteiro.

— Meu Deus, Ada.

Eu amava o jeito que dizia meu nome.

Ele se afastou de novo e, já que minha outra mão não o segurava mais, levei-a até seu cinto para começar a desafivelá-lo. Mas, antes que eu pudesse ir muito longe, sua mão grande cobriu a minha.

— Vai com calma, meu bem — pediu ele, ofegante. — Você quer ver o que faz comigo? — Abaixei o olhar para seu pau se tensionando dentro da calça jeans. Assenti, e ele colocou pressão nas minhas mãos e gemeu de novo. — Quero sentir o que eu faço com você — falou ele, encostando a testa na minha.

Ah. *Ah.*

— Me toca — sussurrei.

Eu normalmente não gostava dessa parte. Sempre ficava constrangida. Estava molhada demais ou não o suficiente? Era quase sempre a segunda opção. Às vezes meu corpo não gostava de cooperar. Mas, ainda assim, eu queria isso. Queria que ele me tocasse. Seus dedos desenhavam círculos na minha coxa — aproximando-se cada vez mais de onde ele queria estar, ou de onde eu desejava que ele estivesse. Abri mais minhas pernas, convidando-o para entrar.

Com uma testa encostada na outra, nós dois assistimos à sua mão deslizar para debaixo do meu short e entre minhas pernas. Arfei com a sensação de seu dedo entrando em mim.

— Porra, Ada — grunhiu ele. Observei seu dedo sair e entrar em mim, lentamente. — Ainda quer mais? — perguntou. Sua voz estava mais baixa.

— Quero — gemi, e ele adicionou um segundo dedo.

— Tão carente — falou ele. — Esses caras da cidade não sabem como te foder, sabem?

Balancei a cabeça. Uma pressão crescia dentro de mim, e a sensação era muito estranha. Eu não conseguia aguentar mais: levei as mãos para o rosto de Wes e puxei seus lábios para os meus.

Ele me beijou com força e firmeza, sua língua entrando na minha boca enquanto seus dedos me penetravam. Minha respiração começou a ficar mais rápida, e meu quadril começou a rebolar por conta própria. Seu polegar roçou meu clitóris, e gemi um "isso" ofegante.

— Me ajude a fazer você gozar assim, Ada. Me fala do que precisa pra gozar com meus dedos em você.

Eu não sabia. Nunca tinha gozado assim, nunca durante preliminares e nunca no sexo. O calor subindo pela espinha era desconhecido para mim, e tudo o que eu queria era só que ele continuasse. Eu estava desesperada para saber onde isso daria.

Eu estava prestes a lhe dizer isso quando nós dois nos sobressaltamos de nosso transe de luxúria com o som do micro-ondas apitando.

Minha vida era uma piada.

Wes, que reagiu bem mais rápido do que eu, estendeu a mão e abriu o micro-ondas para fazer o apito parar. Então ele tombou, pousando a cabeça no meu ombro.

Nós dois estávamos com a respiração pesada, mas ainda conseguimos ouvir passos se aproximando pelo corredor oposto ao nosso. Wes se virou, e era largo o bastante para me bloquear da vista — pelo menos era o que eu esperava enquanto subia a alça da minha blusa de volta para meu ombro —, ainda mais no escuro.

— Weston? — A voz grogue de Amos soou do corredor. — É você?

— Sim, pai — respondeu. Ele estava tentando mascarar a respiração ofegante, mas não fazia um bom trabalho. — Desculpe se acordei o senhor.

— Não tem problema. Está tudo bem? — perguntou Amos, bocejando.

— Uhum — respondeu Wes. — Queria um lanche, por isso estou fazendo pipoca.

— Tá bom... Bem, não faça barulho. — A voz de Amos estava se afastando enquanto ele andava no corredor. — Não vai querer acordar Ada.

— Não, com certeza não queremos isso — respondeu Wes entredentes, e eu abafei uma risadinha. Essa era a segunda vez que Wes e eu éramos interrompidos. Eu não sabia o que tinha nele que me fazia voltar a ser uma adolescente fogosa que jogava a precaução pela janela, mas eu gostava. Gostava de sentir a onda de alegria que surgia ao ficar perto dele. — Boa noite, pai — desejou um pouco mais alto.

— Noite — respondeu Amos.

Quando estava certo de que o pai tinha ido embora, Wes se voltou para mim. Ele sorria, e meu coração trovejou no peito de novo. Ele se inclinou e beijou minha têmpora, e me deliciei com a sensação de intimidade.

— Vamos — falou ele. — Vou te levar para a cama.

Eu estava para dizer a Wes que não estava cansada, mas, em vez de essas palavras saírem da minha boca, um bocejo escapou.

Ao que parecia, Amos Ryder tinha empatado minha foda com sucesso.

Droga.

Wes pegou minha pipoca no micro-ondas e me ajudou a descer da bancada. Minhas pernas estavam instáveis, o que fez Wes rir um pouco.

— Cala a boca — eu disse enquanto dava uma cotovelada nas suas costelas.

Ele me levou até meu quarto, e paramos em frente à minha porta.

— Você... — Eu não acreditava que ia dizer isso, e precisei olhar para o chão para soltar: — ... quer entrar? — Olhei para ele, que parecia estar em conflito.

— Hoje não — respondeu por fim.

— Outra noite? — perguntei, esperançosa.

— Sim — afirmou imediatamente. Mais um beijo na minha têmpora. — Outra noite.

Assenti, era melhor assim.

— Boa noite, Wes.

— Boa noite, Ada.

Dezoito

WES

Antes da noite passada, eu tinha um certo controle sobre minha atração por Ada. Eu conseguia passar por ela vestida de macacão e não ter vontade de empurrá-la na parede mais próxima e lhe mostrar o que exatamente fazia comigo.

Agora não mais.

Tudo em que conseguia pensar era na sensação de sua pele nua sob minhas mãos. Agora que eu sabia como ela era, nada nunca mais seria o bastante.

Ela me desejava. Foi ela quem me pediu para beijá-la, quem demandou que eu a tocasse. E agora eu estava arruinado.

Completamente arruinado.

Era isso o que estava passando pela minha cabeça enquanto eu juntava um monte de ingredientes para preparar uma de suas comidas favoritas: a torta de espinafre sobre a qual ela havia me contado na caminhonete quando a levei para a cidade.

Eu estava seguindo o conselho de Dusty e fazendo algo que lhe mostraria que eu estava pensando nela. O tempo todo.

Havia só um pequeno problema. Eu não era muito bom cozinheiro. Eu sabia cozinhar, e cozinhava, mas não diria que tudo sempre ficava cem por cento comestível. Meu pai garantiu que todos nós soubéssemos o básico da cozinha, ainda mais Gus e eu. Desde quando éramos pequenos, ele nos dizia que algum dia talvez teríamos que compartilhar a casa com alguém e, quando isso acontecesse, seria importante dividir o trabalho — cozinhar, limpar ou o que fosse.

Assim como meu pai, Gus tinha aptidão para cozinhar e amava fazer isso. Outra coisa em que era melhor do que eu. O que também era positivo, porque agora ele precisava manter uma pequena humana viva.

Eu sabia fazer o básico: ovos, frango grelhado, macarrão, e uma boa salada, mas *spanakopita* — aquela torta de espinafre — ficava um pouco fora da minha alçada. Ainda mais porque começava com uma massa caseira, o que parecia que poderia dar errado muito rápido.

Não importa.

Eu era capaz, e ia fazer isso — talvez não bem, mas ia.

Ada tinha ido até a casa de Aggie para conversar sobre as coisas que queria que ela construísse. Teddy veio buscá-la — e, aparentemente, depois iriam às compras —, então presumi que tinha pelo menos quatro horas para fazer isso acontecer.

Estava nisso havia pouco mais de uma hora, e tudo que tinha era uma cozinha coberta de farinha.

Quando a porta da frente se abriu, ouvi Gus gritar:

— Tem alguém em casa?

— Estou aqui — gritei de volta.

— Que merda está fazendo? — perguntou Gus quando chegou à cozinha. Seus olhos se arregalaram ao me ver com toda a farinha.

— Cozinhando, é óbvio.

— Cozinhando uma ova.

— Bem, estou tentando — respondi. E, não, não estava me saindo muito bem. — Ada mencionou que gosta de uma torta de espinafre que a mãe dela faz, e agora estou tentando fazer pra ela.

Gus se aproximou e observou todos os ingredientes na bancada e os pedaços de massa que eu não conseguia fazer grudar.

— Na boa — disse ele —, sem querer ofender, mas acho que você não está se saindo bem.

— Isso ajuda muito, Gus, obrigado — soltei, ríspido.

Seus olhos se arregalaram de novo. Eu não era ríspido com muita frequência.

— Me diz o passo a passo — pediu ele. — Talvez eu consiga ajudar.

Gus foi até a pia da cozinha e começou a lavar as mãos. Ele estava falando sério.

— Teoricamente, é fácil — respondi, passando uma mão de farinha no rosto. Eu nem queria saber como eu estava. — Como uma mistura de espinafre e massa filo?

— Tá bom — disse, acenando com a cabeça. — Cadê a massa filo?

— É isso que estou fazendo? — falei, incerto. Era o que eu estava tentando fazer, pelo menos.

Gus parecia um pouco preocupado demais numa conversa sobre massa, mas falou:

— Você está tentando fazer massa filo? Nunca viu *MasterChef*?

— O quê? Não. Por que você está vendo *MasterChef*?

Se tinha uma coisa que não conseguia imaginar era meu irmão mais velho sentado escolhendo assistir a um programa de televisão sobre comida.

— Riley gosta, e vê-los cozinhando me relaxa. — Ele deu de ombros. Eu o olhei de queixo caído. — Enfim — falou, me afastando. — Não é essa a questão. A questão é que a massa filo comprada pronta é sua aliada porque você nunca vai conseguir fazê-la fina o suficiente. — *Ou de fato conseguir fazê-la*, pensei, considerando que ela estava em pedaços ao meu redor.

— Bem, eu não tenho massa filo pronta.
— Vou ligar pra Emmy.
— Por que vamos ligar pra Emmy? — Eu não entendi como minha irmã tinha entrado naquela situação. Ela era especialista em massa filo? Ela tinha habilidades das quais eu não sabia?
— Porque ela está no mercado. — Revirei os olhos. É claro que ele sabia disso. No mês anterior, Emmy estava movimentando o gado sozinha e não tinha rádio com ela. Como não conseguíamos contato, fiz o que qualquer pessoa normal faria: verifiquei sua localização no celular.

Aparentemente, Gus não sabia até então que isso existia. Agora ele ficava checando nossas localizações constantemente. Juro, toda vez que eu saía de casa, recebia uma mensagem dele perguntando o que eu estava fazendo.

— Você tem que parar de ficar vendo nossa localização o tempo todo. É esquisito — falei. Gus já estava discando para Emmy. Quando levou o celular ao ouvido, ele disse: — Não preciso mais checar a sua. Você está sempre seguindo Ada por aí.

Babaca.

Ouvi Emmy atender.

— Oi, você ainda está no mercado? — perguntou Gus. Pausa. — Consegue comprar um pacote de massa filo, talvez dois, e trazê-los para casa? Wes está tentando fazer uma sozinho. — Ouvi a voz abafada de Emmy do outro lado do telefone. — Sim — respondeu Gus. — Foi o que eu acabei de dizer. Ele não assiste.

Jesus Cristo.

— Tá bom, te vejo em breve. — Gus desligou o telefone.

— Emmy vai chegar aqui em vinte minutos. Vamos começar o recheio.

Gus começou fatiando cebolinha, alho e cebola, e eu comecei a refogar um pouco de espinafre na maior panela que consegui encontrar. Por mais que odiasse admitir, Gus era uma boa pessoa de se ter por perto na cozinha. Ele lia a receita e assumia o controle, e as coisas começavam a acontecer com mais facilidade.

Pouco depois, Emmy entrou na cozinha com algumas bolsas de mercado.

— Certo — falou. — Comprei cinco caixas de massa filo, porque a situação parecia terrível. — Ok, isso foi um pouco dramático. — Também comprei pão de massa fermentada e um pacote de jujubas de melancia.

— Por quê? — perguntei.

— Ontem à noite, Ada e eu nos conectamos por causa do nosso amor mútuo por essas duas coisas, então pensei que seria bom você ter um plano B caso o preparo não seja comestível.

Eu queria debater, mas ela tinha razão, então só falei:

— Obrigado.

— De nada, e também comprei alguns mini Reese's. Eles são os meus favoritos, pois têm a quantidade perfeita de chocolate e manteiga de amendoim.

— Emmy — chamou Gus —, você pode começar a preparar a massa? Peguei um pouco de azeite e um pincel para você.

Ela fez uma saudação para Gus. Antes de começar, conectou o celular no alto-falante da cozinha e colocou música country para tocar. Emmy gostava de ter som de fundo —

música, tv, qualquer coisa — enquanto fazia coisas. Dizia que a ajudava a se concentrar.

— Sim, capitão.

Nós três trabalhamos juntos no prato. Acho que foi a primeira vez desde quando Emmy voltou para casa que ficamos juntos só nós três. Foi muito legal.

Eu reconhecia que, em relação ao assunto irmãos, eu era um cara de sorte. Se eu tivesse que viver na sombra de alguém, ficava feliz por ser da deles.

— Então, Gus — disse Emmy —, você deu algum tipo de aviso a Cam de que Dusty ia voltar para Meadowlark?

— O quê? — respondeu Gus, confuso. — Por que ela precisaria ser avisada disso?

— Você é um idiota — foi tudo que Emmy disse, balançando a cabeça. Eu não pensei em avisar Cam também. Cam e Dusty namoraram no ensino médio. Até onde eu sabia, ela foi a última mulher que Dusty realmente namorou. Não acabou bem, mas eu não imaginei que seria necessário alertá-la sobre a volta dele para casa.

Juntos, nós três colocamos o recheio de espinafre entre as camadas de massa filo. Quando chegamos à nossa última camada, Emmy pincelou azeite por cima e colocamos a travessa no forno. Programei o cronômetro para vinte e cinco minutos.

Claro que era legal meus irmãos terem aparecido para ajudar, mas eu estava mais grato por terem ficado para me ajudar a limpar. Eu tinha feito uma bagunça enorme.

— Então — falou Emmy enquanto limpávamos o restante da farinha —, o que inspirou esse surto de cozinhar? Algo aconteceu com Ada? Além da ficada inicial, claro. — Fiquei quieto por um segundo longo demais, porque os olhos de Emmy ficaram tão grandes e brilhantes que ela gritou: — Eu sabia! Eu sabia!

Ela não teve chance de dizer mais nada porque a porta da frente se abriu. Merda, não podia ser Ada, podia? Olhei para o relógio no micro-ondas — o empata-foda do século —, e tinham se passado algumas horas desde que comecei. *Merda*.

Mas não foi sua voz que ouvi primeiro: foi a de Teddy.

— Esse espartilho vai ficar lindo em você — falou enquanto entrava na cozinha.

Ada estava bem atrás dela, e meu coração pareceu um bumbo ao vê-la. Seu suéter preto largo estava caído em um de seus ombros. Pensei em pôr minha boca ali na noite passada.

Porra. Minha calça jeans se apertou.

Seu cabelo estava num coque, mas, já que era curto, a parte de baixo estava se soltando. Ela usava uma calça jeans que estava apertada no quadril, mas larga no resto. Quando avistou meus olhos nela, sorriu.

Deus, ela era linda.

— Que cheiro é esse? — perguntou Teddy, olhando ao redor da cozinha. Assim que viu Gus, falou: — Droga. É disso que estou sentindo cheiro.

Gus revirou os olhos.

— Isso é tudo o que você tem hoje, Theodora?

— Não — respondeu Teddy. — Mas, para sua sorte, não estou muito no clima pra ver um homem adulto chorar hoje.

Ada alternava o olhar entre Gus e Teddy, como se estivesse assistindo a uma partida de tênis.

— Ok! — Emmy bateu palmas. — O cheiro que você está sentindo na verdade não é da nossa conta, e todos nós estamos saindo agora. — Ela começou a empurrar Gus para a porta. — Tirando você, Ada. Você fica. — Emmy piscou para ela.

Sutil.

— Por que eu tenho que ir embora? — perguntou Gus.

— Porque você tem coisa pra fazer — desviou Emmy.

— Não, não tenho — respondeu Gus, o único que não estava entendendo.

— Ai, meu Deus — grunhiu Teddy. — Você é literalmente muito estúpido. Vamos, Top Gun, vamos raspar esse bigode.

— Ah, me erra — rebateu Gus.

Emmy começou a empurrá-lo para fora, e Teddy ajudou.

— Até mais! — gritou Emmy.

Quando ouvi a porta fechar, sobrou só Ada e eu. Sempre que estávamos só nós dois, o lugar parecia menor.

— Oi — falei.

— Oi — respondeu ela, ajeitando um pouco do cabelo solto atrás da orelha. Eu queria ir até ela e a envolver com meus braços, mas não queria parecer muito intenso. Eu não sabia como fazer isso. Não depois do que aconteceu na noite anterior.

— Como foi seu dia? Encontrou Aggie?

O rosto de Ada se iluminou.

— Sim, e foi ótimo. Ela é ótima. Vamos ter dois aparadores, uma mesa de cozinha, uma mesinha de centro, e ela vai fazer puxadores de couro customizados para as gavetas de algumas cômodas.

— Parece incrível — comentei, sincero. Eu amava o jeito que Ada se iluminava quando falava de Bebê Blue. — Fico feliz por você ter conseguido se encontrar com Teddy também.

— Falando nisso... — Ada se sentou na bancada da cozinha. Ela estava bem na minha frente agora. — O que está acontecendo entre ela e seu irmão?

Nunca fiquei tão confuso em toda a minha vida.

— Como assim?

Ada ergueu as sobrancelhas.

— É óbvio que tem algo acontecendo ali. Eles namoraram ou algo assim?

Eu ri.

— Teddy e Gus? Você acha que está acontecendo algo entre Theodora Andersen e August Ryder?

Ada assentiu, empolgada.

— Claro. Não consegue sentir a tensão?

— Sim, porque eles se odeiam — respondi, confuso. — Tipo, se odeiam de verdade.

Ada não pareceu convencida do que eu estava dizendo.

— Eu apostaria todas as minhas economias que algo já aconteceu ou vai acontecer entre esses dois.

Ela parecia muito certa. Gostei disso.

— Quem sabe no dia de são Nunca — rebati.

— Quer apostar? — Seu sorriso era divertido.

— Manda ver — respondi, e estiquei a mão para um aperto.

Ela olhou para a minha mão e a estudou por um segundo antes de cumprimentar. Nós nos olhamos, e percebi seu peito ficar um pouco ofegante.

Será que estava pensando na noite passada?

Eu com certeza estava.

— Então — disse ela, tirando a mão cedo demais. — Mas que cheiro é esse? É maravilhoso.

Na mesma hora, o cronômetro do meu celular terminou, e eu rapidamente peguei luvas e tirei a travessa do forno. Eu a coloquei sobre as tábuas que estavam bem na frente de Ada.

— *Spanakopita* — anunciei, subitamente nervoso com... tudo.

Ada olhou para a massa dourada e então de volta para mim.

— Sério? — perguntou com o sorriso mais largo que tinha visto desde que a encontrei no bar. Sua reação me deixou sem palavras, então só assenti. Ela voltou a olhar para o prato. — Você fez isso pra mim? — Sua voz estava mais baixa agora.

— Sim.

Ela mordeu o interior do lábio.

— Por quê?

Essa pergunta pareceu carregada. Porque eu não conseguia parar de pensar nela, porque queria que fosse feliz em Rebel Blue, porque desejava que ela pensasse em mim do mesmo jeito que eu pensava nela.

— Porque você me disse que era sua comida favorita. — Foi a resposta que escolhi, que também era verdade.

— Posso experimentar? — Ela soou empolgada.

— Claro que sim — respondi, pegando uma faca de uma das gavetas e levando para ela, junto com um prato e dois garfos. — Faz as honras?

— Minha mãe me mataria por não deixar esfriar um minuto, mas... — Ela fatiou um pedaço e o colocou num prato entre nós. O recheio estava fumegante. Ada pegou um garfo e gesticulou para eu fazer o mesmo.

Nós dois pegamos um pedaço e sopramos para esfriar. Esperei que ela provasse o seu. Queria ver sua reação. Ela sorriu enquanto mastigava. Levou a mão até a boca quando disse:

— Está bom. — E acenou com a cabeça.

Dei uma mordida, e não estava esperando gostar, mas aprovei. Estava quente, salgado, folheado e... bom.

— Gostou?

— Sim, na verdade — respondi com uma risada. — Gostei.

— Acho que até minha mãe diria que está comestível — comentou ela, balançando a cabeça no que parecia ser uma descrença.

— Comestível! Que elogio! — exclamei, revirando os olhos com exagero.

— Vindo de Thalia Hart, te garanto que "comestível" é o equivalente a um prêmio Nobel da Paz.

— Me fala dela? — pedi, sem saber de onde tinha saído essa pergunta.

Ada parou no meio de uma mordida e baixou o olhar para a *spanakopita* por um minuto.

— Minha mãe é... determinada e franca — respondeu ela, calmamente. — Ela é uma boa mãe, à sua maneira. Não é carinhosa como a sua família, mas está sempre presente, mesmo que não queira. — Ela pausou, e depois continuou: — Suas expectativas em mim sempre foram altas, e, na maioria das vezes, sinto que a decepcionei. — Ouvi-la dizer isso foi como ter uma faca enfiada no coração. Ada era magnífica, e eu queria que todos vissem isso; que a enxergassem. — Ela deixou a vida toda pra trás quando veio para os Estados Unidos. Tudo o que tem, construiu sozinha. Ela tinha sonhos para mim quando eu era pequena, sonhos pelos quais eu não precisaria batalhar tanto quanto ela precisou. Acho que sempre vou me sentir um pouco culpada por ter seguido meus próprios sonhos em vez dos dela.

— O que ela disse sobre vir para Wyoming? — perguntei.

— Perda de tempo. Mas ela tem acompanhado minhas redes sociais, enviado algumas mensagens quando gosta de algo, e outras mais quando não gosta. — Ela suspirou e foi sincera quando falou: — Mas ela é uma boa mãe. E meu pai é um bom pai.

— Me fala dele? — pedi.

Ada pareceu refletir sobre isso por um instante.

— Ele é quieto, não morre de amores por pessoas, mas é um provedor dedicado. Ele trabalhava muito quando eu era mais nova, então não foi um pai presente, mas sei que faria qualquer coisa pela minha mãe.

Assenti e estendi a mão sobre a mesa para segurar a dela. Gostei que tinha me contado tudo isso. Eu amava sentir que a conhecia.

Ada não se afastou. Em vez disso, falou:

— Agora quero te fazer uma pergunta.

— Manda.

Um sorriso estendeu seus lábios.

— Por que você tem farinha pelo rosto todo?

Dezenove

ADA

As coisas estavam mudando entre mim e Wes. Quando estávamos na obra, rolavam uns pequenos toques — nossos braços se esbarravam quando passávamos um pelo outro, sentia sua mão no meu cotovelo ou na minha lombar para me tirar do caminho de alguém... coisas desse tipo.

Quando estávamos no Casarão, normalmente jantávamos juntos. No começo dessa semana, assistimos a um filme no sofá, e ele pôs o braço ao redor de mim.

E eu não odiei.

Eu não sabia o que era essa coisa com ele, mas adorava a sensação. Pela primeira vez na vida, eu acho que tinha uma grande paixonite. Era algo novo e empolgante, mas também parecia estável e natural — como se fosse o início de algo que duraria.

Era nisso que eu estava pensando quando ele se aproximou de mim no final do expediente — e sem Waylon, pelo que notei — e perguntou:

— Posso te tirar daqui?

Levantei o olhar do celular, onde eu estava postando algumas atualizações do teto abobadado e dos banheiros nos meus *stories*. Wes usava o que eu tinha começado a chamar na minha cabeça de seu uniforme: camiseta branca e calça jeans azul. Essa calça jeans azul parecia estar respirando por aparelhos, mas ele a fazia parecer perfeita — como aquela capa de álbum do Bruce Springsteen.

— Me tirar daqui? Pode pedir permissão para matar a vítima?

As bochechas de Wes ficaram vermelhas, e todo o frio ao redor tomou conta da minha barriga.

— Poderia — respondeu ele. — Mas não quero te matar. Quero te levar pra sair, como um encontro.

— Ah — exclamei, surpresa. — Hum... — Eu queria aceitar, mas não sabia qual seria a consequência dessa decisão. E se nós fôssemos para um encontro e tudo mudasse? E se ele passasse tempo suficiente comigo e começasse a desgostar de mim, como todo mundo?

Como meu ex-marido.

Ele gostava de mim, até não gostar mais.

E, por algum motivo, eu tinha um pressentimento de que, se Wes decidisse não gostar de mim, doeria bem mais do que quando Chance decidiu que não gostava de mim — ainda que sua decisão tenha terminado com ele saindo para trabalhar e nunca mais voltando, e eu recebendo os papéis do divórcio pelo correio.

Pensar em Chance e no meu casamento ainda não era bem-vindo. Não por causa dele, necessariamente, ou pelo fato de eu ter sido casada, mas porque eu não tinha orgulho da pessoa que fui durante aquela época. Depois do casamento, demorei cerca de um mês para perceber que todas as coisinhas que ele fazia eram formas de me controlar.

Embora tenha sido uma situação ruim, eu não a desfaria. Só que eu desejava poder voltar e dizer a mim mesma para não lutar tanto para me reprimir e me colocar numa caixa na qual eu nunca me encaixaria. Eu cortei muitos pedaços de mim para tentar me adequar à caixa dele, e só agora eu começava a pegá-los de volta.

— Você pode pensar nisso — falou Wes depois de eu ficar quieta por muito tempo.

— Não — respondi, e vi seu rosto se abater. — Quero dizer, sim para o encontro, e não, não tenho que pensar nisso. — Wes não era Chance, e eu não era a mesma Ada de alguns anos trás.

Seu rosto se iluminou de novo, como se o sol tivesse saído de trás das nuvens.

— Sábado?

— Sábado — repeti baixinho, como um desejo.

As covinhas de Wes apareceram quando ele sorriu para mim, e tive vontade de beijá-lo. Bem ali no meio do canteiro da obra. Eu sabia que, se fizesse isso, ele começaria a corar.

Wes corado era meu Wes favorito.

— Ada. — A voz de Evan esboçou uma nuvem sobre o sol que era Weston Ryder. Ele estava se aproximando de nós com o semblante preocupado.

— O que foi? — perguntei.

— Tem um alerta de tempestade — avisou ele. — Todo mundo acabou de receber um alerta no celular. Deve chegar supostamente em uma hora. Estão dizendo para arranjar um lugar e se abrigar.

Olhei para o celular e vi a mesma notificação. Eu devia estar distraída pelas covinhas de Wes quando ela chegou.

— Tudo bem — falei. — Vamos garantir que tudo o que precisa de lona esteja com lona e depois mandamos todos pra casa.

Tanto Wes quanto Evan entraram em ação, trabalhando na velocidade da luz para proteger a casa. Wes fez a equipe cobrir até as janelas, caso o vento ficasse muito forte. Elas ainda não tinham sido substituídas — isso estava planejado para acontecer no dia seguinte —, então a possibilidade de a tempestade conseguir derrubá-las era maior do que seria com janelas novas. Eu tinha planos para as janelas antigas, e, para eles se concretizarem, precisava que estivessem intactas.

Em menos de vinte minutos, a equipe estava a caminho de casa, e o céu já escurecia. Muito.

— Quer ficar aqui? — Wes perguntou a Evan, que era o último na casa conosco. — Você é bem-vindo no Casarão. Parece que a coisa está ficando feia lá fora.

Evan fez que não.

— Eu gosto muito do meu quartinho na pousada. Vou ficar bem. Mas obrigado.

Eu me aproximei para lhe dar um abraço, algo que eu não fazia com muita frequência, o que Evan notou, porque ele levou um segundo para me abraçar estranhamente de volta.

— Me avisa quando chegar lá?

— Aviso — respondeu. — Fiquem seguros vocês dois. — Evan se soltou dos meus braços e apertou a mão de Weston antes de sair pela porta.

— Tudo bem se eu nos levar de volta hoje? — perguntou Wes.

Eu vinha levando a gente de volta para o Casarão algumas vezes por semana com a caminhonete, ainda aprendendo a dirigir com o câmbio manual. Estava melhor, mas não tinha a confiança para dirigir numa tempestade, então assenti, grata por ele oferecer.

— Está pronta pra ir?

Dei uma olhada na casa, garantindo que tudo parecia seguro e que não estava deixando nada passar. Não que eu soubesse muito sobre como me preparar para tempestades. Estava só deduzindo, então fiquei feliz por Wes estar ali.

— Sim, vamos.

Wes abriu a porta da frente novinha em folha — eu tinha quase certeza de que ela aguentaria a tempestade — e me guiou para fora com a mão nas minhas costas antes de trancar a porta. Ele pegou a minha mão, entrelaçando nossos dedos, e eu deixei.

Mesmo que já tivesse começado a chover, Wes ainda abriu a porta do carona e garantiu que eu tivesse entrado antes de fechá-la e ir para o lado do motorista. Ficamos do lado de fora por menos de dez segundos e eu já fiquei ensopada. A água pingava no chapéu de caubói de Wes.

— Vamos pra casa — falou Wes ao fechar a porta. Como se quisesse enfatizar sua afirmação, um trovão ressoou ao longe. Ele começou a dirigir de volta para o Casarão, e a chuva atingia o para-brisa cada vez mais forte conforme nos afastávamos da obra.

Um trovão estrondou de novo — mais próximo dessa vez — e o barulho me fez pular. Wes estendeu a mão sobre o assento e segurou a minha.

Eu deixei.

Ele usou o polegar para esboçar círculos tranquilizantes na minha mão e, quando trocava de marcha, pegava-a e levava para o câmbio, igualzinho ao primeiro dia na caminhonete.

Mas muito havia mudado desde então.

Assisti à chuva bater no para-brisa. Observei as árvores serem sacudidas pelo vento e avistei um raio no horizonte.

Os limpadores de para-brisa da caminhonete não conseguiam acompanhar a chuva, então eu quase não vi quando um pequeno vulto marrom entrou na frente da caminhonete, mas Wes viu. Ele desviou, e minha cabeça quase bateu na janela.

Ele parou o carro, desafivelou o cinto e deslizou no assento até mim. Antes de eu registrar o que estava acontecendo, suas mãos estavam no meu rosto.

— Me desculpa, meu bem. — Suas mãos foram do meu rosto para meu pescoço, para meus ombros, desceram para meus braços e subiram de volta. — Você está bem? —Assenti. Eu estava bem. Só tinha ficado meio atrapalhada, mas não mais do que eu ficava durante a hora do rush no trânsito de San Francisco. — Tive que desviar. Acho que era um bezerro. — Suas mãos foram para o meu rosto de novo. Era como se ele estivesse procurando alguma lesão em mim.

— Estou bem — garanti. — Sério. — Suas mãos ainda buscavam, então acho que ele não acreditou em mim. — Wes — falei, firme, antes de me inclinar e beijar sua bochecha. Ele congelou. — Estou bem. Está tudo bem. — Beijei sua outra bochecha. — Você disse que foi um bezerro que correu na nossa frente?

— Acho... acho que sim. Não sei ao certo. Preciso checar.

— Tá bom — respondi. Nossos narizes quase se tocavam. — Vamos checar então.

Com a sugestão de sairmos juntos para a chuva, Wes saiu de qualquer transe em que tinha entrado quando pensou que eu pudesse estar machucada.

— Fique aqui — falou. — Já volto.

Antes que eu pudesse protestar, ele abriu a porta do motorista e saiu na tempestade.

— Ah, que merda — eu disse para ninguém, já que agora era a única na caminhonete, e fui atrás dele.

A chuva estava congelante — em poucos passos, fiquei com frio até nos ossos. Wes estava indo em direção a um pequeno grupo de árvores e eu corri para alcançá-lo.

Agarrei sua mão, sem saber quando tinha me tornado tão fã de mãos dadas, e ele se virou para mim na hora.

— Eu disse pra você ficar na caminhonete — declarou. Seus olhos estavam me implorando.

— Quero ajudar — respondi, empinando o queixo. — Já estou aqui fora. — Pude ouvir Wes suspirar na chuva, o que já dizia muito.

— Tá — cedeu.

Wes foi até as árvores. Ele estava certo, era um bezerro, e o encontramos depois de alguns minutos. Estava encolhido perto do tronco de uma árvore. Wes se aproximou aos poucos e se agachou.

O coitado era muito menor do que eu esperava que fosse — e parecia muito assustado. Também aparentava estar machucado, e meu coração se partiu.

— Ei, bebezinha — Wes falou suavemente, quando percebeu que era fêmea. — Onde você se enfiou?

Foi quando eu notei algo, uma espécie de metal talvez, ao redor do pescoço e do peito da bezerra.

Arame farpado, talvez.

Wes se afastou da bezerra e voltou para a caminhonete. Que diabos ele estava fazendo?

Corri atrás dele. Ele não ia dar as costas para essa minivaca comigo ali. De jeito nenhum.

— O que você está fazendo? — gritei. Eu não sabia se ele podia me ouvir por causa do som da tempestade. Ele continuou andando. — Weston!

Meu Deus, suas pernas sempre foram tão compridas assim? Como ele andava tão rápido?

Por que estava indo embora?

Quando o alcancei, agarrei seu braço e o virei para mim.

— Não pode deixar ela lá! — berrei. — Ela precisa de você! — Eu não sabia de onde elas tinham vindo, mas havia lágrimas brotando dos cantos dos meus olhos, desesperadas para caírem. — Você não pode deixá-la sozinha. Ela não pode ficar sozinha. Não nesta tempestade. Ela não poderia morrer aqui? — Não esperei que ele respondesse. — Por favor — implorei. — Não a deixe sozinha.

Os olhos verdes de Wes estavam gentis enquanto me avaliavam.

Eu estava chorando agora — minhas lágrimas quentes se misturaram com a chuva fria enquanto ambas rolavam por meu rosto. Eu não conseguia lembrar a última vez que havia chorado, mas passou pela minha cabeça que eu poderia estar chorando por mais razões do que apenas uma bezerra na tempestade.

— Por favor — pedi de novo.

Wes me puxou até ele e me segurou com força.

— Não vou deixá-la, meu bem. Eu nunca a deixaria — murmurou no meu ouvido.

Eu me afastei e olhei para ele.

— Então por que foi embora? — perguntei, fungando.

— Vim pegar o alicate. Depois vamos colocá-la na caminhonete e levá-la pra casa. — *Ah*. Alicate.

— Vamos levá-la pra casa? — perguntei.

— Sim. Para onde mais a levaríamos? — Hum. Boa pergunta. Wes beijou minha testa. — Tem um cobertor sob a cabine. Pegue-o para ela, ok? — Ele me soltou e pegou um alicate pequeno numa caixa de ferramentas sob o banco da frente. — Já volto.

Fiquei debaixo da chuva e assisti a Wes voltar para as árvores. Quando ele sumiu de vista, subi na caminhonete e apalpei o banco em busca do cobertor de que ele estava falando. Eu o encontrei e peguei.

Menos de cinco minutos depois, vi Wes voltando das árvores, dessa vez com a bezerra nos braços.

Quando o vi na chuva, imaginei que era assim que algumas pessoas deviam se sentir quando viam um homem carregando um bebê. Eu não era uma grande fã de bebês, mas, ao que parecia, eu era uma grande fã de vacas bebês, porque Weston Ryder nunca pareceu tão bonito.

Um caubói, com a camiseta branca grudada no corpo, o chapéu de caubói marrom, e uma bezerra nos braços que ele tinha acabado de resgatar de uma tempestade?

Cacete.

Cacete.

Ele chegou na caminhonete, e eu abri a porta do carona para ele. Saí do carro, mas deixei o cobertor no interior. Queria que ficasse seco.

— Preciso que você suba atrás, meu bem — pediu Wes.

Bem, esse com certeza *não* era o contexto em que pensei que esse caubói falaria essas palavras para mim, mas fiz o que pediu. Não fui nada graciosa, porém: mais me contorci e caí do que subi.

Ele colocou a bezerra com delicadeza no cobertor e depois o enrolou em seu corpo. A bezerra o olhava do mesmo jeito que Waylon: com total adoração.

Ele fechou a porta rapidamente, correu para o lado do motorista e entrou. Foi quando notei uma mancha vermelha crescente na sua camisa.

— O que houve? — perguntei. Nem tentei disfarçar a preocupação na minha voz.

— O quê? — respondeu.

— Suas costelas — falei. — Você está sangrando.

Wes baixou o olhar e soltou um suspiro pesado.

— Deve ter sido o arame farpado. Eu não senti. Vou olhar quando chegarmos em casa.

Com isso, ele ligou o motor e nos levou de volta para o

Casarão. Passei a viagem alternando o olhar entre a bezerra, que provavelmente era a coisa mais fofa que já tinha visto, e o caubói, que com certeza era a melhor pessoa que eu já tinha conhecido.

Quando paramos na garagem, os trovões estavam mais altos, e notei que a caminhonete de Amos não estava ali. Torci para que estivesse em algum lugar seguro.

Wes saiu da caminhonete e abriu a porta de casa, depois voltou e pegou a bezerra, e eu saí atrás deles. Waylon saiu correndo da casa e entrou na garagem.

Fiquei feliz por ele ter ficado em casa hoje. Eu me ajoelhei e fiz um bom carinho nele.

Wes colocou a bezerra numa cama de cachorro perto da porta da casa. Ele andou até o fundo da garagem e retornou com um aquecedor portátil e uma pilha de cobertores. Então ligou o aparelho e fez um ninho com os cobertores ao redor da bezerra.

— Meu bem — chamou. Ele se referia a mim. — Tem uma almofada térmica no armário do corredor. Pode pegar pra mim? Você deve vê-la assim que abrir a porta. — Confirmei e corri para o armário do corredor, peguei a almofada térmica e voltei para a garagem o mais rápido possível.

Wes e Waylon tinham se acomodado ao lado da bezerra. Parecia que Wes havia limpado os machucados dela, porque não havia mais sangue grudado no pelo cor de chocolate. Eu rapidamente peguei o celular do bolso e tirei uma foto antes de Wes notar.

Queria lembrar esse momento.

— Obrigado — falou Wes quando me avistou com a almofada térmica. Depois que lhe entreguei, ele a ligou no mínimo e a posicionou ao lado da bezerra, cujos olhos estavam começando a fechar.

— O que a gente faz agora? — perguntei.

— A gente dá um nome a ela — respondeu. Era a última coisa que eu esperava sair de sua boca. Ele deve ter visto minha confusão porque disse: — Quando bezerros são deixados pra trás, a gente os traz pra casa, dá um nome, e eles viram nossos. Enquanto crescíamos, tivemos Dolly, Tammy, Patsy e Reba.

Eu não era fã de música country, mas pude captar o tema nos nomes que Wes tinha acabado de dizer. Então falei o primeiro nome que surgiu na minha mente:

— Que tal Loretta?

Wes sorriu.

— Loretta é perfeito.

Ele esfregou a orelha de Loretta, e ela se aconchegou na sua mão.

— Hoje à noite vamos alimentá-la. Depois, garantir que fique aquecida e durma. — Na hora, a bezerra fechou os olhos. — Amanhã peço ao veterinário para dar uma olhada nela.

Assenti. Me parecia bom.

— Ela está bem agora? — perguntei.

— Sim — respondeu. — Waylon vai ficar de olho nela e vai nos chamar se algo estiver errado. Coloquei um pouco de ração pra ela atrás da cama e vou lhe dar uma mamadeira mais tarde.

— Mas ela está bem? — perguntei de novo. — Tudo foi resolvido?

— Sim, por quê?

Peguei a mão de Wes e o puxei para a porta.

— Porque agora alguém precisa cuidar de você.

Vinte

ADA

— Tira a camiseta — mandei.

Wes e eu estávamos no banheiro do corredor, porque era onde ficava o kit de primeiros socorros. Ele havia me falado sobre isso no meu primeiro dia. Eu não era uma boa cuidadora. Não sabia como ser uma, mas faria o meu melhor por Wes.

Pela primeira vez na vida, eu *queria* cuidar de alguém. No passado, eu me preocupava na maioria das vezes comigo, com o que eu precisava ser no momento. Eu tinha que me concentrar em cuidar de mim ou teria me esvaído. Mas, nesse momento, eu sentia que o Rebel Blue havia me ajudado a me curar o bastante para que eu pudesse cuidar de outra pessoa.

— Ada, eu posso limpar isso — falou ele, apontando para o sangue na camisa, que parecia bem maior do que na caminhonete. — Você deve estar congelando. Quer tomar um banho? Aposto que tem coisa de banho no seu banheiro. Posso preparar pra v...

Não o deixei terminar a frase, embora um banho parecesse ótimo.

— Weston não-sei-seu-nome-do-meio Ryder, tira sua maldita camiseta. Agora.

Ele soltou um suspiro irritado e puxou a camiseta molhada pela cabeça. Observei seu corpo, mas tentei não tornar isso óbvio. Não sei por quanto tempo teria ficado olhando se não tivesse outros assuntos para resolver, mas provavelmente seria por um tempo alarmantemente longo. Seu tórax era largo e musculoso, com uma quantidade modesta de pelos escuros. Sua barriga era definida, mas não de forma exagerada.

O corte não parecia ruim, graças a Deus. Estendi a mão para tocar a pele próxima à ferida, e Wes sibilou.

— Suas mãos estão congelando! — falou entredentes.

— Desculpe — murmurei. — Dói?

Wes balançou a cabeça.

— Na verdade, não.

— Bom — respondi. — Eu deveria limpar primeiro, certo?

Wes deu um sorriso.

— Sim, você deveria limpar primeiro, ou eu posso fazer isso enquanto você toma banho e aquece suas mãos geladas.

— Na-na-ni-na-não — falei.

Encontrei uma toalha limpa sob a pia e a umedeci na água quente. Respirei fundo antes de dar pancadinhas no corte, que tinha alguns centímetros. Wes se sobressaltou na primeira vez que encostei, mas depois conseguiu ficar parado. Olhei o kit de primeiros socorros e avistei uma garrafa com rótulo escrito SPRAY ANTISSÉPTICO, o que parecia promissor. Presumi que Wes me falaria se eu estivesse fazendo algo errado. Como ele ficou quieto depois que peguei o spray, continuei a antissepsia, tentando não notar que o ar estava ficando denso ao nosso redor.

Borrifei o líquido no corte, e Wes se retraiu. A seguir, peguei uma pomada antibiótica de aparência familiar e usei um cotonete para aplicar um pouco no comprimento do corte.

— Está bom? — perguntei.

— Está bom, sim — respondeu Wes, ofegante.

Então encontrei o maior curativo do kit e pensei no melhor jeito de colocar sobre o corte. Optei pela velha e conhecida forma de posicionar-remover: comecei encaixando a parte fofa no corte, e então fui removendo aos poucos a proteção e colando a parte adesiva na pele ao mesmo tempo. Depois de confirmar que estava no lugar certo, pressionei mais uma vez com firmeza.

E então as luzes se apagaram.

A escuridão carregou o ar ao nosso redor com uma corrente elétrica que eu podia sentir nos ossos. Ouvi Wes engolir em seco antes de murmurar:

— Rhodes.

— Quê? — sussurrei, sem tirar as mãos do seu corpo.

— Meu nome do meio é Rhodes — falou.

Weston Rhodes Ryder. É um bom nome, pensei. Foi a última coisa de que me lembro antes de ele me beijar.

Foi um beijo breve. Ele se afastou depois de alguns segundos, e imediatamente senti falta da sua boca na minha. Não tive tempo de ficar com saudade, porque ele me beijou de novo, e de novo, e de novo. O intervalo entre cada beijo diminuiu, e eles foram ficando mais longos e suaves.

Não era como no bar ou na cozinha. Não havia frenesi. Éramos só nós dois e os beijos. Lentos e deliberados.

Subi as mãos por seu peito até os ombros. Eu amava a sensação da sua pele quente nas minhas mãos.

Ele passou os dedos no meu cabelo úmido e puxou de leve minha cabeça para trás, usando a vantagem extra para entrelaçar sua língua na minha. Eu estava desesperada por ele. Queria ficar mais próxima. Fiquei na ponta do pé, e Wes arrastou a mão por todo meu corpo até a bunda. Ergui a perna, e ele agarrou minha coxa por trás e a levou até sua cintura.

— Me leva para o seu quarto — falei contra a boca dele.
Ele apertou mais meu cabelo e balançou o quadril.
— Tem certeza? — perguntou, ofegante.
— Sim. — Acho que nunca estive tão certa de algo.
Tentei abaixar a perna que ele segurava, só que Wes me levantou, e minhas pernas o envolveram por instinto.
Ele me carregou para fora do banheiro e pelo corredor. Beijei e chupei seu pescoço enquanto ele andava. Eu o ouvi abrir uma porta e, mesmo que estivesse escuro e eu nunca tivesse estado ali, sabia que estávamos em seu quarto.
Tinha o cheiro dele. De cedro.
Em vez de me levar para sua cama, que era onde eu queria desesperadamente estar, ele me colocou no chão e se afastou um pouco. Pôs a mão no meu rosto, depois a desceu para meu pescoço, e em seguida para meus seios e barriga. Seu toque era tão leve que eu queria gritar.
Ele parou na bainha da minha blusa.
— Posso? — perguntou.
— Por favor — respondi, ofegante.
Ele agarrou a barra da minha blusa com as duas mãos e a puxou com delicadeza sobre minha cabeça. Eu estava grata por ter vestido um dos meus sutiãs pretos não estragados. Suas narinas se dilataram enquanto me observava.
Eu nem queria saber qual era minha aparência — provavelmente de um rato afogado —, mas não me importava, e nem ele pelo que parecia.
Wes jogou minha blusa de lado e se ajoelhou. Colocou as mãos no meu quadril e beijou minha barriga enquanto começava a puxar minha legging tortuosamente devagar. Eu tive menos sorte na parte de baixo — com certeza havia alguns buracos na calcinha preta surrada —, mas ele também não pareceu ligar para isso.

Coloquei as mãos nos ombros de Wes para me equilibrar enquanto ele tirava a legging. Então ele a jogou em cima da minha blusa e me olhou. Esse homem estava ajoelhado e me olhava como se eu fosse a coisa mais preciosa do mundo. E ele me tocava do mesmo modo — deslizando os dedos para cima e para baixo das minhas coxas, pelo meu quadril, e por baixo da minha calcinha.

— Você é linda — elogiou, e então beijou cada coxa e se levantou.

Suas palavras me atingiram em cheio. Não é que eu achasse que não fosse bonita, mas estaria mentindo se dissesse que minha autoestima não havia sido abalada depois de tudo com Chance — especialmente na cama. Chance e eu ficamos juntos — um termo que uso de forma flexível — por dois anos, depois casados por três meses e meio. Fizemos sexo talvez dez vezes durante esse período de dois anos e meio. Quando só namorávamos, isso não me incomodava muito, só que, depois que casamos, isso começou a abalar minha autoestima. Eu sentia que o enojava, como se ele não me quisesse, e, sempre que tentava lhe dizer que gostaria de sentir que ele me desejava, Chance me dispensava.

Não havia dúvida na minha mente de que Wes me desejava tanto quanto eu o desejava, o que fazia eu me sentir livre, ousada e excitada.

Então o beijei de novo. Envolvi meus braços nele, querendo que nossa pele se tocasse o máximo possível. Ele me segurou com força, me tirou do chão e me levou para a cama. Quando me deitou, fez isso com delicadeza. Ninguém havia me tratado com tanto cuidado antes — não só durante o sexo, mas em qualquer outra situação.

— Não parei de pensar nisso desde a noite no bar — sussurrou Wes. Ele estava em cima de mim. — Você já pensou no que teria acontecido se não tivéssemos sido pegos?

Assenti. Eu havia passado essa fantasia na cabeça repetidamente nos últimos meses.

— Eu queria te foder naquela parede. — Wes mordiscou meu pescoço. — Quando fomos pegos, eu estava prestes a lhe dizer meu nome, porque queria ouvir você gemê-lo várias vezes enquanto eu estava dentro de você. — Ele lambeu meu pescoço, e dei um suspiro profundo. — E então você apareceu aqui e, pela primeira vez na vida, me senti sortudo.

Soltei uma risada ofegante.

— Desculpa ter sido tão má com você.

— Não se desculpe — respondeu Wes enquanto roçava o quadril no meu, o que fez nós dois gemermos. — Isso tudo estranhamente me excitou.

— Wes... — falei, nervosa de repente. — Antes de fazermos isso, eu... eu... — Eu me atrapalhei nas palavras. Queria dizê-las o mais rápido possível porque não sabia como ele reagiria. — Às vezes demoro um pouco pra ficar molhada, e não é por não querer isso ou por não sentir atração por você, porque quero e sinto, é só meu corpo.

Ele não respondeu na hora, só continuou mordiscando e chupando meu pescoço. Então, sussurrou contra minha pele:

— Às vezes demoro pra ficar duro por causa do antidepressivo, e não por não querer você. Sinceramente, acho que nunca quis tanto algo.

Esse momento pareceu cru, vulnerável e importante. Eu queria vê-lo. Enrosquei os dedos em seu cabelo e tirei sua boca do meu pescoço, forçando-o a olhar para mim.

— Então — eu disse —, vamos chegar lá juntos?

Ele engoliu em seco e assentiu.

— Me diz do que você gosta — pediu Wes.

Pensei nisso por um instante, porque o que eu gostava no passado não importava, mas Wes importava. Tudo era diferente com ele.

— Gosto de beijar — respondi, o que me fez ganhar um de seus sorrisos largos com covinhas e, claro, um beijo.

— Anotado.

— E gosto quando você fala comigo — continuei. — E quando me morde.

Wes arrastou a mão por meu corpo — por meus seios, pela barriga, até seu mindinho deslizar para debaixo da calcinha. Um calor seguiu o rastro.

— Devo te contar que quase gozei na calça na cozinha? Só de te tocar? — Ele desceu a boca para a minha e forçou sua abertura para que a língua dele trilhasse o caminho. — Devo te falar sobre como tive que entrar no chuveiro e bater uma punheta só de pensar em você se contorcendo na bancada? — Wes começou a abaixar minha calcinha. — Ou devo te dizer que a sensação da sua buceta nos meus dedos foi tão boa que eu literalmente morreria para saber como é a sensação dela no meu pau? — Ele se afastou de mim para poder descer a calcinha pelas minhas pernas e a jogar pelo quarto. Depois me puxou para cima dele. — Devo te contar que pareceu que eu podia sentir seu gosto nos meus dedos por dias?

Jesus Cristo. Wes não só me perguntou o que eu gostava na cama, como também seguiu tudo. Esse homem era de outro mundo. Eu me inclinei e o beijei. Com força. Meu quadril começou a rebolar por conta própria. Suas mãos largas massageavam minha bunda, guiando-me para roçar em seu jeans.

Eu conseguia sentir meu corpo reagindo ao dele — como se lava escorresse pela minha coluna e se acumulasse entre minhas pernas.

— Isso, meu bem — falou ele contra minha boca. — Pega o que você precisa.

Dele. Preciso dele.

Sentei e puxei Wes para mim de modo que continuássemos entrelaçados. Passei as unhas em suas costas e enrosquei os dedos no seu cabelo. Ele manteve uma mão na minha bunda e soltou meu sutiã com a outra. A sensação das alças caindo por meus braços me deu vontade de gritar.

Ele fazia tudo parecer demais. Ou o suficiente. Eu não sabia.

Estava nua e ficando molhada, mas Wes não tinha pressa nenhuma. Ficava me beijando, tocando e deixando que eu roçasse o quadril em sua calça jeans. Depois de alguns minutos, ele me deitou de costas de novo e se ergueu. Levantei para tentar alcançá-lo, mas ele foi mais rápido.

— Um segundo, meu bem — pediu ele. — É hora de tirar isso aqui.

Wes desabotoou a calça, e pude ver as veias em seus braços enquanto ele a descia e saía dela. Pude ver seu pau tensionado na cueca. Parecia que a sessão de amassos e preliminares tinha funcionado para nós dois.

— Cueca também — pedi, ofegante.

Ele me lançou um sorriso maroto e eu poderia ter um orgasmo só com isso. Fiquei com calor no corpo todo. Mas Wes fez o que pedi. Ficou na beira da cama e bombeou sua grossura algumas vezes enquanto me olhava nua diante dele. Minha boca aguou.

— Você é maravilhosa — sussurrou ele, com reverência.

Em geral, isso me faria querer me cobrir e fugir, mas não com Wes. Em vez disso, eu me envaideci sob seu elogio, me deliciei com sua luz solar.

Ele voltou para cima de mim, me beijando com mais força e mais urgência. Seu pau deslizou por minha buceta e nós dois arfamos. Ele começou a mover o quadril, e eu acompanhei cada movimento.

— Porra, Ada — falou ele. — Você não tem ideia do que faz comigo.

— Me mostra — pedi.

Ele pegou uma das minhas mãos e levou para o seu pau. Eu o envolvi e masturbei. Ele gemeu. Fiz isso mais algumas vezes, e os braços que o mantinham estável sobre mim começaram e tremer. Eu estava adorando ver o efeito que tinha nele, me deixava confiante. E me excitou.

— Puta que pariu — exclamou quando afastou minha mão. — Posso te tocar agora? Por favor, me deixa te tocar. — Sob ele, abri mais as pernas, convidando-o para fazer exatamente o que quisesse. — Me diz que posso.

— Você pode me tocar — respondi.

Wes não perdeu tempo em afundar um dedo em mim, e arfei. Eu podia sentir o quanto estava molhada — e podia ouvir também, enquanto ele enfiava e tirava o dedo, inserindo mais um depois.

— Você é tão perfeita, Ada. Sua sensação é tão perfeita — disse ele. — Quero te fazer gozar nos meus dedos, como eu teria feito na cozinha. — Seu polegar roçava meu clitóris enquanto seus dedos se moviam, e eu estremeci. Ele sorriu, sabendo que estava no caminho certo. Seus dedos se curvaram dentro de mim, e estremeci de novo. — Fica tranquila — falou quando levou a outra mão para o meu quadril, me segurando.

Seus dedos compridos estavam atingindo um lugar dentro de mim que meus dedos pequenos não conseguiam, e, puta que pariu, esse homem ia cumprir sua palavra e me fazer gozar neles. Wes continuou, sem diminuir ou aumentar a velocidade, manteve o ritmo estável e senti o orgasmo começar a crescer. A sensação era desconhecida, avassaladora e maravilhosa.

Comecei a ofegar.

— Wes — gemi.

— Porra — exclamou ele. — É isso aí, meu bem. Se solta. Me deixa ver você se desfazer.

Meu corpo começou a se debater, mas Wes manteve meu quadril no lugar. Seus dedos atingiram aquele ponto dentro de mim mais uma vez, um trovão estrondou, e eu perdi o controle.

— Ah, meu Deus — gemi quando o orgasmo sacudiu meu corpo.

E Wes não parou, ele continuou fazendo exatamente o que tinha feito para me levar ao ápice. Meu quadril se contorcia, e eu me agarrei a um travesseiro atrás de mim — precisava de algo para me segurar, parecia que meu corpo ia flutuar.

Conforme eu me acalmava, os dedos de Wes desaceleravam. Ele se inclinou para me beijar, e pude sentir seu pau na minha coxa. Comprido, grosso e duro pra caramba. Quando se afastou, ele levou os dedos até a boca e fechou os olhos, como se estivesse saboreando o gosto, e eu me senti corar.

Porra.

— Eu quero você — declarei, agarrando seus ombros. — Quero sentir seu pau dentro de mim, por favor. Preciso de mais.

Wes aproximou a boca da minha de novo e me beijou com firmeza. Eu pude sentir meu próprio gosto.

— Não faço isso desde meu último exame médico — avisou ele. — Não tenho nenhuma doença, mas tenho camisinha.

— Também não tenho nada — respondi. Eu fiz testes logo depois do divórcio. — Mas eu me sentiria mais confortável se usássemos camisinha dessa vez — falei com sinceridade. Eu nunca tinha feito sexo sem uma, nem quando estava casada.

Wes beijou minha têmpora e assentiu.

— Pode deixar. Não se mexa — pediu enquanto se levantava e atravessava o quarto até a cômoda. Eu o vi pegar uma caixa e então um pacote antes de voltar e se ajoelhar na beira da cama. Sedenta, observei ele rasgar o pacote com o dente e começar a rolar a camisinha pelo pau.

Ele estava me vendo observá-lo. Tudo com ele parecia muito carregado. Depois que a camisinha estava posicionada, ele engatinhou por cima do meu corpo lenta e deliberadamente, me beijando, lambendo e chupando pelo caminho. Quando encaixou o pau na minha buceta, eu já estava ofegante de novo.

Tudo nele me excitava.

— Assim está bom? — perguntou, e assenti ansiosa. Não queria esperar nem mais um segundo. Quando ele deslizou a cabeça do pau dentro de mim, foi como se todos os meus ossos tivessem derretido. — Ada — falou, enquanto entrava lentamente —, acho que você foi feita pra mim.

Estava apertado, então ele inseriu aos poucos, tirando e depois deslizando de volta um pouco mais a cada vez.

Eu estava tremendo sob ele, e podia ver o suor na sua testa. Depois de estar completamente dentro, Wes caiu no meu pescoço.

— Porra — grunhiu, me beijando ali —, só me dá um segundo.

Eu podia sentir seus batimentos, e sabia que ele podia sentir os meus — meu coração estava martelando tão forte contra minhas costelas que achei que elas pudessem se quebrar.

Finalmente, Wes começou a se mover, e o mundo parou.

Ele começou devagar, enfiando e tirando num ritmo calmo. Era muito bom.

— Eu imaginei como seria estar dentro de você um milhão de vezes — gemeu ele. — Meus sonhos não chegaram nem perto.

Ele começou a aumentar o ritmo. Agarrei suas costas, seu cabelo, sua bunda... todo lugar em que eu pudesse colocar as mãos. Eu queria tocá-lo inteiro.

— Wes — gemi. — Isso é tão bom. — Minha voz soou quase irreconhecível para os meus próprios ouvidos.

— Fala meu nome de novo — mandou.

— Wes — falei.

Eu o cantarolei várias vezes enquanto ele movia o quadril com mais força e rapidez. Fechei os olhos, quase pronta para gozar de novo. Mas sua mão agarrou meu maxilar com firmeza.

— Abre os olhos, Ada. Não tem ninguém vindo, ninguém para nos pegar. Você não pode fugir de mim aqui. Quero que olhe pra mim quando gozarmos juntos.

Fiz o que ele pediu e, quando olhei para Wes, ele estava alucinado — como se estivesse possuído, mas de um jeito bom. Eu nunca o tinha visto tão selvagem e desnorteado, mas essa talvez fosse minha versão favorita dele.

Senti a pressão surgir na base da minha coluna. Wes manteve o ritmo, sabendo que eu estava perto.

— Consigo sentir você chegando lá — avisou ele. — Porra, consigo sentir.

Meus gemidos ficaram mais altos e os dele também. Nós dois estávamos na beira de um penhasco, desesperados para cair. Wes me beijou de forma desajeitada e brusca, e, quando mordiscou meu lábio inferior, eu gozei. Meu corpo todo se contraiu e meus dedos do pé se curvaram. Meus gemidos se tornaram gritos, e Wes começou a enfiar em mim mais forte e mais rápido, correndo para a linha de chegada, querendo estar lá comigo.

— Porra, Ada. — Foi a última coisa que falou antes de seu corpo ficar imóvel e ele se mover sem jeito mais algumas vezes dentro de mim. Depois ele caiu sobre mim.

Senti seus lábios no meu pescoço.

— Eu não sabia que podia ser assim — murmurou.

— Nem eu — respondi, ofegante.

Não me mexi. Queria ficar grudada nele, vivendo esse momento pelo maior tempo possível.

Vinte e um

WES

Estava a caminho de me apaixonar por Ada Hart e não tinha ideia do que fazer a respeito. Já sabia disso havia um tempo, mas agora não tinha mais volta. Ainda estávamos na cama, emaranhados nos meus lençóis e um no outro, e eu teria ficado assim pelo resto da noite se não a tivesse sentido tremer.

Droga.

Nenhum de nós havia tido a chance de tomar banho ainda. Estávamos ocupados demais nos entretendo. Era uma questão de tempo o frio causado pela chuva nos pegar.

Puxei Ada para mais perto de mim e subi meu edredom até seus ombros. Eu queria que passássemos o máximo de tempo possível juntos. Não sabia quando ela me deixaria fazer isso de novo.

— Está com frio? — perguntei.

— Quase sempre estou — respondeu ela. — Mas, sim. — Droga. Não podia deixar ela morrer de frio.

— Está pronta para aquele banho? — indaguei, beijando seu cabelo.

— Só se você for comigo. — Sua voz estava brincalhona, e só a ouvia usar essa voz comigo. Sua fala fez meu coração se encher de emoção. Colocava ideias na minha cabeça (ideias sobre o que éramos e para onde estávamos indo) que com certeza a fariam correr em um instante.

Para ser justo, elas me assustavam também. Era estranho sentir algo que você tinha se convencido de que nunca sentiria.

— Isso pode ser providenciado — respondi. Eu a beijei mais uma vez, suave e devagar, antes de levantar da cama. — Fique aqui. Vou preparar tudo.

Ada rolou para o lado para me olhar. Ela apoiava a cabeça na mão, e os lençóis cobriam a maior parte de seu corpo, mas não ele todo.

Eu não poderia tê-la imaginado melhor.

A gaveta de cima da cômoda estava aberta, então peguei uma cueca e a vesti. Antes de ir para o banheiro, dei uma última olhada em Ada, que sorria para mim de uma forma que fez meu coração parecer um cavalo selvagem no peito.

Ainda não havia luz. Meu celular estava onde o havia deixado, na bancada do banheiro, então o verifiquei. Eram oito e pouco e estava quase totalmente escuro lá fora.

Tinha um monte de mensagens da minha família. A primeira era do meu pai.

> **PAI**
> Vim ajudar Hank e Teddy a se prepararem para a tempestade. Vou ficar aqui por enquanto. Fique bem.

E depois havia várias no grupo com meus irmãos.

> **EMMY**
> Chamada!

GUS
Riley e eu estamos em casa e seguros.

LUKE
Aqui, docinho.

EMMY
Luke, você está literalmente ao meu lado...

LUKE
Chega mais perto.

GUS
Eca.

TEDDY
Eu e os pais estamos todos bem!

GUS
Eca duas vezes.

TEDDY
👆👆👆

GUS
O que ela está fazendo nesse grupo.

Teddy Andersen removeu Gus Ryder do grupo

Emmy Ryder adicionou Gus Ryder no grupo

> **EMMY**
> Wes? Você tá bem?
> Chamando Weston. Alô?

> **GUS**
> Com certeza ele tá bem. Wes, diz pra nossa irmãzinha que você estar bem.

> **TEDDY**
> *está*

> **GUS**
> POR QUE VOCÊ TÁ AQUI

> **LUKE**
> Sério, Wes. Responda a gente.
> Emmy está surtando.

A última mensagem era de alguns minutos atrás.

> **EMMY**
> Wes, se você não responder em dez minutos, vou chamar a Guarda Nacional.

Eu não precisava disso, então digitei uma resposta às pressas.

> **WES**
> Tudo bem por aqui.

TEDDY
ELE ESTÁ VIVO.
Ada está com você?

WES
Sim, ela também tá bem.

EMMY
Bem, acho que agora tudo faz sentido.

TEDDY
Usem proteção! Se divirtam! Acendam umas velas!

LUKE
Legal.

Deixei o celular de lado e tentei tirar o sorriso do rosto. Eu estava feliz pra cacete com o dia. Liguei a banheira e fui para o banheiro de Ada. Eu sabia que Emmy tinha alguns sais de banho, gostava de usá-los depois de um longo dia — eram bons para a dor muscular.

Peguei uma espuma para banho que era do mesmo cheiro — eucalipto ou algo assim —, voltei para o meu banheiro e comecei a jogar os sais e a espuma para banho na banheira.

Teddy na verdade tinha me dado uma boa ideia sobre as velas — estávamos sem luz, afinal de contas. Eu sabia que tínhamos velas no kit de emergência, e, antes de ir para o corredor encontrá-las, chequei se a banheira não corria o risco de transbordar.

A primeira coisa que vi quando abri o armário do corredor foi um saco enorme de velas *rechaud* e um isqueiro.

Que sorte.

Alguns minutos e uma quantidade de velas em chamas que provavelmente causaria um aneurisma num bombeiro depois, voltei para Ada.

Ela estava exatamente onde eu a havia deixado — parecendo uma deusa na minha cama.

Eu me ajoelhei no colchão e comecei a rastejar sobre seu corpo, dando beijos e mordidinhas onde eu conseguia. Apertei sua cintura, e ela deu uma risada.

Ada não era mulher de rir, mas ria para mim, e isso me fazia sentir que tinha poder de atravessar uma parede. No bom sentido.

— Fez cócegas — falou ela, e não tive escolha a não ser apertar sua cintura de novo. Ela chutou e riu. — Você é um idiota — declarou com um sorriso. Parei de cutucá-la e plantei um beijo na sua boca.

— Vamos ver se sua opinião vai mudar depois de ver o que preparei para a gente no banheiro.

Saí da cama e a peguei no colo, com lençóis e tudo. Fui recompensado com outra risada, e não conseguia acreditar na minha sorte.

Quando chegamos no banheiro, coloquei Ada em pé. Ela deixou os lençóis caírem enquanto observava o cenário — a banheira com espuma, as velas... Se tivesse pétalas de rosas, teria colocado também, mas não dava para ter tudo.

— Caramba — disse ela. — Vou precisar que a luz acabe mais vezes.

Digo o mesmo, pensei. Ela entrelaçou os dedos nos meus e me puxou para a banheira. Era grande, então havia bastante espaço para nós dois.

Ada estava prestes a entrar, mas a impedi. Eu me abaixei e toquei a água para garantir que não estava muito quente. Uma expressão que nunca tinha visto antes lampejou por seu rosto quando fiz isso, mas não sabia o que significava, e ela não ficou assim tempo suficiente para eu tentar descobrir.

— Tudo certo — falei, e ela entrou e se abaixou na água. Eu tirei a cueca e entrei atrás dela. Coloquei suas costas no meu peito e nós dois relaxamos na água.

Ela soltou um gemido baixo, que foi como música para meus ouvidos.

— Isso é perfeito.

E você também, pensei.

Ada e eu ficamos na banheira até a água começar a esfriar, e então a fiz sair porque não ia deixar que ficasse com frio de novo.

Deixei que se trocasse em seu quarto, mesmo que essa fosse a última coisa que eu quisesse fazer. Enquanto estávamos nos secando, Waylon tinha ido me buscar, então precisei dar uma olhada em Loretta.

Loretta.

A mulher que me disse que não gostava de música country nomeou uma bezerra em homenagem a Loretta Lynn.

Waylon me levou de volta para a garagem, onde Loretta ainda estava na cama, mas bem acordada. Quando a bezerra me avistou, ficou de pé sobre pernas trêmulas. Isso era bom. Ela não estava letárgica e tinha bons reflexos.

— Ei, garotinha — chamei enquanto me aproximava. — Está com fome?

Loretta era nova. Muito nova. Ela provavelmente precisaria de leite artificial antes de passar para a alimentação sólida. Sentia um aperto no peito quando um bezerro era separado da mãe, mas fazia parte da vida no rancho. Havia um milhão de motivos para isso acontecer — ainda mais com novilhas de primeira de viagem, e não havia nada que pudéssemos fazer para evitar isso. Mas podíamos cuidar dos bezerros. Bezerros abandonados não eram incomuns em Rebel Blue, e eu secretamente amava tê-los. Gostava de ter algo para cuidar.

Fui até os fundos da garagem, que tinha uma boa quantidade de suprimentos agrícolas — não tanto quanto nossos estábulos, mas o suficiente. Preparei um dos fogareiros e fervi um pouco de água numa chaleira. Deixei esfriar até poder colocá-la no meu punho de forma confortável antes de misturar com o leite artificial e sacudir. Voltei para Loretta e tentei fazê-la tomar na garrafa. Os bezerros podiam demorar a se ajustar com isso, então era necessário um pouco de delicadeza e muita paciência.

Quando Loretta finalmente agarrou a garrafa, ouvi a porta da casa para a garagem se abrir. Meu coração disparou no peito porque só podia ser uma pessoa.

Ada tinha vestido um casaco com capuz e calça de moletom e ainda era a mulher mais bonita que já tinha visto. Ela parou por um instante quando me avistou com Loretta no colo.

— O jeito que você está agora é o bastante para eu querer te arrastar lá pra cima e fazer o que quiser contigo — declarou ela. — É sério que você está sem blusa enquanto dá mamadeira pra uma vaquinha? — Pisquei para ela, que grunhiu: — Você só pode estar de brincadeira.

— Vem sentar comigo — falei.

Ada sentou de costas para a parede. Waylon foi até ela e pousou a cabeça em seu colo, e ela começou a acariciar sua cabeça.

— Só tem leite aí? — perguntou, gesticulando para a garrafa.

Fiz que não.

— É leite artificial, como fórmula de bebês, mas para bezerros.

— Todo dia é dia de aprender algo — murmurou, e então ficou quieta.

— Você está bem? — perguntei, começando a temer que ela já estivesse fugindo de mim na sua cabeça.

Ela assentiu.

— Posso perguntar uma coisa?

— Qualquer coisa — respondi, sincero.

— É sobre... — Ela hesitou. — Depressão — falou depois de um minuto. Ah. Isso explicava a hesitação. As pessoas se sentiam estranhas ao conversar sobre isso, mas eu não. Fazia parte da minha vida tanto quanto minha família, meus hobbies, meus sonhos, e eu tentava falar disso do jeito que eu falaria de qualquer uma dessas coisas: com respeito e cuidado.

— Vá em frente — falei, tentando garantir que minha voz estivesse gentil.

— Você... — Ela parou de novo, e pude vê-la mastigando as palavras antes de soltá-las. — ... se sente assim o tempo todo? — Era uma boa pergunta.

— Não — respondi. — Não tem sido tão ruim nos últimos dois anos. Achei uma rotina que funciona pra mim: medicação, terapia, trabalho. Tudo isso faz eu me sentir melhor. Waylon também faz. Eu preciso dele.

Lembrei de quando estava em meu pior momento. Eu costumava ter dificuldade com mudanças, elas me deixavam instável. Eu também gostava de ter coisas para cuidar, e, pela minha vida inteira, até Emmy ir para a faculdade, eu cuidava dela. Acho que tanto Gus quanto eu sentimos um tipo específico de pressão para cuidar de Emmy, mais do que sentiríamos se nossa mãe estivesse por perto. Gus a protegia, no sentido mais literal da palavra, e eu só estava *lá* por ela.

Enquanto crescia, Emmy não queria ficar em Meadowlark por mais tempo do que o necessário. Não foi uma surpresa quando ela escolheu uma faculdade fora do estado, mas senti sua falta enquanto estava fora. Era como se Gus e eu não soubéssemos realmente o que fazer quando ela não estava por perto. Minha identidade sempre havia sido quem eu era em relação aos meus irmãos, então, quando um deles foi embora, fiquei totalmente sem chão.

Além do mais, sempre tive emoções intensas, então quando me sentia triste, solitário ou desesperançoso, era de forma substancial e... assustadora.

— Foi muito ruim depois que Emmy foi para a faculdade, mas meu pai e Gus estavam aqui. Isso aconteceu antes de eu saber realmente o que era depressão. Eu já havia sentido versões mais brandas dela, mas não conseguia nomear, só me sentia mal. Foi meu pai que sugeriu que eu me consultasse com alguém, e fico feliz por ele ter feito isso. Foi quando peguei Waylon também.

Fui até um canil para ser voluntário e voltei para casa com uma bolinha de pelo branco. Ele tinha sido abandonado no quartel dos bombeiros. Assim que o avistei, soube que seria meu. Serei grato a esse cachorro pelo resto da vida. Ele é minha guia. Não importa o que esteja acontecendo, quando o cabeção de Waylon acha seu caminho até minha palma, me sinto melhor, pelo menos por um minuto.

— Me sinto estúpido dizendo isso agora, mas sinceramente acho que não esperava que me sentir melhor seria tão... difícil. E, neste momento, estou bem — garanti. — O que estou fazendo agora funciona, mas sei que vai chegar um dia em que eu sentirei dor nos meus ossos, como a que meu pai sente antes de uma tempestade, e o que estou fazendo hoje em dia não vai funcionar, e vou ter que recomeçar. O que me aterroriza.

Ada pousou a cabeça no meu ombro. Ela não disse nada, e não precisava. Por anos, eu quis desesperadamente alguém só para... ficar... comigo. Que sentasse ao meu lado quando faltasse luz para que superássemos a tempestade juntos.

Vinte e dois

ADA

Emmy e Teddy estavam sentadas na cama atrás de mim, observando-me experimentar mais uma roupa na frente do espelho de corpo inteiro na porta do armário. Eu tinha parado de contar depois da décima. Ao que parecia, Wes havia deixado escapar que íamos sair à noite e, ao que parecia, isso significava que Emmy e Teddy precisavam me ajudar a me arrumar. Pelo menos foi o que me disseram quando apareceram com uma coca-cola zero e opções de roupa extra na mão.

Eu só entrei na onda — não conhecia as regras da amizade, mas estava feliz por estarem ali. Mas senti falta de Cam. Nós conversávamos com frequência agora, e eu estava começando a sentir que podia chamá-la de amiga.

— Acho que você deveria usar a saia que compramos no fim de semana passado — sugeriu Teddy.

Era uma saia comprida de camurça preta coberta por camadas de franjas, bem Velho Oeste, mas talvez óbvia demais.

— Você não a experimentou ainda, né? — perguntou Emmy.

Fiz que não.

— Não, mas não sei se essa é a vibe de hoje.

— Franja é sempre a vibe — respondeu Teddy.

Ela se levantou e foi até a bolsa de compras no chão. Embora eu fosse ficar ali ainda por um tempo, guardar as compras junto com as outras roupas fazia as coisas parecerem muito permanentes. Eu não estava pronta para isso.

Teddy pegou a saia, e Emmy fez um som de "uau".

— Ela é bonita — comentou. — Você tem que usá-la.

Teddy jogou a saia para mim.

— Vai. — Ela me enxotou com a mão. — Só experimenta. O que tem a perder?

— Tá bom — concordei, e fui para o banheiro.

Tirei a calça jeans que estava usando e a troquei pela saia. Não me dei ao trabalho de me olhar no espelho antes de abrir a porta do banheiro e voltar para o quarto. Emmy e Teddy interromperam a conversa, levantaram da cama e começaram a assobiar e gritar. As duas poderiam trabalhar como animadoras de mulheres. Pareciam muito genuínas.

— Ada, você está muito, muito, muito gata — elogiou Emmy enquanto se abanava.

— Nunca tire essa saia — declarou Teddy. — Não estou brincando. Parece que foi feita pra você, e, vindo de alguém que realmente faz roupas, vale muito. — Teddy me virou para o espelho.

Estava perfeita.

A saia abraçava meu quadril largo sem ficar muito apertada. As franjas seguiam cada movimento meu, até os menores. Era como se uma brisa leve estivesse soprando por mim o tempo todo.

Ela me deixou confiante.

— Está incrível — disse Emmy com um sorriso. Ela estava de pé atrás de mim, e Teddy tinha voltado para a cama.

— Agora só precisamos da blusa certa — comentou ela, vasculhando uma pilha de blusas que ela tinha trazido. — Se você tivesse que escolher sua característica favorita da cintura pra cima, qual seria?

Tive que pensar nisso por um instante. Nunca ninguém havia feito essa pergunta pra mim, e eu nunca tinha pensado no assunto.

— Sinceramente — comecei —, meus seios. — Em relação a seios, eu achava que eles eram bonitos. — E minhas tatuagens.

— Escolhas excelentes — respondeu Teddy. — E você se sente mais confortável usando preto? — Assenti, sem saber como me sentia por ela ter notado isso. Teddy tirou uma blusa da pilha e a jogou para mim. — Essa aqui.

Voltei para o banheiro e a vesti sobre o sutiã rosa rendado, ousado para mim, que estava usando nesta noite. Com calcinha combinando.

Sabe, só por precaução.

Dessa vez, me olhei no espelho antes de voltar para Emmy e Teddy. Ela havia escolhido uma blusa preta justa de mangas curtas. Tinha uma costura no meio da frente que apertava a parte superior, fazendo o decote ficar maior do que parecia quando a blusa estava no cabide. Era simples, mantendo a saia como a peça de destaque.

Abri a porta do banheiro e fui recebida com aplausos. Não pude deixar de sorrir. Eu não sabia se Emmy e Teddy tratavam todo mundo assim, mas não importava, pois elas me faziam sentir especial de qualquer maneira.

— Eu usei essas, e estou vendo como um sinal — falou Emmy, segurando um par de botas pretas de caubói. — Experimenta.

Peguei um par de meias na primeira gaveta da cômoda e as calcei, e logo depois coloquei as botas.

Eu nunca tinha usado botas de caubói, nem mesmo

aquelas feitas mais para moda do que as funcionais como essas, mas eu as adorei.

— Esse é nosso melhor trabalho — comentou Teddy para Emmy antes de olhar para mim. — Você está incrível. Sério, é melhor Wes te manter por perto hoje porque você vai impressionar todos os caubóis num raio de cinquenta quilômetros.

Observei a roupa inteira no espelho. A última vez em que me olhei de verdade no espelho foi naquele hotel, no meu primeiro dia em Meadowlark. Eu não estava muito diferente do que naquela época — algumas sardas tinham aparecido porque eu estava passando mais tempo no sol, minha franja havia crescido, minhas maçãs do rosto estavam mais cheias — um sinal de vida —, mas eu me sentia uma mulher completamente diferente.

A mulher que eu via no espelho estava confortável. Ela ainda gostava da solidão, mas não se sentia mais solitária, e, para alguém que tinha se sentido sozinha a vida toda, isso valia de algo. Não é que eu tenha crescido me sentindo deslocada, e, sim, que eu não pertencia ao lugar onde estava, e que talvez eu pertencesse a outro.

Talvez eu pertencesse a esse lugar.

Com Wes.

E Emmy, Teddy e Cam. Com Amos também.

Alguém bateu na porta.

— Ada. — A voz de Wes a atravessou. — Está quase pronta?

Antes que eu pudesse responder, Teddy e Emmy gritaram em uníssono:

— Vai embora!

Depois Emmy continuou com:

— Ela vai te encontrar na entrada.

— E ela está gata pra cacete, então se prepare! — gritou Teddy.

Pude ouvir o sorriso na voz de Wes quando ele falou:

— Mal posso esperar. — E então ouvi seus passos se afastarem da porta.

— Jaqueta. Bolsa. — Teddy me entregou minha jaqueta de couro desgastada e minha bolsa. Peguei as duas. De repente, fiquei nervosa. Eu não conseguia lembrar a última vez que tinha ido a um encontro de verdade.

— Respire fundo — aconselhou Emmy, percebendo meu nervosismo. Ela fez questão de inspirar bem alto, e a imitei, expirando ao mesmo tempo também. — Esta noite vai ser ótima.

Com isso, saí do quarto e fui para o corredor. Wes estava me esperando na entrada. Ele não ouviu eu me aproximar, e o vi passando as mãos no cabelo e ajustando a camisa de flanela que usava sobre a camiseta. A calça jeans parecia nova, e ele usava um par de botas que eu nunca tinha visto.

Weston Ryder era o homem mais bonito que eu já tinha conhecido — por dentro e por fora.

Quando me avistou, suas covinhas apareceram com um sorriso grande, e ele fez questão de levar o punho até a boca e morder o indicador, como se olhar para mim o deixasse frustrado — não de uma forma ruim, mas de uma forma que me mostrasse o quanto ele me desejava.

— Meu Deus, você está linda — elogiou. Ele se aproximou e beijou meu pescoço. — Como vou tirar as mãos de você? — grunhiu, e isso me fez sentir calor.

— Quem disse que você tem que manter as mãos longe de mim?

— Bom ponto — disse ele com um beijo no meu queixo. Depois ergueu meu maxilar e me beijou com vontade e desejo até ouvirmos uma tossidinha do corredor.

Era Emmy. Ela estava radiante. Teddy acenou para nós e falou:

— Divirtam-se, crianças. Não façam nada que eu não faria.

Ótimo, isso deixava as coisas bem abertas para a gente.

— O que devemos fazer com vinte pedaços de torta? — perguntei enquanto Wes e eu andávamos até sua caminhonete. Ele carregava uma sacola cheia de vasilhas que continham literalmente vinte pedaços de torta. Wes tinha encomendado uma fatia de todos os vinte sabores de torta da Lanchonete Meadowlark.

— Comê-las, claro.

— É muita torta, Wes — rebati.

— Tenho fé em nós — comentou, simplesmente. — Você pode segurá-las enquanto dirijo? Se a torta de creme de coco encostar na de cereja, não vou mentir pra você: talvez eu chore.

— Não é fã de comida se encostando?

— Não sou fã de nada que estrague o sabor perfeito da minha torta de creme de coco — respondeu ele.

Hum, eu não o julgaria como um cara que gostasse de coco. Eu ia guardar essa informação para depois.

— Farei o possível para manter essas caixas estáveis — garanti, e lhe fiz uma saudação. Ele abriu a porta da caminhonete para mim, e entrei. Wes colocou as caixas de torta no meu colo e deu um beijo rápido na minha têmpora antes de fechar a porta.

— Então, para onde vamos?

— Você vai ver — respondeu com um pequeno sorriso. — Me conta do restante da sua semana.

Presumi que ele queria que eu contasse sobre minha semana a partir de quarta-feira, que foi o dia da tempestade e da falta de luz, e o dia que nós... sabe... transamos.

Não tínhamos nos visto muito, mas o bastante para eu saber que ele ficou ocupado no rancho com as consequências da tempestade, apesar de não saber os detalhes específicos.

Para ser sincera, os últimos dias foram os mais agitados da obra. Antes disso, tudo havia transcorrido sem problemas. Isso significava que havia algum caos esperado, e ele começou depois da tempestade.

— A tempestade arrancou um monte de telhas e revelou alguns danos no teto que não tínhamos notado, então agora temos um teto novo no cronograma, mas, por sorte, os telhadores podem vir na próxima semana. Os armários da cozinha chegaram, mas vieram na cor errada, então também temos que ver isso. — Balancei a cabeça. — Ah, também estamos sem pisos porque as medidas estavam erradas, e eu deixei cair e quebrei uma caixa inteira de azulejos.

Depois que terminei de contar o resumo da semana infernal, me perguntei se deveria tê-la minimizado. Por um instante, temi estar muito confortável com Wes e ter passado mais ainda dos limites. Eu quis tanto contar a ele da minha semana que havia esquecido o que éramos: funcionária e chefe.

Um telhado novo — mesmo que parcial — era grande coisa. Assim como admitir abertamente que as medidas estavam erradas. Eu tinha resolvido tudo, é claro. Eu havia contado com a substituição do telhado antes de chegar aqui, então ele estava coberto no orçamento, mas tive que me certificar de que não colocaria esse dinheiro em outro lugar no meio tempo. O piso adicional de madeira chegaria na sexta-feira, os armários foram pintados com facilidade, e a caixa de azulejos era uma extra que eu estava levando para o porão. Além do mais, eu tinha duas semanas de gordura e, a essa altura, sabia que precisaríamos usar pelo menos uma delas — principalmente para pintar os armários.

Prendi a respiração enquanto esperava a resposta de Wes. Ele soltou um assobio baixo e falou:

— Uma semana daquelas, hein?

Sim, com certeza uma semana daquelas. E o mais estranho nisso era que besteiras como essas pareciam acontecer na obra apenas quando Wes não estava por perto.

Ele era um amuleto da sorte.

— Você está preocupado? — perguntei, tentando avaliar se ele estava ou não tão calmo quanto parecia.

— Você está? — replicou.

— Não, não estou — respondi, e fui sincera. Eu podia cuidar disso.

— Certo, então. Confio que você faça seu trabalho, Ada. Se você não está preocupada, eu também não estou. — Wes deu de ombros. — E se você estivesse preocupada a gente resolveria junto. Esse projeto é nosso.

Soltei um pequeno suspiro de alívio, o qual ele deve ter notado porque estendeu a mão pelo banco até onde a minha estava apoiada, pegou-a e lhe deu um aperto reconfortante.

— Por onde você esteve esta semana?

Eu realmente não o tinha visto desde a manhã de quinta-feira. Depois de passarmos a noite na sua cama, preparamos o café da manhã cedo quando a luz voltou. Amos chegou em casa enquanto cozinhávamos, e nós três comemos juntos antes de os dois partirem para avaliar os eventuais danos que a tempestade poderia ter causado. Ele ainda passou na obra no fim do dia para eu poder dirigir sua caminhonete de volta para o Casarão, só que mais tarde do que o normal, e saiu de novo assim que estacionei lá.

— A tempestade causou muitos danos — respondeu com um suspiro. Eu já sabia disso. — Já tínhamos alguns danos causados pelo inverno, e ainda não havíamos consertado tudo, então algumas coisas pioraram. — Lembrei da inundação da cabana no meu primeiro dia, que era o motivo de eu estar hospedada no Casarão. — Além disso, tempestades assim podem assustar o gado, e eles acabam indo pra lugares em que não deveriam estar, por isso temos tido que buscar um monte deles de volta. Também temos que remover árvores e coisas caídas. Sempre há muito a fazer depois de um fenômeno climático desse.

— É por isso que as caminhonetes de Emmy e Brooks estavam no Casarão toda manhã quando eu saía para a obra?

— Sim. Emmy vem para o rancho pelo menos quatro dias por semana porque treina cavalos além de dar aulas, mas ela e Brooks também tiveram que dar uma mãozinha em outros trabalhos do rancho esta semana. Brooks sempre foi o nosso faz-tudo, porque ele consegue consertar quase qualquer coisa, mas nesta semana ele teve muito trabalho.

Recordei a primeira vez que encontrei Emmy, e me perguntei se ele já tinha consertado a caminhonete dela. Eu teria que perguntar.

Embora estivesse no Rebel Blue havia alguns meses, ainda não tinha ideia do que era necessário para administrar um rancho no dia a dia. De uma coisa eu tinha certeza: estava encantada pelos Ryder. Os quatro eram diferentes entre si, mas o rancho era uma paixão em comum, e todos eles se esforçavam muito para cuidar dele e de tudo que o envolvia: bois e vacas, ovelhas, cavalos, estábulos, funcionários... tudo.

Eu os admirava. E achava especial alguém amar algo tanto assim.

Wes virou numa estrada de terra sinuosa que nos levava a uma montanha. A subida ficou tão íngreme que ele precisou reduzir a marcha algumas vezes.

— Sério, para onde está me levando?

— Estamos quase lá — respondeu. — Prometo. — A estrada era rodeada de árvores densas, quase como um túnel. Eu nunca tinha visto nada parecido antes. — Em uns trinta segundos, vamos sair dessas árvores — declarou ele. — E você vai conhecer a melhor vista de Meadowlark, ou talvez até de Wyoming.

Wes tamborilava os polegares no volante, como se não conseguisse conter a empolgação, e honestamente parecia que ele estava prendendo a respiração.

Assim como havia dito, logo saímos das árvores e, embora estivéssemos muito mais perto da beira de um penhasco do que jamais gostaria de estar, ele tinha razão. Fiquei completamente maravilhada com a vista. Minha boca deve ter ficado literalmente aberta. Acho que nunca estive tão no alto antes. Eu sentia que podia ver o estado de Wyoming todo diante de mim. O sol estava se pondo, e o céu estava pintado de roxo e rosa sobre as montanhas cheias de árvores. Avistei algumas casas bem pequenas entre as grandes extensões de terra e corpos d'água. Flores silvestres pontilhavam os prados como respingos de tinta.

Antes que eu pudesse absorver tudo, Wes deu meia-volta com a caminhonete. Ele colocou o braço no assento atrás de mim, olhou por cima do ombro e começou a dar ré em direção à beira do penhasco. Se eu não estivesse morrendo de medo de cairmos, teria tido um milhão de pensamentos inapropriados sobre sua aparência ao dar ré na caminhonete com tanta tranquilidade.

— Que diabos você está fazendo? — perguntei assim que o carro parou.

— Vem — falou ele. — Vou te mostrar. — Ele tirou as caixas de torta do meu colo e saiu da caminhonete, e não tive escolha a não ser segui-lo.

Quando saí, percebi que a caminhonete não estava tão perto da borda quanto pensei, o que foi um alívio, mas ainda estava bem próxima. Wes não havia me dito isso abertamente, mas senti que ele tinha uma tendência a ativar seu instinto primitivo de luta-ou-fuga.

Eu não tinha medo de altura, mas tinha *um pouco* de senso de autopreservação, então olhar de cima do penhasco revirava um pouco meu estômago.

Wes abriu a porta traseira e colocou as caixas de torta sobre ela. Ele pulou na caçamba sem esforço (eu ia repassar esse salto sem parar na minha mente no futuro), ergueu a tampa da caixa de armazenamento prateada atrás da cabine e começou a tirar cobertores e travesseiros e a forrar a caçamba com eles. Ele tinha preparado aquilo tudo... para mim?

Eu estava ponderando sobre isso quando ele me ofereceu a mão.

— Use o pneu para subir, e te ajudo no resto do caminho — afirmou com um de seus sorrisos suaves.

Em sua essência, Weston Ryder era gentil, e pensei que era a melhor coisa que um homem poderia ser.

Agarrei sua mão e subi no pneu da caminhonete o mais graciosamente que pude, ou seja, de forma nada graciosa, e depois ele me puxou para cima... Em dois segundos, eu estava em seus braços. Ficamos juntos na caçamba por um minuto, e eu olhei para esse homem, esse caubói que havia sido um estranho para mim alguns meses antes.

Agora eu me perguntava se poderia algum dia viver uma vida da qual ele não fizesse parte.

O pensamento me petrificou, então o afastei da minha cabeça. Não queria pensar nisso. Não essa noite.

Sentamos nos cobertores, e Wes começou a abrir três das vasilhas de torta. Duas tinham oito pedaços e outra, quatro.

— Então — disse ele —, talvez você não saiba, mas Meadowlark é a capital da torta do oeste dos Estados Unidos.
— Sério?
— Não. — Wes riu. — Mas deveria ser.
Ele me entregou um garfo e me mostrou as opções. Não conseguia me lembrar de todas, mas tinha, entre outras, morango, mirtilo, pêssego, creme de banana, creme de pistache, batata-doce, abóbora, noz-pecã, limão, cereja e a favorita de Wes, creme de coco.
— Qual você vai provar primeiro?
Sua empolgação estava me contagiando. Eu não diria que era fã de torta — não odiava nem um pouco, mas não era algo que eu comia ou em que pensava com frequência —, mas a energia de Wes pelas coisas que ele amava era contagiante.
Portanto, a possibilidade de me tornar uma entusiasta de tortas depois desta noite era bem alta.
Estudei as fatias por um instante antes de escolher a de limão. Peguei um pouco com o garfo e a deslizei para a boca.
Nossa senhora. Senti meus olhos se arregalarem, e Wes ficou radiante.
— Eu avisei — declarou ele.
— Essa é sem dúvida a melhor torta que já comi na vida.
E assim começou a experimentação de tortas. Wes até pegou um de seus blocos de desenho na caminhonete para desenhar uma tabela de comparação de tortas para nós.
Conforme ele folheava as páginas, pude ver alguns de seus desenhos. Ele era bom. Muito bom, na verdade.
Comemos, rimos e conversamos.
— As pessoas vêm muito aqui? — perguntei.
— Vinham. Na escola, esse lugar era conhecido como o Ponto da Pegação — respondeu ele, balançando as sobrancelhas e dando um sorriso malicioso que fez meu coração

disparar. — Mas acho que não é mais, ou estaríamos rodeados de caminhonetes com janelas embaçadas agora.

Isso me fez rir.

— Você era frequentador daqui?

Wes fez que não.

— Na verdade não, mas, quando fiz dezesseis anos, Gus e eu dividimos uma caminhonete por um tempo. Certa noite, eu estava deitado na caçamba dela, do lado de fora do Casarão, olhando para a lua e as estrelas, quando ouvi Gus sair de fininho de casa. Fiquei curioso para saber o que ele estava fazendo, então fiquei abaixado e quieto. Ele entrou na caminhonete e começou a dirigir.

— Com você atrás? — perguntei, rindo.

— Sim! E aí ele parou para pegar uma garota, Mandy Miller, e, àquela altura, eu estava tipo me cagando de medo, mas senti que era tarde demais pra falar alguma coisa. Ele dirigiu até aqui e, em vez de eles darem uns amassos dentro da caminhonete como pessoas normais, desceram e abaixaram a tampa traseira.

Uma gargalhada saiu de mim — da espécie que vem da barriga — com a imagem de um Wes adolescente arruinando a noite do irmão porque ficou preso na caçamba da caminhonete.

— E quando Gus me viu, praticamente soltou fogo pelas ventas.

— O que você fez? — perguntei, ainda rindo.

— Dei um tchauzinho. — Wes deu de ombros. — E você? Alguma história constrangedora?

— Muitas, com certeza — respondi. — Mas não tão boas quanto essa.

Wes se aproximou e ajeitou uma mecha de cabelo atrás da minha orelha.

— Então me conta outra coisa.
— Sobre o que quer saber?
— Você — respondeu, simplesmente. — Me conte algo que mais ninguém sabe.

Dei uma mordida na torta de noz-pecã e refleti.

Honestamente, eu achava que tinha muitas coisas secretas porque eu não sabia se alguém realmente me conhecia ou sequer desejava me conhecer.

E, se isso era verdade, fiquei feliz por Wes ser o primeiro.

— Quando eu era pequena, queria ser assistente de palco do *Topa Tudo por Dinheiro* — soltei. Claro que foi isso que escolhi. — Eu amava a ideia de poder sortear uma bola da Tele Sena, exibir um liquidificador recém-lançado e passar os dedos num carro novinho em folha.

Wes estava sorrindo tanto que suas bochechas deviam estar doendo.

— Ada Hart — declarou ele, sincero. — Você teria sido uma *puta* assistente de palco do *Topa Tudo por Dinheiro*.

Ri e empurrei seu ombro.

— Cala a boca.

E assim se passaram as duas horas seguintes. Compartilhamos histórias e anedotas, e, com cuidado, adicionei novas partes de Wes à minha crescente coleção de coisas sobre ele, a qual guardava bem no meu coração.

Vinte e três

WES

Na quinta-feira, precisei voltar ao Casarão para alimentar Loretta antes de voltar para o rancho quando meu celular tocou.

Era Ada.

— Oi, meu bem — cumprimentei.

— Oi, caubói. — O som de sua voz fez meu coração dar um mortal. Se estava a caminho de me apaixonar por Ada havia algumas semanas, no momento estava totalmente apaixonado.

Mas ela não precisava saber disso. Ainda não.

— O que houve? Tudo bem?

— Tudo. Você acha que consegue passar na obra hoje? Tem algumas coisas sobre as quais eu quero conversar antes de começarmos a colocar a mobília na semana que vem.

Não conseguia acreditar que já estava na hora. Faltava aproximadamente um mês para terminar o projeto, e Ada estava *ocupada*. Ela vinha deixando a obra cada dia mais tarde. Eu sabia que estava cansada e desejava poder fazer algo por ela.

Mas, ultimamente, ela tinha começado a se enfiar na minha cama algumas noites na semana quando estava realmente exausta, e eu a segurava em meus braços e deslizava os dedos para cima e para baixo por suas costas até ela adormecer.

— Posso passar pelo Bebê Blue agora — respondi.

Ada ficou em silêncio do outro lado da linha. Merda. O que eu fiz?

— Weston? — chamou ela. — Você acabou de chamar a obra de Bebê Blue?

Merda. Eu só devia chamá-lo assim na cabeça.

— Hum, sim.

— Você tem chamado assim na sua cabeça esse tempo todo?

Engoli em seco.

— Aham.

Ela ficou em silêncio de novo por alguns segundos antes de falar:

— Isso é sem dúvida a coisa mais perfeita que já ouvi. Não acredito que você estava guardando só pra você!

— Desculpe?

— Deveria se desculpar mesmo! Agora arraste sua bunda de calça de couro até Bebê Blue para eu poder ficar brava com você pessoalmente.

Ela desligou antes de eu poder responder. Eu tinha montado em Ziggy para voltar ao Casarão, então, em vez de ir de carro até Bebê Blue, levei Ziggy pelas trilhas, e Waylon correu ao nosso lado. Eu não estava cavalgando tanto quanto normalmente fazia enquanto a reforma acontecia. Era mais fácil usar o carro.

Além do mais, dirigir significava tempo garantido com Ada à noite.

Perguntei-me se Ada já tinha montado num cavalo — algo me dizia que não. Imaginei cavalgar com ela, ter minhas coxas ao redor de seu quadril e o seu corpo pressionado ao meu.

Eu ia ter que fazer isso acontecer.

Quando Ziggy e eu chegamos, seis membros da equipe estavam carregando cuidadosamente um retângulo gigante para dentro da casa. Presumi ser o tampo da ilha da cozinha — Ada havia escolhido um mármore verde-esmeralda, e eu podia ver um pedacinho de sua cor através do tecido de proteção que o cobria.

Depois de amarrar Ziggy numa estaca do lado de fora, eu os segui para dentro. Evan os guiava, gritando "com cuidado" e "calma" e, por fim, "ótimo" quando a equipe posicionou o mármore no lugar permanente.

Fazia alguns dias que não passava na obra e fiquei maravilhado com a rapidez que as coisas estavam acontecendo. Ainda mais depois de todos os contratempos da semana anterior.

Os pisos estavam instalados — embora estivessem cobertos no momento — e o drywall estava pronto para ser pintado. Os armários corretos deveriam chegar no dia seguinte, e Evan havia terminado de instalar a marcenaria da sala de estar. As vigas estavam instaladas no teto abobado, e a parede de tijolos expostos tinha sido lavada com jato de alta pressão.

Mas minha parte favorita era a lareira. Ela costumava ter apenas uma cornija de madeira, mas mostrei a Ada uma foto que tinha encontrado no sótão no ano anterior, na qual ela parecia ser de pedra. Ela resolveu desmontar meticulosamente a cornija depois de ver a foto. Agora a lareira de pedra, com sua borda de mármore vintage e incrustação dourada, estava restaurada e linda e era um ponto focal da sala.

Tudo estava com aquela sensação de "quase pronto", o que fez meu coração se encher de emoção. Eu estava orgulhoso do que essa casa havia se tornado, mas mais ainda da mulher que comandou todo o projeto. Eu estava mais do que contente em ser cúmplice de sua grandeza.

Por falar nessa mulher, ela estava no canto, com uma caneta atrás de cada orelha e a caneta na boca, olhando algo no iPad.

Como se pudesse sentir que eu a olhava, ela ergueu o rosto. Quando me avistou, me deu um sorriso discreto que havia se tornado o meu favorito. Quando sorria para mim daquela forma, era como se compartilhássemos um segredo só nosso.

Andei até ela e, sem pensar, me abaixei e beijei sua têmpora. Ela não pareceu se importar.

— Em que você está tão envolvida? — perguntei.

Ela virou o iPad para me mostrar uma renderização digital do espaço em que estávamos.

— Vamos fazer o lambril amanhã — explicou, apontando para o outro lado da sala onde dois homens aplicavam papel de parede floral azul e branco na parte de cima da parede. O azul era claro, sutil. Gostei. — Acho que quero que seja alto — afirmou ela. — Talvez dois terços da parede. O que acha?

— Vai ser do mesmo azul que está no papel de parede?

— Um pouquinho mais escuro — respondeu ela. — Mas não muito.

— Então acho que dois terços da parede está perfeito — comentei. — A bancada está incrível — comentei, gesticulando para o mármore. — Todas as cores aqui fazem eu me sentir muito... acolhido. — Tentei pensar na palavra certa.

Ada sorriu.

— Esse é o objetivo, caubói. Deixa eu te mostrar os quartos — falou, e começou a caminhar em direção aos fundos da casa. — Eu quis manter uma paleta de cores vintage, então tem muito azul-claro, óbvio, alguns tons verdes, alguns rosa para homenagear o azulejo do banheiro que nós amamos.

Gostei do jeito que ela disse "nós". Ada me conduziu por todos os seis quartos. Não estavam mobiliados ainda, mas, fora isso, estavam concluídos. Tinham uma mistura de tinta, papel de parede e lambril. Um deles compartilhava da parede de tijolo exposto da sala de estar. Todos eram únicos e diferentes — algo que se esperaria numa pousada com estilo antigo —, mas ainda eram frescos e limpos, não abarrotados ou espalhafatosos.

A suíte principal tinha portas francesas que se abriam para o pequeno pátio que havia sido reformado. Eu sabia que o paisagismo aconteceria nas duas próximas semanas, mas a aparência já era ótima.

As portas francesas estavam cobertas por cortinas de linho brancas que pareciam ter um campo de flores silvestres pintadas nelas. Rosas também.

— Onde as comprou? — perguntei, apontando para as cortinas. — Gostei delas.

O rosto de Ada corou, algo que não acontecia com muita frequência.

— Nós as fizemos. Emmy, Teddy, Cam e eu. Foi isso que fizemos naquela noite há algumas semanas. São flores silvestres de todo o rancho e das roseiras do lado de fora do Casarão.

As roseiras da minha mãe.

— São incríveis — declarei, amando-as ainda mais.

— Guardei as flores silvestres que usamos e as ressequei para usá-las em porta-copos de resina, velas, jarras, copos e velinhas. Pode acabar parecendo cafona, mas estou esperançosa. O que traz outro assunto sobre o qual queria conversar com você. Tem algum item de decoração específico, arte, bugigangas, livros, qualquer coisa que você queira incorporar aqui? Pedaços de Rebel Blue que possam precisar de uma nova vida numa nova casa?

— Podemos procurar no sótão do Casarão — respondi. — É onde a maioria das coisas originais deste lugar foi parar. Mas... — Parei, sentindo um nó se formar na minha garganta por causa do que estava prestes a dizer.

— Mas o quê? — perguntou Ada suavemente.

— Tem algumas coisas que com certeza sei que quero aqui — declarei. Ada assentiu, esperando. — Minha mãe era pintora. Uma pintora brilhante, na verdade. Temos pilhas de suas pinturas no sótão. Elas estão cobertas há tanto tempo, e acho que... — Tentei engolir o nó na garganta, mas o filho da mãe não cedia. — Acho que ela ficaria feliz em tê-las aqui.

Ada envolveu os braços na minha cintura e pousou a cabeça no meu peito.

— Parece perfeito, Wes.

Vinte e quatro

ADA

Eu vinha negligenciando severamente minhas redes sociais, o que era mancada minha, visto que eram a base da minha carreira toda.

Eu não tinha um diploma para me apoiar, ou qualquer educação formal — tudo que tinha era meu portfólio, que estava nas minhas redes sociais.

Era sexta-feira. Falei para Evan que eu precisava atualizar os conteúdos, e-mails e alguns trabalhos administrativos pela manhã, e ele ficou feliz em cuidar de tudo na obra durante o dia. *Bebê Blue*, pensei. Não conseguia acreditar que Wes vinha guardando isso havia meses — quem sabe anos.

O nome combinava perfeitamente com a casa. Eu amei.

Eu estava sentada à mesa da cozinha no Casarão com meu celular, notebook e iPad a todo vapor. Até então, eu tinha atualizado os *stories* com os acontecimentos da semana anterior e editado três vídeos para publicar. Também havia editado algumas fotos e escrito algumas legendas. Sinceramente, eu não tinha registrado tanto conteúdo como normalmente fazia, mas, por sorte, Evan já trabalhava comigo havia tempo suficiente para saber tirar algumas fotos e fazer vídeos que eu pudesse usar.

Estava tudo fluindo facilmente. Era isso o que acontecia

quando eu estava no meio de um projeto. Era muito mais fácil produzir conteúdo porque minha criatividade fluía livremente. Eu me sentia imbatível.

Quando eu não tinha um projeto, criar conteúdo ficava tedioso, virava uma tarefa que eu detestava, então me assegurei de absorver como estava me sentindo nesse momento.

Também era um ótimo jeito de evitar a caixa de entrada do e-mail. Do meu ponto de vista, eu ainda estava trabalhando, ainda estava sendo produtiva, então não contava como procrastinação.

Parecia lógico, na minha opinião.

Levei mais duas horas para preparar bastante conteúdo para as próximas duas semanas. Quando acabei, me senti mais leve do que estava pela manhã. Essas eram as boas notícias.

A má notícia era que, agora que havia terminado tudo, eu não tinha mais desculpas para ignorar o e-mail. Olhei para o relógio no fogão. Tinha acabado de dar dez horas. Eu me servi de outra xícara de café, respirei fundo e abri o e-mail.

Havia alguns de Evan, que só tinha encaminhado custos ou outras informações. Fácil — separei esses nas pastas apropriadas. Vários e-mails eram de marcas que queriam que eu usasse seus produtos nas casas em que eu fazia o design, o que era empolgante, mas então vi um e-mail com o assunto "Proposta de trabalho — Tucson, Arizona". Eu o abri, hesitante.

Oi, Ada.

Meu nome é Irie Fox e estou escrevendo para você da ensolarada Tucson, Arizona. Primeiro, gostaria de dizer que sou uma grande fã do seu trabalho! Sigo seu Instagram desde o começo e tem sido muito legal ver sua evolução. Estou especialmente impressionada com a dimensão do projeto que você assumiu recentemente no Rancho Rebel Blue em Wyoming. Nunca estive em Wyoming, mas acompanhar sua reforma me fez sentir que isso é um erro que preciso corrigir logo.

Enfim, para encurtar a história, recentemente adquiri uma pequena pousada. Ela tem charme e boa estrutura, e acredito de verdade que poderia se tornar algo ótimo, mas preciso de alguém para me ajudar a chegar lá. Acho que você seria a pessoa perfeita!

Está aberta para trabalhos agora? Estou planejando começar no início de agosto. Se estiver interessada, por favor me avise quando podemos marcar uma reunião.

Abraços,
Irie

Esse e-mail deveria ter me deixado feliz. Era exatamente o resultado pelo qual eu esperava quando aceitei o trabalho em Rebel Blue.

Então por que eu sentia que alguém tinha acabado de jogar um balde de água fria em mim?

Fechei o notebook na hora. Não queria lidar com isso agora. Eu ainda tinha algumas semanas no Rebel Blue. Algumas semanas para descobrir o que viria a seguir.

Algumas semanas com Wes.

Esse pensamento transformou meu coração em cacos de vidro que começaram a cutucar meu peito. *Não pense nisso, Ada. Não pense em como vai ser a sensação de deixá-lo.*

Meu Deus, eu era tão estúpida.

Estabeleci um limite com ele quando cheguei aqui. Eu tinha um plano. Tinha sonhos, e não queria que ninguém os afetasse. Wes respeitou isso, me deu espaço, não tentou fazer nada, até eu ignorar o limite.

E agora o limite estava extinto. A linha tinha sido cruzada, e não podíamos voltar atrás. E eu não queria.

Não tinha ideia para onde isso me levaria ou para onde meus sonhos iriam quando tudo acabasse.

Merda, eu precisava de um pouco de ar fresco. Calcei umas botas surradas que estavam do lado da porta dos fundos. Elas serviram, então devia ser um par velho de Emmy. Saí pelos fundos do Casarão, o que eu havia feito apenas algumas vezes, e comecei a caminhar pela trilha que saía da varanda.

Minha cabeça girava e continuei andando, sem saber para onde estava indo, mas não podia ficar parada. Ficar parada me faria sentir empacada, algo que não queria vivenciar nunca mais.

Cheguei a uma bifurcação na trilha. Olhei para o caminho à direita e avistei uma pequena cabana no fim, então peguei o da esquerda.

Enquanto caminhava, minha cabeça começou a ficar cada vez mais cheia, e me senti sem equilíbrio. Precisei parar. Eu me agachei, envolvi os braços nos joelhos e enfiei a cabeça entre eles.

Fiquei assim até ouvir uma voz.

— Ada? — Era Emmy. — Você está bem? — Eu podia ouvir suas botas se aproximarem de mim na terra.

— Estou bem — respondi, mas não levantei a cabeça. Senti Emmy se abaixar ao meu lado. Ela pôs a mão no meu cabelo e começou a alisá-lo. Eu não a impedi nem me afastei.

— Você parece bem — disse ela de forma sarcástica, mas seu tom era de preocupação também. — Totalmente normal alguém estar enrolada como um tatu-bola num caminho para os estábulos numa manhã de sexta-feira.

A mão de Emmy no meu cabelo foi mais calmante do que achei que seria. Ela era protetora. Não era um ponto forte que eu tinha, mas era algo que estava começando a admirar em outras pessoas.

No ano anterior, fiquei muito focada em ser forte. Foi o que todo mundo me falou que eu precisava ser. "Seja forte e você vai conseguir superar isso", diziam.

Foi só quando vim para Rebel Blue e passei tempo com outras mulheres que percebi que delicadeza também era uma força — uma que Emmy tinha de sobra.

Estar perto de Emmy, Teddy e Cam me fez me perguntar por que passei a vida achando que podia ser apenas uma coisa.

Fiquei em silêncio e deixei Emmy acariciar meu cabelo. Eu precisava me sentir fraca, só por um instante.

Quando levantei a cabeça, ela me olhava com preocupação.

— Quer conversar sobre isso? — perguntou.

Balancei a cabeça.

— Na verdade, não.

Emmy assentiu.

— Luke e eu fizemos um combinado depois que decidimos morar juntos ano passado. Nós dois estávamos lidando com um monte de coisa que precisávamos resolver. Então estabelecemos que, se houvesse algo nos incomodando e não estivéssemos prontos pra falar daquilo, não tinha problema não falar no momento. Mas juramos, cruzando o mindinho, que falaríamos sobre o assunto eventualmente. — Emmy estendeu o dedo mindinho. — Jure que vai falar disso em algum momento? — pediu ela.

Entrelaçamos o mindinho.

— A gente geralmente sela com um beijo, mas não vou te obrigar a fazer isso. — Sorri. — Quer ficar sozinha? — perguntou Emmy.

— Não sei — respondi, honesta.

Emmy me olhava com atenção, como se compreendesse o que eu estava dizendo embora nem eu me entendesse.

— Bem, estou indo para os estábulos. Quer dar uma volta?
— Tipo num cavalo?
— Sim, tipo num cavalo — respondeu, rindo.
— Eu... eu nunca andei a cavalo — falei —, nem num pônei na pracinha, ou algo assim.
— Não esquenta, tenho o cavalo certo pra você — afirmou Emmy. — E, prometo, é muito mais difícil ficar com a cabeça cheia de preocupações enquanto cavalga por um lugar como o Rebel Blue. — Ela ergueu o olhar para o céu, grande e azul, e sorriu. — O que acha?
Mordisquei o interior do lábio.
— Claro.
Essa parecia ser uma boa maneira de tirar Tucson da minha mente.
— Excelente — respondeu Emmy.
Ela se levantou, e eu também. Caminhamos lado a lado até o que Emmy chamou de estábulo, mas minha imagem mental de um estábulo e o lugar onde eu estava no momento eram muito diferentes. Esse parecia ser a versão cinco estrelas. Senti que *eu* podia viver ali. Emmy caminhou pela fileira de baias e abriu uma. Entrou e ressurgiu um instante depois com um cavalo atrás.
— Essa é Maple — apresentou. Ela trouxe a égua para perto de mim e a prendeu nas amarras penduradas na parede. — Ela é meu anjo. — Maple afocinhou o pescoço de Emmy e depois foi para seu bolso. — Ah, entendi — disse Emmy para ela. — Você quer me encher de carinho para eu te dar comida. — Emmy tirou algo do bolso e deu para Maple comer.
Maple era castanha. Sua pelagem era muito brilhante. Eu não sabia muito de cavalos, achava-os aterrorizantes, mas amava animais e sabia que a pelagem brilhante era geralmente um bom sinal de saúde.

— E eu vou pegar Moonshine. Você vai andar nela hoje. — Emmy andou até outra baia, e Maple me encarou.

Encarei ela de volta.

Emmy retornou outro instante depois com Moonshine. Ela era clara e manchada. Quando a avistei, a primeira coisa em que pensei foi que parecia sábia. Seu nariz era meio cinza, como focinho de um cachorro quando envelhecia, mas o que mais me encantou em Moonshine foram seus olhos. Eram suaves, gentis e perspicazes.

— Moonshine é um bom cavalo para iniciantes — explicou Emmy. — Ela gosta de cuidar das pessoas. — Ela esfregou a parte de trás das orelhas de Moonshine. — Quer acariciá-la? — perguntou, e, inesperadamente, assenti sem pensar duas vezes.

Eu me aproximei da égua lentamente. Estava para estender a mão, mas parei para olhar Emmy, que assentiu, me dando o sinal para continuar. Coloquei a mão no focinho de Moonshine, que era surpreendentemente macio.

— Aqui — falou Emmy, entregando-me um petisco que tinha no bolso da calça jeans. — Estica a mão quando entregar a ela.

Fiz o que ela falou, e Moonshine comeu o petisco da palma da minha mão. Sua língua era a coisa mais estranha com que já entrei em contato. A sensação me fez rir.

Então Emmy me entregou uma escova e disse:

— Tenta fazer igual.

Observei como ela escovava Maple e tentei repetir o movimento com Moonshine.

— Wes falou que você dá aulas de equitação. E treina cavalos? — perguntei.

Emmy assentiu.

— Sim. Não faço isso há muito tempo aqui. Me mudei de

Denver em julho passado. Tinha dito a mim mesma que era temporário, mas claro que não era. — Ela sorriu sozinha enquanto escovava o pelo de Maple. — Comecei a dar aulas em novembro e no começo do ano peguei alguns clientes de treinamento que eram do meu pai.

Não sabia que Emmy havia acabado de voltar para Meadowlark; achava que ela sempre tinha estado ali. Não conseguia imaginar Rebel Blue sem Emmy, e nem a conhecia tão bem assim.

— E você e Brooks? — Eu havia notado que apenas Emmy o chamava de Luke. — Há quanto tempo estão juntos?

Emmy sorriu.

— Acho que desde que voltei.

— Vocês não namoravam antes? — indaguei, confusa. Eu pensava que eles estavam juntos desde sempre pela maneira como os dois interagiam, embora lembrasse vagamente de Dusty ficar surpreso com o fato de serem um casal.

Ela balançou a cabeça.

— Não, Luke e eu não nos dávamos muito bem quando éramos mais novos. Quando voltei pra cá, eu não o tinha visto por mais de cinco minutos em quase dez anos. — Ela começou a limpar os cascos de Maple com um negócio de madeira enquanto falava. — Vim pra casa sob circunstâncias não muito ideais, mas faria tudo de novo pra estar com ele.

— É estranho? — perguntei. — Olhar pra trás e saber que você estava tão perto da sua alma gêmea a vida toda sem saber?

Emmy se aproximou de Moonshine e começou a limpar seus cascos, mas olhou para mim com um grande sorriso quando disse:

— Luke Brooks sem dúvidas é o amor da minha vida, mas minha alma gêmea sempre foi Teddy Andersen.

— Justo — respondi, rindo, apesar da pontada de inveja no peito. Eu não tinha uma amiga que poderia chamar assim.

Emmy se endireitou e foi até as selas penduradas na parede. Eu não tinha ideia de quanto esforço era exigido para selar um cavalo. Achava que era só pegar e ir. Emmy trabalhou em silêncio por alguns minutos e, depois de colocar as selas, desprendeu cada égua das amarras que as seguravam e falou:

— Vamos montar lá fora. Você pode pegar as rédeas da Moonshine. Ela vai te seguir.

Emmy pegou um banco grande com uma mão e as rédeas de Maple com a outra e começou a levar Maple para a porta do estábulo. Eu a segui com Moonshine.

Já do lado de fora, Emmy colocou o banco no chão, e Moonshine andou até ele.

— Isso é um banco para montar no cavalo — explicou Emmy. — Ele facilita sua subida na sela porque te dá um pouquinho mais de altura do que o chão.

— Eu só... piso nele? Ou uso como degrau?

— Você vai ficar em pé nele. — Fiz o que ela disse. — Agora coloque o pé esquerdo no estribo... Aliás, que bota linda! Boa, agora coloque uma mão no pito... é aquele puxadorzinho ali, e outra na parte de trás da sela. Isso... e então erga o pé direito e o passe por cima da sela.

— Acho que isso parece mais fácil na teoria — comentei, trêmula.

— Se consegue subir numa bicicleta, consegue subir num cavalo — respondeu Emmy. — Prometo.

Tentei pensar na última vez que estive numa bicicleta, mas não consegui.

— Você com certeza consegue — garantiu Emmy. —

Quer que eu faça contagem regressiva? Às vezes ajuda. — Assenti. Eu aceitaria qualquer coisa a essa altura. — Lembre, só erga o pé direito e passe a perna por cima. — Assenti de novo. — Certo, três... dois... um... vai! — Com o comando de Emmy, tirei o pé direito do degrau e o ergui.

Um pouquinho de mais.

Consegui passar por cima da sela, mas dei tanto impulso que comecei a cair para o outro lado. Achei que fosse para o chão, mas Emmy correu e me empurrou de volta para a posição vertical.

E agora eu estava num cavalo.

— Boa — disse Emmy, rindo. — Foi uma baita pernada!

— Desculpa — respondi, acanhada.

— Não, foi bom, de verdade. Eu teria me sentido mal se você tivesse caído, mas gostei do entusiasmo. — *Entusiasmo*, pensei. *Pareceu um elogio.*

— Algum conselho? — perguntei.

Emmy deu um grande sorriso e falou:

— Mantenha um pé de cada lado e a mente no meio.

Eu não sabia se isso ajudava ou não.

Emmy foi até Maple e humilhou minha montaria. Tudo que ela fazia perto dos cavalos era muito natural. Na primeira vez que a vi, achei que parecia livre, e parecia mesmo, mas, ali fora, com os cavalos, ela não só parecia livre, ela *era* livre.

— Moonshine vai seguir Maple, mas ela está com rédeas curtas, então, se precisar guiá-la, é só puxar as rédeas para a direção que quiser ir — explicou Emmy.

Assenti.

Maple começou a andar, e Moonshine a seguiu. Caramba, aquele animal gigante estava se movendo. E eu me movia com ela.

Cacete.

Moonshine manteve a cabeça e o pescoço do lado do quadril de Maple, então ela não estava nem atrás nem do lado — apenas perto.

— Então — falou Emmy depois de estarmos cavalgando havia um tempinho. — Falta quanto tempo para terminar a reforma?

— Algumas semanas — respondi. — Tudo está começando a ficar pronto, mas as últimas semanas foram as mais difíceis. Há uma lista de pendências com um milhão de coisinhas.

— Faz sentido — comentou Emmy. — Esse é seu primeiro projeto desse tamanho, certo?

— Sim, é. Em San Francisco eu cuidava mais de casas, ou quartos em casas, mas fiz uma cafeteria uma vez.

— Você acha que vai voltar pra San Francisco? — indagou Emmy. Era uma pergunta inocente e natural para a conversa, mas ainda assim fez minha garganta se apertar.

— Não — respondi honestamente. Emmy ficou quieta, provavelmente esperando que eu elaborasse melhor. — Aceitei esse emprego pra um novo começo. Só queria a chance de perseguir meus sonhos. — Parecia que eu estava perseguindo muito mais que isso agora. — Eu tenho algumas dívidas em um apartamento, mas vou conseguir pagá-las depois dessa obra, e esse é o último laço que preciso romper.

— É engraçado — falou Emmy. — Entendo o que está dizendo. Vim para Meadowlark para um recomeço também.

Mas a diferença entre mim e Emmy era que ela podia ficar.

— Wes disse que Meadowlark era conhecida pela torta, mas talvez devesse ser pelos recomeços — brinquei, tentando evitar aprofundar a conversa. Nossos cavalos estavam andando por uma trilha que levava a algumas árvores adiante.

— Ele gosta muito de torta. — Emmy acenou com a cabeça para mim. — Ele também gosta muito de você, sabe?

Fiquei em silêncio por um minuto antes de sussurrar:

— Gosto muito dele também.

De início, não soube se Emmy pôde me ouvir, mas então ela falou:

— É por isso que estava curvada como um inseto morto mais cedo?

— Como sabia? — perguntei, suspirando.

— Chute.

— Não sei — respondi. — Espero que não seja estranho eu conversar com você porque ele é seu irmão... Eu o acho incrível, incrível pra cacete, mas não sei para onde podemos ir.

— Tem alguma razão para ser sobre aonde podem ir e não onde estão? — perguntou Emmy.

— Não posso me sentir empacada de novo — falei. — Já fui casada, tentei essa coisa do amor, estava desesperada por isso. Ainda sonho com isso, mas me diminuí tanto que eu não sabia mais quem era. — Uma vez que comecei a falar, não consegui parar. — E agora descobri, percebi, que não sou o tipo de pessoa de que todo mundo gosta. Sou o tipo de pessoa que todo mundo tolera. — Soltei um suspiro profundo. — E estou bem com isso, gosto de quem sou, mas, se eu descobri isso, é só uma questão de tempo para Wes descobrir também.

Odiei o quanto pareci assustada.

Emmy me olhou.

— Se gosta de quem é, por que é tão difícil acreditar que outras pessoas também gostam?

Ela virou para a frente de novo, deixando-me para pensar no que havia dito.

Eu não tinha uma resposta.

O silêncio que se estendeu entre nós não foi estranho. Foi contemplativo. Era assim que era ter uma amiga? Ter alguém com quem pudesse conversar, que pudesse te motivar e te fazer pensar? Ter alguém que se importasse o suficiente com você para fazer isso?

Olhei ao redor e observei a paisagem pela qual estávamos passando. Quando cheguei a Rebel Blue, não era inverno, mas havia manchas de neve. Agora Rebel estava exuberante e verde. Eu amava a forma como os pinheiros pareciam pressionados contra o céu.

Estar montada num cavalo não era tão assustador quanto pensei que seria — provavelmente porque Moonshine e Emmy faziam todo o trabalho. Eu só tinha que ficar sentada, mas acho que não me importaria em aprender a fazer isso sozinha em algum momento.

— Ada — chamou Emmy depois de um tempo —, não quero que leve isso a mal, mas preciso te pedir um favor.

— Tá bom — respondi, vacilante.

— Não quero que soe errado, porque você e Wes são adultos, e estou tentando fortemente não me intrometer, mas... — Eu a ouvi respirar fundo. — Não o trate como seu destino final se ele for só um ponto de parada. Acho que ele não se recuperaria disso.

Ela não olhou de volta para mim, então não pôde ver quando assenti.

Acho que eu também não me recuperaria.

Vinte e cinco

WES

Ada dormiu na minha cama na noite passada. Ela não amava ficar de conchinha enquanto dormia — gostava de ter espaço —, mas sempre ia se aproximando de mim durante a noite e, quando eu acordava, me agarrava como se eu fosse um bebê coala.

Ela só voltou ao Casarão depois das dez na noite passada, e não a vi até ela se arrastar pela minha cama por volta de onze e meia. Por um tempo, Ada havia ficado mais no quarto dela do que no meu, mas, na última semana, ela dormiu na minha cama todas as noites.

E eu não me cansava.

Senti que ela estava começando a se mexer. Ada acordava cedo, mas não tão cedo quanto eu — consequência de crescer num rancho. Eu estava desperto desde as quatro e meia, então esperava que ela acordasse fazia quase uma hora.

A essa altura, eu tinha bastante certeza de que estive esperando por ela durante toda a minha vida. Uma hora não era nada.

Eu a puxei mais junto de mim e comecei a beijar seu pescoço, suas tatuagens, sua testa — basicamente todo lugar. Ela manteve os olhos fechados, mas eu podia ver que estava tentando não sorrir.

— Sei que está acordada — falei com outro beijo em seu pescoço.

— Não, não sabe — grunhiu. — Quero estar dormindo.

— Meu bem, é um bom dia para se estar acordada. É o Dia Ryder.

O Dia Ryder era uma tradição familiar. Tínhamos um todo ano. Em termos de datas comemorativas, ele estava entre as principais no calendário do Rancho Rebel Blue.

Ada abriu os olhos.

— O que diabos é o Dia Ryder?

— É o dia em que meus pais se conheceram — expliquei. — O dia em que minha mãe chegou à cidade num Volkswagen Cabriolet surrado, meu pai foi tentar ajudá-la e ela o mandou se catar.

Vi os olhos de Ada brilharem na última parte.

— Foi assim mesmo que se conheceram?

— Sim. Eles se casaram na mesma data no ano seguinte, bem debaixo do carvalho que fica perto da porta dos fundos.

— Parece um filme — respondeu Ada enquanto se aconchegava em mim. — O que tem no Dia Ryder então?

— Muita comida, principalmente — afirmei. — Em grandes feriados, como Natal e Dia de Ação de Graças, meu pai sempre dá folga aos funcionários do rancho, então trabalhamos sozinhos. O Dia Ryder é o nosso dia.

— E o Dia Ryder é só para os Ryder?

Fiz que não.

— O Dia Ryder é para nossa família, mas nossa família é mais do que aquela em que nascemos — falei, citando meu pai. — Então, Teddy e Hank, que é o pai dela, estarão aqui. Cam talvez venha, mas o noivo dela nunca veio. E como o Dusty está em casa, ele e Aggie podem se juntar a nós em algum momento.

— E você quer que eu vá? — perguntou.

Rolei para cima dela e prendi suas mãos acima de sua cabeça.

— Quero — respondi. — Por favor.

— Bem — disse ela. — Já que pediu com jeitinho...

Abaixei e a beijei com lentidão e firmeza. Ela ergueu uma das pernas ao redor da minha cintura e deu uma leve mordida no meu lábio inferior.

Porra.

Eu a beijei com mais força e soltei suas mãos para poder percorrer seu corpo — o corpo insano que era basicamente a soma de tudo que já achei atraente na vida. Senti os dedos dela subirem e descerem por minhas costas antes de deslizarem para baixo do cós da minha cueca.

— Ada — grunhi na sua boca. Ela deu uma risada inocente, que foi direto para o meu pau. Esse som era só para mim. — Não comece algo que não pode terminar.

— Acredite — respondeu. — *Eu* posso terminar.

Antes de eu ter chance de fazê-la provar isso para mim, um dos celulares começou a vibrar. Olhei para a mesinha de cabeceira. Era o de Ada. Estendi a mão e o peguei para poder lhe entregar.

— Quem está te ligando tão cedo?

— Deve ser o Evan — respondeu.

Era a última semana de Evan na obra, então eu sabia que devia haver muitas coisas que os dois precisavam resolver juntos.

Ada olhou para a tela, e vi a cor de seu rosto se esvair.

— Isso... isso não pode estar certo — murmurou.

Acho que ela não quis falar isso em voz alta.

— Está tudo bem?

Não gostei do efeito que fosse lá quem estivesse ligando

causava na minha garota. Era perturbador ver sua expressão ir de divertida para um branco total em segundos.

Ada não respondeu. Só segurou o celular e o observou tocar. Ela só falou quando a chamada parou.

— Era meu ex-marido — sussurrou.

Ok, bem, foda-se esse cara, pensei.

— Vocês têm tido contato? — perguntei. Não porque me incomodava, eu era suficientemente seguro para não me incomodar. A ligação em si não me deixou desconfortável, mas o efeito que ela causou em Ada, sim. Eu não tinha muitas informações sobre seu ex, mas sabia que ele a havia feito se sentir presa, o que era o suficiente.

Ada balançou a cabeça.

— Não, nem um pouco. — Ela olhava fixamente para a frente. — Na última vez que nos falamos, eu lhe dei boa-noite. Quando acordei na manhã seguinte, ele tinha ido embora. Recebi os papéis do divórcio pelo correio uma semana depois.

Que merda. Isso foi cruel.

Envolvi Ada nos braços e senti o alívio tomar conta de mim quando ela encostou no meu corpo.

— Você não merecia isso — declarei em meio a seu cabelo.

— Eu sei. Obrigada por dizer isso. — Esfreguei as mãos para cima e para baixo em seus braços. Eu não sabia qual dos dois estava tentando acalmar. — Posso te contar uma coisa? — perguntou.

— Qualquer coisa.

— Naquele dia que saímos, você me disse que queria saber algo que ninguém mais sabia. — Eu me lembrava de dizer isso, pois queria saber tudo sobre ela. — Quando acordei e ele tinha partido, me senti aliviada. Fiquei profundamente triste depois, mas não porque estava de luto pelo relacionamento, mas por todas as partes de mim que perdi ou de que abri mão em nome do conforto, porque eu preferia ficar confortável a ser feliz. Tinha escolhido priorizar minha falsa sensação de segurança em vez de a mim mesma. — Ela respirou fundo antes de continuar. — Fiquei com vergonha de mim mesma. Eu deixei ele controlar cada aspecto da minha vida porque não tinha confiança para fazer isso. Eu não sentia que era dona de nada na vida, então o fato de eu ser completamente dependente de outra pessoa não me incomodava. Nem a senha do nosso cartão de débito eu sabia.

Tentei imaginar uma versão diferente de Ada, uma menos determinada e fervorosa, mas não consegui. Agora eu admirava mais ainda essas qualidades, pois sabia que tudo era intencional.

— Acho que... — Ela suspirou. — Acho que Chance queria ter poder sobre alguém, e eu confundi isso com estar sendo cuidada.

Meu peito doeu. Tudo que eu podia fazer era abraçá-la com mais força, então foi o que fiz. Ficamos na cama mais um tempo, e tentei não pensar no quanto meus braços ficariam vazios sem ela.

Vinte e seis

ADA

Tudo indicava que o Dia Ryder seria uma das minhas datas favoritas da vida. Depois de um início inesperadamente emocional, Wes e eu saímos com relutância da cama e começamos nosso dia. Ele ia dar uma olhada em Loretta e ajudar Gus com algumas coisas no rancho antes de os dois voltarem para o Casarão a fim de celebrar o feriado familiar.

Enquanto nos vestíamos, Wes perguntou se eu queria retornar a ligação de Chance e se queria ele por perto quando fizesse isso. Eu estaria mentindo se dissesse que não estava curiosa para saber por que Chance havia me ligado, mas a curiosidade não era o bastante para ligar de volta.

Disse a Wes que não.

Se houvesse algo premente ou urgente — eu não conseguia imaginar o quê —, ele ligaria de novo, mandaria mensagem, ou acharia outro jeito de falar comigo.

Alguns meses depois que tudo acabou, pensei no que sentiria se Chance algum dia entrasse em contato. Tentei falar com ele por algumas semanas, após os papéis de divórcio aparecerem na minha caixa de correio, mas nunca tive sucesso. Ele não queria conversar — até agora, pelo que parecia, quase dois anos depois.

Naquela época, achava que seria reconfortada por algum

desfecho vindo dele. Agora achava que o encerramento que eu havia estabelecido para mim mesma ao longo do último ano era mais importante.

Então como fiquei com a ligação inesperada? Chocada. E tinha todo o direito de ficar assim.

O que sentia em relação ao homem que ligava? Nada. Não era um nada vazio ou um nada magoado, era um... nada indiferente.

Era o oposto do que sentia quando pensava em Wes, mas eu ainda não estava pronta para mergulhar nessa linha de pensamento, ainda mais com a oferta do Arizona pairando sobre mim.

Entrei na cozinha e vi Amos. Ele estava lendo o jornal e bebendo uma vitamina que presumi ser saudável por ser da cor de terra.

Quando entrei, ele disse:

— Bom dia, Ada.

Era raro ver Amos de manhã; esse homem acordava às três, juro.

— Bom dia — respondi. — Ou devo dizer Feliz Dia Ryder? É assim?

Amos riu.

— Feliz Dia Ryder.

— O que fez você criar o próprio feriado? — perguntei com um sorriso. Eu estava genuinamente curiosa, e gostava de ouvir Amos falar.

Ele sorriu de volta de forma calorosa e gentil. Deslizou uma xícara de café pelo balcão para mim.

— Sabe, você é a primeira pessoa que pergunta isso.

— Sério?

Amos deu de ombros.

— Meus filhos não conhecem uma vida sem o Dia Ryder,

então acho que nunca pensaram no porquê, talvez só no quê e em quem.

Sentei na cadeira ao seu lado e dei um gole no café.

— Estou ouvindo.

— Foi ideia de Stella — respondeu ele, pensativo. Stella. A esposa falecida de Amos, a mãe de Wes. Amos se recostou na cadeira. — Quando eu era criança, meu pai tinha o Dia do Fazendeiro, que era basicamente o dia que ele tirava folga do trabalho. Ele tinha... prioridades diferentes das minhas. — A boca de Amos se curvou lentamente para baixo. — Ele não era um homem gentil. Não era fiel à minha mãe, não se importava muito comigo ou com meus irmãos, então, quando herdei o Rebel Blue, o que não deveria ter acontecido porque eu era o caçula, decidi que não queria fazer nada do que ele tinha feito. — Ele pausou e continuou: — Stella sabia disso. Então, no nosso primeiro aniversário, ela deu a ideia do Dia Ryder: um dia para celebrar a família que estávamos construindo e o lugar do qual cuidávamos e que cuidava de nós. — Os olhos de Amos tinham se suavizado, e seu tom era apaixonado.

Eu costumava duvidar que Wes fosse tão bom quanto parecia, só que, quanto mais passava tempo com os Ryder, mais eu percebia que os três, até Gus, que era muito mais mal-humorado que os outros dois, eram produtos de um pai devoto, que os amava tanto que eles só podiam acabar sendo boas pessoas.

— Que lindo — respondi. — Obrigada por me deixar participar da diversão. — Torci para soar tão sincera quanto me sentia.

— Estamos todos felizes por tê-la conosco — declarou ele. — Você faz parte de Rebel Bue agora.

As palavras de Amos entraram em meu coração, e eu quis

mantê-las ali para sempre. Ele falou que eu fazia parte de Rebel Blue, mas eu sentia que Rebel Blue era uma parte de *mim*.

Era estranho. Passei a vida toda me sentindo deslocada — não por não me encaixar ou por ser solitária, mas porque simplesmente sentia que pertencia a *outro lugar*.

Só não sabia qual.

Acho que eu sentia saudade de Rebel Blue antes de saber que ele existia.

Algumas horas depois, Emmy e eu arrumamos a mesa do lado de fora e pegamos mais cadeiras de madeira no depósito para colocar ao redor da fogueira. Ela usava um vestido vermelho que parecia ter sido feito para ela. Enquanto estávamos nos arrumando, ela tinha ligado a caixa de som e colocado algumas canções country que eu não conhecia.

— É requisito gostar de música country em Rebel Blue? — perguntei, brincando.

— Meio que é — respondeu. — Um rock'n'roll da velha guarda.

— Viu, isso eu consigo fazer. — Acenei a mão para a caixa de som. — Mas essa não é minha praia.

— Hum. Vamos ver quanto tempo isso vai durar — falou ela com um sorriso.

Para sempre, mas não tive coragem de lhe dizer isso. Eu não me converteria ao country — embora algumas das músicas fossem bem grudentas.

Brooks e Amos começaram a trazer comida para a mesa. Amos havia cozinhado o dia todo, e Emmy tinha se juntado a ele bem cedo. Eu saía e entrava na cozinha enquanto trabalhavam, escutando-os conversar e de vez em quando entrando na conversa. Luke tinha aparecido havia cerca de uma hora e se juntado a eles.

Eu não via Wes desde que levantamos de manhã, mas ele havia me enviado uma mensagem dizendo que logo chegaria com Gus.

— Olá, família Ryder! — A voz de Teddy veio da porta dos fundos.

Olhei para ela de onde estava colocando os talheres ao lado de cada prato. À sua frente estava um homem em uma cadeira de rodas, que presumi ser seu pai, Hank. Seu cabelo grisalho estava preso num rabo de cavalo, e ele tinha uma barba comprida. Eu podia ver que sua pele era coberta de tatuagens — inclusive as mãos. Ele usava uma camiseta preta do Led Zeppelin que parecia ter saído de 1972.

Resumindo, ele parecia durão.

E estava ainda com um estojo de guitarra e uma bengala no colo.

Todo mundo acenou para Teddy e Hank, e Luke foi até a porta para ajudar a descer a cadeira de rodas com segurança pelo degrau.

Observei Amos andar até eles e apertar a mão de Hank. Emmy lhe deu um beijo na bochecha. Teddy empurrou Hank até a cabeceira da mesa, perto de onde eu estava, e me apresentou ao pai.

— Pai, essa é Ada. Ela é a designer de interiores que está ajudando Wes.

— Ah. — Ele assentiu. — Aquela por quem Wes está encantado.

Sim, não havia dúvidas de que esse homem era o pai de Teddy. Meus olhos se arregalaram. Eu não sabia como reagir a isso.

— Juro por Deus — falou Teddy com um grunhido —, nunca mais te conto nada.

Os olhos de Hank cintilaram. Eram de um azul prateado, mesma cor dos de Teddy. Ele estendeu a mão enrugada para mim. Notei as tatuagens nos nós dos dedos, mas não consegui lê-las.

— Prazer em conhecê-la, Ada. Sou o Hank.

— *Agora* ele tem educação — murmurou Teddy. Ela olhou para mim e sussurrou: — Desculpe.

Apertei a mão de Hank.

— Prazer em conhecer o senhor — respondi com um sorriso tímido.

— Teddy me falou muito de você.

— Claramente — falei com uma risada. — Mas não acho que "encantado" seja a palavra certa — emendei, tentando minimizar o que eu estava sentindo.

— Eu acho. — Era a voz de Wes. Quando virei, ele estava andando até mim, com Waylon atrás, vindo da porta dos fundos. Eu não tinha ouvido ele chegar. Quando se aproximou o bastante, apoiou a mão na minha lombar e beijou minha têmpora. Fiquei tão focada em seu toque e na corrente elétrica que ele disparou por mim que mal tive tempo de me preocupar com o fato de ele estar me tocando e me beijando na frente de todo mundo.

Ou com o fato de que eu gostei. Muito.

Gus surgiu na porta com Riley nos ombros. Quando ela me viu, acenou e gritou:

— Oi, Ada Althea Hart!

Nossa, que boa memória essa criança tinha.

— Olá, Riley Amos Ryder — respondi.

Gus ergueu Riley sobre a cabeça para poder colocá-la no chão.

— O tio Wes trouxe uma bezerra pra casa outro dia — comentou, bagunçando o cabelo da menina. Riley arregalou os olhos de forma adorável. — Ela está no pasto do outro lado da casa. Por que não vai lá dar um oi?

Riley nem respondeu, só disparou como um foguete.

Gus se juntou ao nosso círculo e ofereceu a mão a Hank. Hank a pegou.

— Bom te ver, Gus.

— Você também — respondeu Gus, e eu podia jurar que ele sorriu um pouquinho.

Teddy se virou para mim.

— Ada, você pode me beliscar bem rapidinho? Talvez me dar um soco no rosto? — Franzi a sobrancelha, confusa. *O quê?* — Esse cara falando com meu pai se parece muito com meu demônio da paralisia do sono, e preciso acordar antes que ele se aproxime mais.

Gus revirou os olhos.

— Não quero saber dos sonhos que você tem comigo, Theodora.

— Pesadelos — corrigiu Teddy.

Olhei para Hank, que alternava o olhar entre a filha e Gus com um sorrisinho.

— Cam vem? — interrompeu Wes. Eu havia aprendido que, se ninguém interrompesse Gus e Teddy, os dois continuariam se insultando eternamente.

— Não — respondeu Gus, suspirando. — Surgiu algum imprevisto. Ela não pareceu bem no telefone e perguntou se eu podia ficar com a Riley no fim de semana. — Gus balançou a cabeça. — Sinceramente, estou preocupado com ela.

— Ela recebeu os resultados do exame da ordem? — perguntou Teddy.

O tom sarcástico e condescendente que ela normalmente empregava quando falava com Gus havia desaparecido, e a preocupação com Cam a dominou.

— Ela não mencionou — respondeu Gus.

Gus claramente nutria por Cam um afeto que ia além da

relação de mãe de sua filha. Pelo que havia observado, os dois eram amigos.

Teddy estendeu a mão e apertou o braço de Gus, que olhou para ela. Quando pisquei, Teddy já tinha pousado a mão no corpo, e Gus estava olhando para outro lugar. Eu podia ter imaginado a coisa toda.

— Tenho certeza que ela vai ficar bem — garantiu Teddy para ninguém em particular. Pelo menos, acho que era isso que ela queria que parecesse. Fiz uma nota mental para mandar mensagem para Cam no dia seguinte e ver se ela estava bem.

— O jantar está pronto! — chamou Emmy.

Ela, Amos e Brooks trouxeram os últimos pratos de comida e os puseram sobre a mesa.

Era tanta comida que eu não fazia ideia de como daríamos conta. Salada de batata, cenouras assadas, abobrinha e milho grelhados. Ovos recheados, frutas e pães caseiros. A refeição ainda tinha frango grelhado na brasa. Tudo parecia perfeito — a comida, o ambiente, as pessoas.

Todos nos sentamos. Amos e Hank estavam na cabeceira da mesa. Gus ao lado de Amos, Riley ao seu lado, e depois vinham Emmy e Brooks. Do outro lado da mesa, Teddy sentou ao lado do pai. Depois vinham eu e Wes, que ficou com a mão na minha coxa sob a mesa o jantar todo, o que não passou despercebido por Emmy.

Tentei não pensar no que ela havia dito enquanto cavalgávamos — que eu não deveria tratar Wes como destino final se estivesse planejando seguir em frente. Eu sabia o que ela queria dizer, mas nada com Wes parecia temporário, e eu não sabia tratá-lo como se fosse.

Mas isso não mudava o fato de que não era permanente. Esse pensamento fez meu estômago revirar, e larguei o garfo de forma abrupta. Havia muita falação acontecendo, então ninguém notou — exceto Wes.

Ele sempre notava.

— Você está bem? — sussurrou.

Só fiz que sim e lhe dei o melhor sorriso que pude. Percebi que ele não acreditou em mim, mas não pressionou. Só deu um aperto tranquilizador na minha coxa.

A refeição se estendeu até o sol começar a se pôr. O céu estava vibrante, com tons de laranja, rosa e roxo. Eu já tinha visto bastantes pores do sol em Wyoming nos últimos meses, e parecia que cada um era mais bonito do que o outro.

Depois de terminarmos de comer, Wes, Brooks e Gus limparam a mesa e voltaram com cobertores e suprimentos para fazer s'mores, um tipo de marshmallow assado no fogo com uma camada de chocolate entre duas fatias de bolacha.

Fomos para as cadeiras ao redor da fogueira.

— Então — falou Wes enquanto colocava um cobertor sobre meu colo —, como foi seu primeiro Dia Ryder? — O jeito que disse "primeiro", como se fossem existir outros, fez meu coração saltar, depois cair.

— Acho que amo o Dia Ryder — respondi.

Wes me olhou do jeito que olhei para o pôr do sol, e eu quis correr e me esconder. Havia tanto... sentimento quando ele me olhava.

Virei e peguei um marshmallow da bolsa que Teddy me entregou. Hank começou a dedilhar a guitarra enquanto o fogo crepitava. Fiquei surpresa com o quanto ele era habilidoso. A música que tocava era suave e bonita, quase melancólica.

Senti como se ela se envolvesse ao meu redor.

— Que música é essa? — perguntei a Wes, que estava colocando seu marshmallow no fogo.

— "Let Me Call You Sweetheart". É sobre um homem pedindo para chamar a amada de "meu bem" — respondeu ele sem pensar. Minha garganta se fechou e, mesmo que Wes só estivesse respondendo à minha pergunta, pareceu mais do que isso.

Wes parecia mais.

O lugar, a família: tudo parecia mais. Nesse momento, eu quase conseguia ver o futuro que desejava ter. Um futuro em que pudesse sentar em volta dessa fogueira ao lado de Wes, rodeada de gente de quem eu começava a me sentir próxima.

Meu coração doeu por um futuro que não estava em dívida com meu passado.

O passado que me deu um ímpeto interminável de correr só para evitar a sensação de estar empacada — mesmo que correr fizesse meu coração ficar em frangalhos e minha alma, cansada.

Eu não podia ficar mais ali.

— Eu... eu não estou me sentindo bem — cochichei para Wes. — Vou pra cama.

— Você está bem? Quer que eu vá com você?

— Sim — respondi —, estou bem. Só preciso descansar um pouco.

Levantei. Minha cabeça tinha a mesma sensação de quando Emmy me encontrou na trilha, como se estivesse cheia e fosse transbordar a qualquer momento.

— Saindo? — perguntou Teddy. — Aggie e Dusty não apareceram ainda.

Assenti.

— Não estou me sentindo bem — repeti. — Obrigada por me deixarem fazer parte do dia de vocês — agradeci. — Foi maravilhoso.

E foi mesmo, mas as coisas maravilhosas não duravam. Caminhei até a porta, tentando não deixar que alguém visse que eu estava desmoronando.

— Avise se precisar de alguma coisa — gritou Emmy atrás de mim.

Não respondi. Só continuei andando. Não parei até chegar ao quarto e fechar a porta.

Com as costas na porta, afundei no chão. Quando ergui o olhar, percebi que tinha ido para o quarto de Wes, e não para o meu.

Suspirei. Não podia ficar nele, então levantei. Estava prestes a abrir a porta e ir para meu quarto quando avistei um caderno na cama de Wes. Reconheci o couro marrom. Era seu bloco de desenhos.

Não sei o que me fez atravessar o quarto e o pegar — muito menos o abrir. Talvez curiosidade. Ou talvez o fato de que ele não estava ali para me consolar, e isso me pareceu a segunda melhor opção.

De qualquer forma, eu o abri. Foi numa página próxima do meio do bloco. Nunca tinha visto os esboços de Wes tão de perto — apenas de passagem —, então não sabia o que esperar. A primeira coisa que pensei foi que o esboço que estava vendo era lindo.

Claro que era.

Era uma sequência de rosas, espinhos e folhas. Estavam sombreadas de forma bela e ousada. O estilo me parecia familiar, mas não conseguia dizer por quê.

Virei a página e achei um desenho similar, mas as rosas nele eram coloridas. O vermelho era vivo.

Virei a página de novo, e mais uma vez achei rosas, espinhos e folhas. E de novo, de novo, de novo.

Cada página me parecia familiar, como se eu já a tivesse

visto antes. Mas só quando virei a página de novo, e vi as rosas, folhas e espinhos esboçados num braço e ombro, que foi que percebi por que as imagens me eram familiares.

Era porque as via no espelho todo dia.

Bem nesse momento, a porta se abriu, e eu congelei.

Não virei para olhá-lo. Não fechei o bloco. Só fiquei ali encarando os desenhos.

A porta se fechou e, dentro de segundos, ele chegou atrás de mim — tão perto que eu conseguia sentir seu hálito na minha nuca. Cada nervo do meu corpo estava disparando pequenos relâmpagos.

— Esses desenhos — sussurrei. — São...?

— Sim — respondeu ele antes de eu terminar.

— Por quê? — perguntei, baixo.

— Você sabe por quê — declarou. Fechei os olhos. Isso era demais. — Meu bem, o que há de errado?

Não é o que há de errado, pensei comigo mesma. *É o que há de certo.* Mas não foi o que falei.

— Não posso fazer isso — afirmei quando me virei para encará-lo.

— Me diz por quê.

— Porque vou embora em algumas semanas, Wes. Isso não era para ser nada além de temporário. — Minha voz estava vazia, nada convincente. — A gente não deveria nem ter começado isso.

— Quer terminar por causa de um pouco de distância? — perguntou, como se isso fosse ridículo.

— Eu vou pro Arizona — soltei, mesmo que não tivesse aceitado o trabalho ou sequer respondido ao e-mail de Irie. — Recebi uma oferta. Querem que eu comece em agosto.

O rosto de Wes parecia atônito e depois magoado.

— Por que não me contou?

— Porque não tem nada a ver com você — rebati. As palavras tinham gosto de bile. — Você é meu chefe. Fui contratada para um projeto. Quando concluir o projeto, terminei. Sigo em frente. Tenho um chefe novo.

A feição de Wes saiu de mágoa para raiva.

— É só isso que sou pra você então?

— Isso e uma boa transa. — Dei de ombros, tentando não demonstrar o quanto eu estava machucada. *O que diabos há de errado comigo?*

Wes riu, mas não havia graça na risada.

— Ah, então é isso que está tentando fazer, me afastar. — *Sim*, pensei. — Bom, adivinha, meu bem? Pode me afastar o quanto quiser, mas não vou a lugar nenhum.

— Mas eu vou — afirmei. — Eu vou embora, Wes. Por que não entende isso?

— E estou orgulhoso pra cacete de você — declarou Wes. — Você merece esse trabalho. Quero que aceite. Não vou te impedir de seguir seus sonhos.

Pisquei, lentamente. Não era... a resposta pela qual estava esperando.

— Estou vendo que está confusa. — Ele se aproximou. — Então me deixe explicar: eu te adoro, Ada. Você é, sem dúvida, a mulher mais brilhante e determinada que já conheci, e eu seria o homem mais estúpido do mundo se deixasse que algo tão idiota e contornável quanto a distância tirasse você de mim.

— Você nem me conhece.

Wes respirou fundo.

— Sei que seus pés e mãos estão sempre frios, não importa o tempo. Sei que gosta de acordar cedo aos fins de semana porque prefere tirar um cochilo à tarde a dormir mais. Sei que ama doces azedos e odeia ter que se repetir.

Sei que é pontual, e sei que está mentindo quando diz que odeia música country. — Ele parou por um instante antes de dizer: — Eu conheço você.

— Não, não conhece. Essas são as coisas pequenas. Minúsculas.

— As coisas pequenas são as grandes, Ada. As coisas grandes são feitas delas. Posso não conhecer você por completo, mas quero, e só estou pedindo que me dê a chance de fazer isso.

Balancei a cabeça.

— Você não me quer assim, Wes. Pode achar que sim, mas não quer. Não sou a mulher pra você. — Meu coração se partiu quando falei isso, e tive que olhar para o chão. Se olhasse para ele, começaria a chorar. — Quando eu for embora, você vai perceber. E então vai encontrar uma mulher tão calorosa e brilhante como você.

Ele ficou quieto, e o silêncio me permitiu sentir o peso das minhas palavras. Foram pesadas o suficiente para me esmagar. Depois de alguns instantes, senti o dedo de Wes se arrastar sob meu queixo, forçando-me a olhá-lo.

Achei que ele estaria bravo, mas não estava. Pareceu sincero quando falou:

— Você diz que não é legal, ou calorosa, ou brilhante, ou qualquer uma dessas palavras idiotas que as pessoas usam pra descrever o sol, mas nunca te pedi para ser o sol. — Revirei os olhos, tentando movê-los de um jeito que impedisse as lágrimas de cair. — Eu preferiria ter a lua mesmo.

Bufei. Agir como se ele estivesse sendo ridículo era meu único mecanismo de defesa.

— Eu sou a lua? — perguntei, sarcástica.

— Você é a lua — declarou. — E eu sou as marés. Você me atrai sem tentar, e eu vou até você na hora. Sempre irei.

As lágrimas enfim transbordaram, e me joguei no chão. Wes se ajoelhou na minha frente.

— Preciso que seja honesta comigo, meu bem. Você quer isso? Você me quer?

Senti que ele já sabia a resposta para essa pergunta, mas queria ter certeza de que eu também soubesse.

Assenti, sem confiar na minha voz.

— Então devemos isso um ao outro: tentar. — Fiquei em silêncio, deixando as lágrimas escorrerem por meu rosto. — Por favor, Ada, me diz que podemos tentar.

— Sim — respondi tão baixo que nem sabia se ele estava ouvindo, mas devia ter escutado, porque me abraçou, e eu me derreti nele. Embora eu tivesse começado a briga, não era algo que queria. Só não sabia mais o que fazer.

Quando adormeci nos seus braços mais tarde naquela noite, me deixei acreditar que talvez, só talvez, as coisas pudessem dar certo.

Vinte e sete

WES

Sempre tive uma queda por adrenalina — pelas coisas que faziam eu me sentir indestrutível. Sentia que não tinha nada a perder. Por causa disso, costumava ser destemido.

Até conhecer Ada Hart.

Agora havia algo que eu tinha pavor de perder.

E faltando pouco menos de uma semana para o nascimento do Bebê Blue, nós nos aproximávamos cada vez mais do momento no nosso relacionamento em que perdê-la era uma possibilidade real.

Eu não me preocupava com a distância ou o trabalho no Arizona, mas sim com a maneira como Ada pensava sobre a distância — que ela achasse que isso seria o suficiente para eu desistir dela.

Eu não sabia como provar para ela que isso era pra valer.

Depois do Dia Ryder, concordamos em tentar, e as coisas estavam indo bem. Ótimas até. Senti que esse era nosso começo — como se estivéssemos à beira de algo grande.

Já passava das sete, e Ada ainda estava em Bebê Blue. Eu tinha voltado para o Casarão depois do meu trabalho a fim de pegar algo para comer e levar para ela. Ainda não a tinha visto hoje.

Estava preparando um sanduíche e pegando Doritos,

algumas jujubas azedas de melancia e uma coca zero quando meu pai entrou na cozinha.

Ele ainda estava com a roupa de trabalho, inclusive seu chapéu de caubói preto característico.

— Weston — chamou ele. — Tem um minuto?

— Eu ia levar um pouco de jantar para Ada... — comecei, mas ele ergueu a mão.

— Não vai demorar — respondeu. — Prometo.

Então assenti e esperei que continuasse. Ele puxou uma cadeira do balcão diante de mim e se sentou.

— Quando decidi construir esta casa... — Meu pai gesticulou com as mãos, falando do Casarão. — ... tudo o que eu queria fazer era derrubar a antiga. — Isso me surpreendeu. Meu pai se esforçou muito para manter muitas das estruturas originais do rancho. Era importante para ele que não construíssemos coisas novas à toa ou deixássemos algo cair em desuso, porque seria mais fácil de cuidar. — Mas não consegui fazer isso, mesmo não tendo as melhores lembranças dali. — Ele pausou e depois continuou. — Você viu algo naquela casa que nunca fui capaz de ver. E tenho muito orgulho de você. — Enquanto dizia isso, ele tirou um envelope da jaqueta jeans e o deslizou sobre o balcão.

Eu o peguei.

— O que é isso? — perguntei, abrindo o selo.

— Uma escritura.

Congelei. Eu o ouvi direito?

— Uma escritura? — indaguei lentamente, incerto.

— No seu nome. Da casa. E dos quinze acres ao redor dela. — Minha garganta se apertou, e segurei o envelope. — Sua própria parte de Rebel Blue.

Senti lágrimas se formando.

— O senhor está falando sério? — Minha voz tremia.

— Se minha vida tivesse se desenrolado de acordo com o plano, Rebel Blue não teria sido minha propriedade — declarou. — E uma vida sem Rebel Blue... — A voz de meu pai se esvaiu. — Não é uma vida muito boa. — Respirou e continuou. — Um dia, August vai comandar o rancho e vai ser excelente. — Assenti para isso. Nunca palavras tão verdadeiras foram ditas. Eu não queria comandar Rebel Blue, esse era o sonho de Gus. Mas queria fazer parte dele. — Você merece um pedaço também.

Aos poucos, abri o envelope, tirei os papéis e vi meu nome. Era meu mesmo. Olhei para o teto, piscando para afastar as lágrimas.

Senti que havia provado a mim mesmo que podia fazer algo de que minha família poderia se orgulhar.

— Obrigado, pai. — Foi tudo que consegui soltar. — Isso é... isso é simplesmente... obrigado.

— Estou orgulhoso de você, Weston. — Sua voz estava grave. — Sua mãe estaria também.

Ah, droga, isso foi um tiro no coração. Quando meu pai mencionava minha mãe, eu sabia que ele estava em seu momento mais sincero.

Permaneci nesse momento com meu pai por mais um tempinho até ele acenar com a cabeça para a comida que eu havia preparado para Ada.

— Não a deixe esperando.

Sorri. Ele não precisava falar duas vezes.

Quando cheguei ao Bebê Blue, Ada estava tirando o plástico de um espelho grande que havia acabado de ser instalado na parede da sala de estar. Mesmo sem todo o plástico, eu podia ver que ele tornava o cômodo muito maior.

Estava lindo ali, mas tudo empalidecia em comparação com Ada Hart. Ela estava usando um macacão surrado e regata preta.

Quando me avistou no espelho, seu reflexo sorriu para o meu. Eu adorava ser o único que arrancava sorrisos dela.

— O que está fazendo aqui? — perguntou.

— Trouxe jantar pra você. — Ergui a sacola.

— E qual o motivo desse sorriso bobo no rosto? — Coloquei a sacola no chão e caminhei até ela. — Sério. Parece que suas bochechas vão explodir — falou.

Envolvi os braços na sua cintura, e ela se aconchegou em mim. Beijei seu ombro bem no meio de uma das rosas.

— Estou feliz — respondi.

Tirei o envelope do bolso de trás da calça e lhe entreguei. Seus olhos se estreitaram quando ela o pegou de mim. Eu a observei abrir o envelope pelo espelho e seus olhos se arregalarem quando o leu.

— Uau! — exclamou. — Wes, estou muito feliz por você. — Os olhos de Ada estavam tão brilhantes que era quase ofuscante.

Salpiquei seu ombro e suas bochechas com beijos e apertei suas laterais. Ela se contorceu e riu.

— Wes! — gritou.

Deus, eu amava quando dizia meu nome. Arrastei minhas mãos por seu corpo e, quando nossos olhos se encontraram novamente no espelho, algo mudou. De repente, eu estava muito consciente do fato de que a mulher mais bonita do mundo estava pressionada contra mim e que seu peito estava ofegante.

Nossos olhares permaneceram fixos. Minhas mãos pararam em seu quadril, e o puxei para o meu. Eu já estava duro de tesão. Vi seus olhos castanhos se arregalarem e sua boca se abrir.

Passei as mãos por seu corpo e sobre seus seios, os quais não pude deixar de apertar antes de desafivelar um lado do macacão e depois o outro. As alças caíram dos ombros. Empurrei o macacão para baixo e me ajoelhei para que ela saísse dele.

Nossa, sua pele era tão macia. Trilhei levemente meus dedos pelo interior de sua perna enquanto me levantava — arrepios me seguiram, e sorri de satisfação. Quando cheguei à bainha da sua regata, puxei-a por sua cabeça e a joguei no chão.

Deslizei os dedos para o cós da sua calcinha no quadril e a encarei pelo espelho. Seu rosto já estava corado e seus olhos, vidrados.

— Você é devastadora — sussurrei.

Ela se afastou do espelho para me encarar. Suas mãos deslizaram por baixo da minha camiseta, e tive que conter um sobressalto. Essa mulher e suas mãos frias pra cacete. Ela me deu um sorriso perspicaz.

— A gente vai transar na sua casa novinha em folha? — perguntou ela, tímida, mesmo que a saliência na minha calça devesse ter entregado isso.

— Nossa, espero que sim — grunhi enquanto ela passava as unhas em minhas costas. Segurei a parte de trás da sua cabeça e a empurrei contra o espelho enquanto aproximava minha boca da dela. Assim que nossos lábios se encontraram, nós dois gememos. Ada se agarrou a mim, e usei minha outra mão para mover sua calcinha de lado. Porra, ela estava molhada para mim. Era como se quanto mais ficávamos confortáveis um com o outro, mais nossos corpos respondiam; o que significava algo, porque nunca estive com ninguém que me deixasse louco desse jeito.

Deslizei dois dedos dentro dela, e Ada mordeu meu lábio

inferior. Pelo jeito que agarrava meus ombros, soube que suas unhas deixariam marcas.

Mal podia esperar.

Quando meu polegar tocou seu clitóris, ela suspirou meu nome. Eu precisava de mais.

Tirei os dedos dela, e ela choramingou. Apertei sua bunda com as duas mãos e com força — torcendo para deixar minha própria marca — e a levantei. Eu nos levei até o sofá e a deitei. Desci beijando seu corpo, parando para tirar seu sutiã branco rendado. Chupei seu mamilo e suas costas se arquearam para mim.

— Posso te chupar? — perguntei enquanto seu peito estava na minha boca.

— Q-quê? — perguntou enquanto erguia a cabeça. Ela parecia atordoada.

— Quero te chupar lá embaixo, linda — respondi. — Eu entrego a escritura desta casa pra você agora mesmo se me deixar te chupar. — Talvez eu estivesse brincando, mas não tinha certeza.

— Você é ridículo — falou Ada. Eu era. Ela me deixava assim.

— Diz que sim, meu bem — pedi enquanto a beijava bem abaixo do seu umbigo e levava as mãos até seu quadril. Então beijei o tecido da sua calcinha, e ela gemeu.

— Sim — disse. — Por favor, por favor, por favor — entoou.

— Eu sou o homem mais sortudo do mundo — grunhi. Desci sua calcinha e, quando a joguei para o outro da sala, vi algo pelo canto do olho.

Éramos nós. No espelho. *Humm.*

Saí do sofá e arrastei Ada até a beirada dele.

— O que você está... — começou Ada.

Eu me ajoelhei na frente dela. Tirei a camiseta pela cabeça e falei:

— Olhe, meu bem. Aproveite a vista.

Suas pernas estavam penduradas nos meus ombros, e a puxei para mim de modo a conseguir dar uma longa e lânguida lambida na sua vulva. Ela soltou um "oh" surpreso e sorri contra ela. Foi então que eu soube que nada jamais seria o bastante quando se tratasse de nós.

Meu pau já estava dolorosamente duro na calça, e eu mal a tinha tocado.

Eu a lambi de novo e então parei de me conter. Enfiei meu rosto entre suas pernas e a devorei como se estivesse faminto.

E estava. Por ela.

— Ai, meu Deus, Wes — gemeu Ada. — Ah, meu *Deus*.

Ela enroscou os dedos no meu cabelo, e suas coxas se fecharam ao redor da minha cabeça. Usei as mãos para forçá-las a se abrirem novamente. Chupei seu clitóris, e ela rebolou o quadril.

Ergui o olhar para Ada. Seus olhos estavam grudados no espelho atrás de mim. *Porra*. Chupei seu clitóris com mais força. Vi sua boca se abrir e ela jogar a cabeça para trás. Sua respiração estava mais errática agora. Eu sabia que ela estava perto.

Comecei a fodê-la com os dedos enquanto a saboreava. Ada começou a se contorcer e intensificou o aperto no meu cabelo. O que começou com ela entoando meu nome se transformou numa sequência de gemidos e suspiros.

Sua buceta se apertou nos meus dedos, e seu corpo ficou rígido. Senti ela gozar na minha língua e continuei a arrancar orgasmos dela. Foi só quando ela colapsou no sofá que me afastei e sentei sobre meus calcanhares.

Os olhos de Ada estavam fixos em mim e acompanhavam cada um dos meus movimentos enquanto eu levava minha mão à boca para me limpar antes de lamber os meus dedos.

— Porra — sussurrou.

Eu pretendia me arrastar para me deitar ao seu lado no sofá por um tempo, mas Ada tinha outros planos. Ela agarrou meu rosto e puxou minha boca de volta para a sua. Eu me perguntei se ela conseguia sentir o próprio gosto.

— Wes, quero você dentro de mim — declarou na minha boca. — E quero assistir de novo.

Jesus Cristo.

Afastei minha boca da dela, e Ada começou a beijar e mordiscar meu pescoço enquanto desafivelava minha calça. Foi minha vez de gemer.

— Meu bem — grunhi antes de pronunciar as três piores palavras de qualquer língua. — Não tenho camisinha.

Por que porra eu não estava com camisinha?

Idiota.

— Não me importo — respondeu, e eu paralisei. — Tomo pílula, e nós dois estamos testados.

— Ada... — hesitei. Eu não queria que ela se sentisse pressionada ou fizesse algo no calor do momento para depois se arrepender.

— Por favor, Wes. — Ela desceu minha calça e segurou meu pau por cima da cueca. — Quero sentir você.

— Tem certeza de que não é só o orgasmo falando? — questionei, feliz por conseguir emitir palavras enquanto ela abaixava minha cueca e envolvia meu pau com a mão.

— Orgasmo ou não... — Ela lambeu meu pescoço todo e mordiscou o lóbulo da minha orelha, e teve sorte por eu não cair de joelhos. — Não muda o fato de que quero sentir seu pau dentro de mim. Sem nada entre a gente.

Porra. Eu adorava cada parte de Ada, mas adorava ainda mais essa parte. A parte ousada. A que me beijou no bar, que brigava comigo, que me empurrava e me deixava de joelhos toda vez que saía pra brincar.

Beijei-a com força e tesão.

— Tem certeza? — perguntei.

— Tenho, você tem meu consentimento absoluto.

Senti seu sorriso na minha boca, e comecei a levá-la de volta para o espelho.

Quando chegamos perto, eu a virei.

— Mãos no espelho, meu bem — falei em seu ouvido, depois mordi seu pescoço.

Ada se inclinou para a frente e pôs as palmas no espelho pouco antes de nossos olhares se encontrarem no reflexo.

— Abre as pernas — mandei.

Passei as mãos por suas costas e agarrei seu quadril para me apoiar enquanto me guiava para dentro dela.

Fui devagar. Pelo bem dos dois, queria que isso durasse. Ada assistiu o tempo todo. Seu corpo todo estava corado.

— Você está... — gemeu enquanto eu a penetrava mais fundo. — *Grande*.

Meu quadril se balançou por conta própria, e agora eu estava inteiro dentro dela.

Minha respiração estava irregular. Coloquei a cabeça em seu ombro e fechei os olhos. *Respire*.

— Olhe pra gente, Wes — pediu Ada, suspirando, e ergui a cabeça. — Olhe como estamos lindos.

Quase deixei escapar o que sentia por ela, mas mordi a língua. Em vez disso, comecei a tirar e enfiar nela.

Fiz isso de novo. De novo. De novo e de novo.

Os gemidos de Ada se tornaram gritos, e não tiramos os olhos um do outro enquanto nossos corpos começavam a tremer.

— Estou perto, Wes. Perto pra cacete.

Meti com mais força, mas mantive o ritmo, e os olhos de Ada ficaram vidrados.

— Me diz onde devo gozar — pedi.

Só falamos do começo, não do fim.

— De-dentro de mim — gaguejou Ada.

— Porra — grunhi. Ada começou a revirar os olhos, então estendi a mão e segurei seu maxilar.

— Olhos em mim, Ada. — Ela abriu os olhos castanhos. — Quero seus olhos em mim quando eu te preencher.

O corpo de Ada ficou rígido, e senti as paredes de sua buceta se apertarem no meu pau. Nós dois estávamos chegando no limite, e eu me movia contra ela intensamente. Estávamos perdidos num mar de suspiros e gemidos.

Nosso corpos estremeceram e ficaram imóveis quando nós dois atingimos o pico.

Um tempinho depois, Ada e eu estávamos abraçados no sofá. Eu tinha a mão no seu cabelo e massageava o couro cabeludo. Suas pálpebras estavam semicerradas.

— Humm — suspirou Ada. — Você disse algo sobre jantar?

Eu dei uma risadinha.

— Bom ver que seu cérebro ainda está funcionando. Vou pegar.

Eu me soltei dela e levantei do sofá para pegar a sacola no chão.

Quando olhei de volta para Ada, meu coração voltou a fazer a cena dos cavalos selvagens.

Ela parecia aquecida e satisfeita. Senti algo primitivo e possessivo no peito ao saber que fui eu quem a deixou se sentindo assim.

Quando voltei para ela, coloquei a sacola ao seu lado no sofá, me ajoelhei à sua frente e deitei a cabeça no seu colo. Ela acariciou meu cabelo.

— Ada... — comecei.

Meu coração estava acelerado, e meus sentimentos subiam pela garganta.

— O que foi, caubói?

— Eu vou te dizer uma coisa.

Minha cabeça ainda estava em seu colo. Eu sabia que, se não falasse algo, me arrependeria. Porque sabia que preferiria esperar por Ada Hart a ficar com qualquer outra pessoa.

— Tá bom... — A voz de Ada pareceu preocupada.

Respirei fundo e ergui a cabeça para poder olhar nos seus olhos escuros e emotivos.

— Não vou dizer o que quero dizer porque sei que você ainda não chegou lá, mas quero que saiba que estou aqui. E que estou te esperando.

Ela avaliou meu rosto, e pude vê-la lutando contra o impulso de correr. Era um bom sinal: ela estar lutando contra isso.

Deitei a cabeça de volta em seu colo, lhe dando espaço para respirar. Ela começou a acariciá-la de novo.

— Tudo bem — sussurrou.

Foi a melhor resposta que eu poderia ter recebido, e fez meu coração se encher de emoção.

— Tudo bem — respondi.

Vinte e oito

ADA

Hoje era o dia. O Bebê Blue ia fazer sua estreia, e eu estava tentando — e falhando na tentativa — ficar calma. Sempre ficava um pouquinho nervosa quando exibia um projeto concluído, mas esse parecia diferente.

E *era* diferente.

Esse projeto era importante para mim. Era minha via de escape da Califórnia e um trampolim para minha carreira. Só que também era muito maior do que eu.

Bebê Blue fazia parte de uma família. Era a realização de um sonho de um homem que eu... de quem eu gostava. Muito. O homem que me contou que sentia algo grande por mim e que estava disposto a esperar que eu chegasse lá também.

Eu não podia lhe dizer que já estava lá.

Porque, se estivesse lá, significaria que eu poderia ficar ali, e ficar ali me apavorava.

Sabia que, se ficasse ali, nunca mais sairia. Quase conseguia ver isso. Wes e eu reformaríamos uma das casinhas na parte dele da propriedade. Ouviríamos discos de vinil nas manhãs de domingo, e ele desenharia enquanto eu procurava algo para fazer com as mãos. Ficaria sentada com Loretta enquanto ele brincava de jogar coisas para Waylon. No dia 2 de junho de cada ano, iríamos para o Casarão fazer parte do Dia Ryder.

Nunca teria que me perguntar como era ser amada, porque Weston Ryder me amaria por completo.

Eu me sacudi para afastar essa linha de pensamento. Não podia espiralar — não hoje. Joguei água da pia do banheiro no rosto e peguei uma toalha no armário para secar.

Quando olhei no espelho, me lembrei da outra noite no Bebê Blue. Primeiro, pensei em Wes ajoelhado na minha frente, assistindo aos músculos de suas costas se flexionarem enquanto ele me devorava. *Olhe, meu bem. Aproveite a vista.* Depois pensei no quanto ficamos bonitos no espelho e na sensação dele dentro de mim. *Quero seus olhos em mim.*

Vi o rubor subir pelas maçãs do meu rosto em tempo real. Jesus Cristo, eu me sentia como Wes.

Ok, Ada. Prepare-se para o jogo. Dei alguns pulinhos e balancei os ombros. Não ajudou.

Tudo parecia estranho hoje, como se eu estivesse no limite de algo. Era a mesma sensação que havia tido quando entrei em Bebê Blue pela primeira vez três meses antes.

Também era a mesma sensação que eu havia tido quando avistei Wes pela primeira vez no bar. Só não a reconheci naquele momento.

Não houve uma grande diferença na minha aparência desde que cheguei a Wyoming. Meu cabelo estava um pouco mais comprido, e algumas sardas apareceram por causa do tempo sob o sol.

Mesmo que não houvesse realmente nada de tangível na minha aparência, eu parecia mais leve, mais feliz.

Passei três meses fazendo um trabalho que amava e, agora mesmo, estava tentando dizer a mim mesma que essa era a única razão. Porque eu podia fazer o trabalho que eu amava em qualquer lugar, então, se acreditasse que essa era a única razão de eu parecer — e me sentir — mais feliz, seria bem mais fácil ir embora para o trabalho em Tucson.

Puta que pariu. Por que eu estava tendo tantos sentimentos? Esse monólogo interno irritante enquanto me olhava no espelho do banheiro tinha que acabar.

Saí do banheiro antes que tivesse outra sessão de pensamentos profundos.

O quarto em que entrei não era o que eu vinha passando todas as noites. Para ser honesta, não lembrava a última vez que dormi ali.

A ideia de dormir numa cama sem Wes me deixou triste. Ele sempre estava muito quente e nunca ficava com raiva quando eu colocava meu pé congelante nele.

Não. Não entre nessa. Chega de pensamentos profundos.

Vesti uma calça jeans e uma camiseta preta lisa de manga curta. Uma coisa era certa em Wyoming: eu nunca tinha vivenciado tantas estações em um período tão curto de tempo — às vezes as quatro estações aconteciam num só dia. A quantidade razoável de neve que havia restado quando cheguei já tinha sumido, e, para onde quer que eu olhasse, tudo era exuberante e verde.

Isso me fez querer saber como era no outono.

Se tudo desse certo, até lá eu estaria no Arizona, trabalhando numa encantadora pousada. Meus ombros ficaram visivelmente caídos, o que era o oposto do que deveriam ficar. Desde quando eu não ficava empolgada com uma antiga e encantadora pousada?

Desde Weston Rhodes Ryder. Foi desde então.

Ele já havia dito muitas coisas que deixaram bem claro como ele se sentia por mim, mas, quando eu pensava nelas agora, meu coração acelerava.

Não de um jeito bom.

Tudo que ele havia dito — sobre distância não importar, que ele me esperaria, que eu era a lua — estava me atingindo de uma só vez, e minha cabeça começou a girar.

O momento não podia ser mais inconveniente.

Meu cérebro estava começando a pegar as palavras dele e as distorcer, transformando-as em algo que eu já havia ouvido antes. De outra pessoa.

Alguém que me fez confundir controle com cuidado e dependência com amor. De repente, todas essas falsas comparações estavam batendo na minha cabeça como uma máquina de pinball. A verdade também estava no meio, mas tudo estava acontecendo tão rápido que eu não sabia o que era o quê.

Será que eu tinha saído de uma situação em que eu era completa e unicamente dependente de um homem para entrar na mesma situação menos de dois anos depois? Será que tinha saído do lugar que parecia uma gaiola para ser presa em uma nova?

Afundei no chão e puxei os joelhos para o peito.

Quando ergui o olhar, vi as chaves do meu carro na mesinha de cabeceira. As chaves do carro que ainda não funcionava.

Wes havia me dito que ia consertar, mas não o tinha feito ainda. Eu sabia que era porque ele estivera ocupado e, quando me perguntou se eu queria que ele consertasse, lhe respondi que não era para fazer disso uma prioridade. Mas, ao pensar no carro que não podia dirigir, tudo do que lembrava era a vida que tive antes do Rebel Blue e a vida que tive antes da família Ryder.

Wes era bom. Era gentil. Então por que diabos eu estava surtando?

Porque, uma vez que sentisse a vontade de fugir, não conseguiria parar. Wes poderia me parar, mas ele não estava ali agora. Antes de me dar conta do que fazia, levantei e peguei minha mala de viagem atrás da porta do banheiro.

Eu estava calma quando andei pelo corredor e abri a porta da sala. Vesti a máscara, e sabia, por experiência, que ela não ia cair.

A antiga caminhonete de Wes, a que eu não sabia dirigir, estava destrancada, e as chaves, no assento.

Acho que era hora de ver se as lições de câmbio manual tinham dado certo.

Vinte e nove

WES

Eu sabia que estava com o sorriso mais idiota do mundo no rosto, mas não me importei. Hoje era o meu grande dia, e nada o estragaria.

Sério, o céu poderia cair, o titã que o segurava podia colapsar, e eu não me importaria.

Por que quem precisava do céu quando eu tinha Ada Hart?

Ela não havia me deixado ver Bebê Blue nos últimos dois dias porque queria que o resultado fosse uma surpresa. Ela tinha deixado algumas pendências — alguns móveis, roupas de cama e mesa, coisas assim —, mas nós dois queríamos a opinião da família para ver se havia alguma outra parte de Rebel Blue que eles desejavam que estivesse representada ali.

Cavalguei de volta para o Casarão em Ziggy e o coloquei no pasto menor ao lado da casa. Ada podia ter cavalgado com Emmy, mas nunca foi comigo. E, desde que coloquei essa imagem na cabeça, estava tentando criar uma oportunidade para fazê-la acontecer.

Hoje parecia a oportunidade perfeita. Cavalgar por Rebel Blue com minha mulher até o lugar que construímos juntos? O qual ficava na minha propriedade? Sim, eu gostaria de fazer isso.

Além do mais, eu estava muito orgulhoso de Ada. Ela era muito boa no que fazia — talentosa pra cacete —, e eu não via a hora de exibi-la. Sinceramente, eu estava empolgado para ela fazer a mágica dela no Arizona também.

Sim, tínhamos que elaborar um plano. O hotel-fazenda só abriria no próximo verão, então eu poderia visitá-la enquanto estivesse no Arizona, e ela poderia voltar para cá sempre que quisesse.

Eu não queria que fosse assim para sempre, mas valia a pena montar um plano a curto prazo para um relacionamento de longo prazo.

Quando entrei pela porta da frente do Casarão, parecia que havia algo errado, mas eu não soube o quê.

— Ada? — chamei.

Sem resposta. Hum. Chequei nossos quartos. Nenhum sinal dela.

Achei que já estaria pronta.

A porta da frente abriu, e ouvi passos. Caminhei pelo corredor para encontrar a pessoa que estava na cozinha.

— ... você vai mesmo colocar um touro mecânico? — Era Gus.

— Vou, tenho que fazer alguns ajustes, mas temos todo o segundo andar. — E Brooks.

— Mas tenho pena da primeira pessoa que tiver de pisar naquele segundo andar — disse Emmy. — A gente provavelmente deveria providenciar um arnês e um daqueles colchões gigantes que os dublês usam.

— Tem um milhão de caixas lá em cima — rebateu Brooks.

— E aposto que o chão é bem menos pegajoso — comentei quando entrei na cozinha. — Oi — cumprimentei todo mundo, e Emmy se aproximou para me dar um rápido abraço.

— Oi, estranho — respondeu ela. — Parece que não te vejo há anos.

Fazia tempo que eu não via Emmy. Meu trabalho não coincidia muito com o dela, mas nós conversávamos quase todo dia — ela me inundava com mensagens, a maior parte perguntando o que estava acontecendo entre mim e Ada.

Quando Emmy voltou para a casa no ano anterior, levei um tempo para me ajustar com sua volta. Para Gus e eu, era como se nós dois estivéssemos esperando o pior acontecer — que ela fosse embora de novo. Eu estava contente por ela não ter ido. Nós três nos equilibrávamos.

— Ei — falou Brooks. — A peça que você me pediu pra encomendar pro carro de Ada chegou. Está na minha caminhonete.

Eu me sentia mal por ter demorado tanto para consertar o carro de Ada, mas precisei que Brooks me ajudasse a diagnosticar o problema, porque os motores de carro eram como seu cubo mágico, e ele amava consertar coisas. Tinha um motivo para ele ser sempre o faz-tudo do rancho. Acabou que precisávamos de uma peça, e peças para um Honda do começo dos anos 1990 não estavam disponíveis em Meadowlark.

— Valeu, cara. Agradeço.

— Cadê o papai? — perguntou Gus, olhando para o relógio. Faltavam dez minutos para a hora combinada, o que era tarde para Amos Ryder.

E Ada Hart.

— Estou bem aqui. — A voz do meu pai veio da porta dos fundos. — Peguei uma égua mais velha hoje. Eu só estava acomodando-a nos estábulos.

— Pai — grunhiu Gus. — Se você pegou um cavalo pra Riley, juro por Deus...

Meu pai sorriu.

— Na verdade, resgatei aqueles três cavalos idosos, e por acaso havia uma égua mais velha que também precisava de um lar. — Sempre que tínhamos espaço extra nos estábulos, meu pai gostava de preenchê-los. Em geral, ele os preenchia com cavalos que precisavam de um lugar bonito para viver o restante de seus dias com muito amor e sol.

Os olhos de Gus se estreitaram.

— E isso não tem nada a ver com o fato de você e Emmy... — Ele olhou de cara feia para minha irmã. — ... terem me dito semana passada que Riley deveria ter seu próprio cavalo.

— De forma alguma — respondeu meu pai. — Mas eu não podia deixá-la onde estava, e, se Riley aceitar minha oferta e me ajudar a cuidar dela, a escolha é dela.

— Vocês dois... — Gus gesticulou para meu pai e minha irmã. — ... são ridículos. — Quando Gus virou, vi meu pai piscar para Emmy. Fiquei tentando imaginar o que eles estavam aprontando.

— Então — disse Emmy, mudando de assunto. — Estamos prontos pra ir?

Olhei para meu relógio de novo. Estava na hora.

— Ada não está aqui ainda — falei.

— Tem certeza de que ela não vai se encontrar com a gente lá? — perguntou Emmy.

— Tenho.

E tinha. Eu havia visto Ada colocar o compromisso no calendário, incluindo hora e local, e ela seguia aquilo religiosamente quando se tratava do trabalho. Peguei o celular para ligar para ela. Eu me afastei da minha família, e eles continuaram conversando.

Seu celular tocou. Tocou. E tocou. Caiu na caixa postal. Tentei de novo, e a mesma coisa aconteceu.

Tente mais uma vez antes de surtar, pensei.

Tentei mais uma vez. Foi de novo direto para a caixa postal. Nada de toques, o que significava que ela tinha desligado o celular.

Senti meus ombros caírem. Ou talvez tenha sido meu coração — eu não sabia dizer.

Ela fugiu.

— Conseguiu falar com ela? — indagou Emmy.

Só consegui balançar a cabeça. Respirei fundo e me virei para encarar minha família.

Assim que Emmy avistou minha expressão, seu rosto desabou.

— Wes, eu...

Balancei a cabeça antes de ela terminar. Eu não precisava que ela dissesse que lamentava.

Precisava dar o fora dali.

Então era isso que eu ia fazer. Todo mundo exceto Emmy pareceu confuso enquanto eu pegava meu chapéu no gancho e me dirigia para a porta da garagem.

— Você vai atrás dela? — gritou Emmy.

— Não — respondi. — Vou esperar por ela.

Quando abri a porta da garagem, vi que minha antiga caminhonete tinha sumido.

A que tinha câmbio manual.

Essa é minha garota.

Trinta

ADA

Teria sido muito mais fácil dirigir essa velha caminhonete idiota para fora da cidade se eu não ouvisse a voz de Wes na minha cabeça dizer "Embreagem, meu bem" toda vez que precisava mudar de marcha, parar ou fazer qualquer coisa com essa merda de embreagem estúpida.

Também teria sido muito mais fácil se eu tivesse tido a prudência de desligar meu celular antes de Wes começar a me ligar.

Pensei em Wes, de pé na cozinha com sua família, tendo que lhes dizer que eu não estava lá e que não ia chegar.

Eu estava prestes a passar pela placa de BEM-VINDO A MEADOWLARK, só que do lado contrário. A placa me informou que eu estava saindo de Meadowlark.

Meu corpo todo reagiu quando passei pela fronteira. Ele estremeceu e ficou fraco.

Embora realmente não quisesse, pensei no que Emmy havia dito: não tratar Wes como um destino final já que ia embora mesmo assim.

Meu coração vacilou no peito porque foi exatamente o que eu fiz.

Tinha passado as últimas semanas aprofundando cada vez mais fosse lá o que havia entre mim e Wes, quando deveria estar tentando manter um pouco de distância entre nós.

Porque deixá-lo doía muito.

Por que eu não fiz o que tinha dito que faria? Por que só não fiquei longe dele? Por que nos coloquei numa situação em que nós dois acabaríamos machucados quando eu fosse embora?

Porque eu queria Wes. Mesmo que fosse só por um curto período de tempo.

Só que, nesse curto período de tempo, eu havia conseguido mais do que esperava.

Por isso fui embora sem dar uma palavra.

Assim como Chance fez comigo.

Eu não havia percebido que era isso o que estava fazendo. Não achava que fazia de propósito, porém, na cabine silenciosa da caminhonete, com apenas o som do motor e as batidas do meu coração para me fazer companhia, comecei a me sentir a pior pessoa do mundo.

Ao ir embora sem avisar Wes, eu não precisaria ter que resistir à sua luta para me manter lá. Eu poderia ter o melhor dos dois mundos, e não teria que recolher nenhum dos pedaços.

Dessa forma, os destroços que eu deixasse para trás não seriam minha responsabilidade.

Esse pensamento me atingiu como um trem de carga, e *doeu*. A percepção de que eu estava fazendo com Wes o que alguém havia feito comigo me fez querer vomitar.

Encostei a caminhonete no acostamento. Esqueci de pisar na embreagem quando parei, então a caminhonete sacudiu e morreu — adequado para o que eu estava sentindo.

Lágrimas escorreram dos meus olhos como um telhado mal consertado, e eu desabei, com a cabeça caindo no volante.

Meu corpo foi tomado por soluços. Como eu podia ferrar com as coisas de uma forma tão brutal em menos de algumas horas? Como passei da fase de querer alguém para deixá-lo? De me sentir em casa para fugir? De feliz para arrasada?

Será que eu estava mesmo tão assustada com meus sentimentos por Wes que estava disposta a me tornar uma pessoa de quem não gostava? Queria mesmo viver com o fato de que tinha abandonado o homem que amava por causa da possibilidade de a minha felicidade parecer diferente do que eu esperava?

Não, não queria viver com isso.

Queria Wes.

Não queria ligar para ele do nada quase dois anos depois e torcer para que atendesse. Ainda não sabia por que Chance havia me ligado — não me importava —, mas odiava o fato de ele ter achado que podia. Eu não queria ser essa pessoa para Wes.

E essa era a pior parte de tudo: no final das contas, eu sabia que Wes me perdoaria. Eu sabia que, se fosse embora e aparecesse de volta em alguns meses, um ano, ele me perdoaria. Ele tiraria o fardo e a culpa que eu sentia por ir embora e me daria absolvição.

Ele faria tudo ficar bem.

Porque ele era profundamente cuidadoso, bondoso e gentil. Com frequência, ele carregava sozinho as coisas que eram pesadas demais para os outros. Não por alguma espécie de reconhecimento ou elogio — simplesmente porque se importava.

Eu não podia deixá-lo fazer isso. Não por mim, não por isso.

Porque isso — ir embora — era a coisa mais burra que eu já tinha feito.

Wes uma vez havia me dito que eu era a lua, e eu bufei

para ele. Só que ele estava certo. Eu era a lua, e a lua não podia brilhar sem o sol.

E meu sol estava em Meadowlark, Wyoming.

Isso era um erro.

Eu tinha que voltar. Não podia continuar deixando-o. Não queria isso.

O Rancho Rebel Blue era meu lar agora. Foi o primeiro lugar em que senti isso, e eu era uma idiota por sequer pensar em partir.

Pisei na embreagem, liguei o motor e tirei a caminhonete do acostamento. Terra e pedras voaram, e agradeci silenciosamente aos céus por nunca ter visto uma viatura em Meadowlark.

Depois de pegar a direção certa, tirei um segundo para admirar o mundo ao meu redor. As montanhas e as árvores em Wyoming pareciam minhas amigas. Parecia que torciam por mim — que tinham dito ao vento para soprar mais forte atrás de mim, para que eu pudesse chegar mais rápido em Wes.

Eu tinha ido mais longe da cidade do que pensava. Levei quase trinta minutos de montanhas e sol se pondo atrás de mim para avistar a placa BEM-VINDO A MEADOWLARK ao longe.

Conforme me aproximava, notei uma caminhonete familiar bem na frente da placa.

Não podia ser.

Mas era. Um caubói estava sentado no capô da caminhonete, e uma bola de pelo branco estava sentada no chão ao seu lado.

Eu reconheceria esse caubói, e esse cachorro, em qualquer lugar.

Pela segunda vez no dia, encostei a caminhonete no acostamento. Enquanto parava, sentia os olhos de Wes em mim.

Respirei fundo antes de erguer os meus de encontro aos dele. Temia que ele estivesse zangado ou triste. Mas não estava.

Ele sorria. Com as covinhas à mostra.

Saí da caminhonete ao mesmo tempo em que ele desceu do capô da dele, e Waylon correu em minha direção. Quando chegou perto de mim, abaixei para esfregar sua grande cabeça peluda.

— Ele tem uma queda por mulheres bonitas — declarou Wes, ainda sorrindo.

Lembrei o que ele havia dito na noite em que nos conhecemos, e respondi da mesma forma que na ocasião:

— Essa cantada já funcionou pra você?

— Você voltou, não foi?

Não corremos um para o outro. Não nos colidimos em alguma espécie de momento cósmico extraordinário. Demos passos lentos e comuns, um em direção ao outro, e nos encontramos no meio.

— Oi — falei.

— Oi. — Ele ainda sorria.

— O que está fazendo aqui? — perguntei. Não tinha como ele saber que eu voltaria.

— Estava esperando por você. — Mas, de algum jeito, acho que sabia.

Eu não soube o que dizer, então presumi que começaria com uma desculpa.

— Me desculpe por fugir.

Wes assentiu, mas não respondeu na hora.

Seu sorriso se desmanchou um pouco. Ele parecia estar pensando, uma pequena linha se formou entre suas sobrancelhas.

— Ada. — Sua voz estava hesitante. — Me desculpe se te fiz pensar que era do tipo de cara que ficaria bem com o fato de você não fazer algo que deseja.

Agora era eu quem provavelmente parecia confusa.

— Quero que você vá pro Arizona. Quero que aceite esse trabalho, se é isso que deseja — afirmou ele.

Eu queria, sim. Eu sentia que havia aprendido muito em Rebel Blue e queria tentar fazer a mesma coisa em outro lugar. Queria trazer coisas de volta à vida e criar espaços onde as pessoas se sentiriam em casa.

Mas havia outra coisa que eu queria mais.

— Eu quero você — declarei. — Quero estar com você.

Wes me avaliou como se não compreendesse. Depois de alguns instantes, respondeu:

— Você pode ter os dois. Não precisa escolher entre mim e o trabalho. Não precisa abrir mão de uma coisa para ter outra em troca.

Pisquei lentamente, perdida.

— Você pode ir para o Arizona. Pode ir para onde quiser — disse ele. — Eu vou até você quando puder. E quando seu projeto acabar você pode vir pra casa, como todo mundo faz quando termina o trabalho.

— Não podemos fazer isso pra sempre — falei, deixando-o saber que eu queria ficar com ele todo esse tempo.

— Eu sei. — Ele assentiu. Ergueu a mão para colocar uma mecha de cabelo atrás da minha orelha. — Alguma coisa vai ter que ceder com o tempo, mas não precisa ser agora, então não tem necessidade de forçar isso.

Joguei os braços ao redor dele. Wes me segurou, com a mão na parte de trás da minha cabeça.

— Está falando sério? — perguntei em seu ombro.

— Cada palavra — respondeu. Senti seus lábios no meu cabelo.

Eu me afastei e olhei para ele. Antes que eu me impedisse, soltei:

— Eu te amo.

E, assim que as palavras saíram da minha boca, senti o choque colorir meu rosto.

As covinhas de Wes cresceram, e seus olhos verdes brilharam.

— Eu queria dizer primeiro.

— Você não precisava dizer. — Dei de ombros. — Você me mostrou.

E então ele me beijou, devagar e deliberadamente, como se nós tivéssemos todo o tempo do mundo. E, de muitos modos, tínhamos. Porque esse era o começo da minha vida. Era isso que eu estava prestes a iniciar quando cheguei em Wyoming.

Encostamos a testa um no outro, e Wes disse:

— Eu te amo, Ada. Vou continuar demonstrando, mas precisava dizer também. — Eu o beijei de novo. — E, se um dia sentir que precisa fugir de novo, posso pedir que fique pelo menos dentro dos limites do estado?

Eu ri. Desde a primeira vez que nossos olhos se encontraram no bar, senti que Wes podia me ver de uma forma que mais ninguém podia, e essa pergunta provou isso. Ele sabia que eu estava com medo, mas me amava mesmo assim.

Ele me via exatamente como eu era e me amava por isso, não apesar disso.

E, em relação à vida, desfrutar do calor do sol parecia uma ótima forma de passá-la.

Epílogo

OITO MESES DEPOIS

WES

Esperei por Ada no aeroporto Jackson. Estava me balançando na ponta dos pés, girando os polegares e constantemente ajeitando o chapéu. Fazia mais ou menos dois meses que não a via — o maior tempo desde que ela deixou o Rebel Blue e foi para Tucson em julho.

Desde então, ela também havia concluído projetos em Utah e Novo México. Todos eles foram projetos de hospedagem — pensões, pousadas, esse tipo de coisa. Ela tinha encontrado seu nicho e era muito boa nele. Fui visitá-la algumas vezes em cada lugar, o que significava que deixava Wyoming mais do que nunca na vida.

Em Utah até tivemos um fim de semana prolongado para explorar alguns parques nacionais — o do Bryce Canyon foi meu favorito.

Os lugares que visitamos eram lindos, mas Wyoming sempre seria meu lar, e Ada sabia disso. Também sabia que, quando estivesse pronta, Meadowlark e eu estaríamos esperando para recebê-la de vez.

Ada voltava para o Rebel Blue durante as poucas semanas que tinha entre os trabalhos. Eu havia começado a reformar uma cabana no lado mais distante do meu pedaço do Rebel Blue com ela em mente. Ainda alternava entre lá e o Casarão. Quando meu pai perguntou por quê, respondi que a casa nova não parecia um lar sem Ada.

Nossa, eu estava com saudade dela.

Fizemos o que falei que faríamos. Fizemos dar certo. Mas, caramba, não era fácil. Quando Ada ia embora, havia um buraco com o formato dela na minha vida e na minha alma.

Mas eu o preenchia com lembranças dela e nossas. Eu o preenchia com orgulho por ela perseguir seus sonhos e fazer o que desejava. Eu o preenchia com um amor que parecia ao mesmo tempo perfeitamente comum e extraordinário.

Esperei por Ada a vida toda. Passei três décadas me perguntando se não podia ou não queria me apaixonar na vida. Trinta anos de espera foi muito, mas passaria por tudo de novo para tê-la no fim.

E aconteceu. Eu a tive.

Nós éramos do estilo "para sempre".

Era esse o pensamento que passava pela minha cabeça quando avistei uma cabeleira preta brilhante inconfundível e minhas rosas favoritas correndo até mim. Antes de eu me preparar, ela já tinha soltado a mala, pulado em meus braços e envolvido as pernas na minha cintura. Tropecei um pouco, mas me recuperei depressa.

Não nos beijamos. Ainda não.

Eu a segurei apertado e enterrei o rosto em seu pescoço, e Ada fez o mesmo. Ficamos assim por um instante, respirando um ao outro. Toda vez que nos víamos, era como se tivéssemos esse momento de relembrar que o outro era real.

— Senti sua falta — murmurou ela.

— Bem-vinda de volta, meu bem.

Ela se afastou, e seus olhos castanhos se encontraram com os meus. Nós nos encaramos do jeito que sempre fazíamos.

Ela tinha vindo do Novo México e devia ter passado muito tempo ao ar livre, pois suas sardas estavam de volta.

Seus olhos vasculharam os meus por um segundo antes de ela plantar um beijo firme na minha boca. Havia algo no fato de ela ter dado o primeiro passo que me deixava muito feliz. Isso me levou de volta para aquela noite no bar, quando ela agarrou minha camiseta e esmagou a boca na minha.

O que está fazendo comigo? Lembro de dizer.

Eu a conhecia — "conhecer" era uma palavra forte, eu sei — fazia cinco minutos, e ela já me tinha nas mãos.

Nós nos beijamos por tempo suficiente para começar a receber algumas vaias, gritos e assobios dos transeuntes. Eu sabia que estava corando, mas não me importei.

Quando ela por fim se afastou, lamentei a perda da sua boca, mas acho que sua testa na minha teria que ser o bastante por ora.

— Senti sua falta — declarou de novo.

— Eu te amo — respondi. — E senti sua falta igual um maluco.

— Não vamos mais ficar tanto tempo assim separados de novo, fechado?

— Fechado — respondi. O acordo mais fácil que já fiz em toda minha vida.

Ela apertou as pernas ao meu redor uma última vez antes de soltá-las e pisar no chão.

Peguei a mala e coloquei um braço sobre seu ombro enquanto andávamos até a retirada de bagagens — minha garota não andava com pouca bagagem.

— Quantas malas desta vez? — perguntei.

Às vezes ela trazia muitas coisas para casa — antiguidades e tal.

— Só duas. — Ela sorriu para mim.

Quando apareceu na esteira, reconheci a primeira mala — era a mesma que ela havia levado para Rebel Blue. Agora ela estava marcada com uma etiqueta laranja da empresa aérea na qual estava escrito "pesado".

Ela apontou para a mala seguinte, que tinha a mesma etiqueta. *Jesus.* Tentei não esquecer de levantar com as pernas antes de pegá-las.

Estavam muito pesadas.

— Sabe... — falei. — Se seu avião caísse do céu, seria sua culpa por causa dessas duas monstras.

Ada acenou a mão como se não fosse grande coisa.

— O conjunto vintage raro de tigelas Pyrex que comprei para nossa casa valeu o risco.

Nossa casa.

Não era a primeira vez que ela dizia isso, só que, toda vez, parecia a primeira. Eu acho que nunca superaria o fato de que Ada Hart era minha e eu, dela.

— Vou acreditar na sua palavra — respondi enquanto abria a porta do passageiro para ela. Ela me deu um selinho antes de entrar.

Dei a volta para o outro lado e entrei. Ada deslizou pelo assento rapidamente para se acomodar ao meu lado, que era exatamente como eu gostava.

Coloquei um pouco de James Taylor, e começamos a viagem de três horas até Meadowlark e Rebel Blue. Conversamos sobre o último projeto dela e seu recém-descoberto amor por incorporar pedras de fundação em elementos de design como revestimento de parede e piso de chuveiro. Eu lhe contei dos peões que havíamos contratado para guiar nossos passeios a cavalo em Bebê Blue naquele verão.

Bebê Blue, que era agora o nome real do hotel-fazenda, seria inaugurado oficialmente em 15 de junho e receberia hospedagens de uma semana de duração até a última semana de agosto. Nossos hóspedes teriam a opção de cavalgar todo dia, escalar, pescar e, tomara, relaxar também. Todas as semanas já estavam esgotadas. As redes sociais de Ada atraíram muitas pessoas.

Os peões e guias temporários que contratamos eram ótimos, e havíamos mapeado as trilhas que usariam em torno de Rebel Blue para não interferirem no trabalho dos funcionários do rancho, mas a probabilidade de os hóspedes entrarem em contato com algumas vacas teimosas ainda era bastante alta.

Penso que tudo fazia parte da experiência do rancho.

— Acha que vai estar por aqui na abertura? — perguntei, tentando não entregar o quanto a desejava lá, embora ela já devesse saber.

Ela se ergueu e beijou minha bochecha.

— Eu não perderia por nada — respondeu. — Além disso, preciso garantir que o interior está perfeito.

Alívio e alegria me inundaram. Ela estaria lá para receber as pessoas no lugar que tínhamos construído juntos. O lugar que tinha sido o trampolim de nossos sonhos.

Depois que Ada retornou de sua rápida fuga, mostramos Baby Blue para a minha família. Eles amaram cada centímetro. Especialmente o quadro que agora agraciava a entrada. Era uma das pinturas de minha mãe. Era grande — devia ter um metro por um metro e meio — e retratava o portão principal do Rancho Rebel Blue ao pôr do sol.

Meu pai chorou quando o viu. Assim como Emmy e Gus.

— Então, quando você volta? Tem outro trabalho engatado? — perguntei.

Percebi que não tínhamos falado disso ainda. Ela não mencionou nada nas chamadas de vídeo, ligações ou mensagens.

Em geral, ela agendava o trabalho seguinte por volta de dois meses antes do fim do atual.

Em vez de responder, ela só falou:

— Encoste.

Foi estranho, mas fiz o que ela pediu. Quando encostei a caminhonete no acostamento bem na saída de Meadowlark, Ada virou para mim e colocou a mão no meu rosto.

— Eu não... vou voltar.

Meu coração disparou no peito. Ela estava dizendo o que achei que estava dizendo?

Seus olhos castanhos estavam suaves quando Ada falou:

— Você me disse que nunca me impediria de seguir meus sonhos. Você é meu sonho, Wes. Você, Waylon, Loretta e o Bebê Blue. — Minha respiração ficou presa na garganta. — Entrei em contato com a pousada Poppy Mallow. Vou reformar alguns quartos deles. Segui meus sonhos, e eles me levaram de volta para você.

Então eu a beijei. Foi um beijo frenético e cheio de incredulidade. Ela ia ficar.

De vez.

Ada envolveu os braços no meu pescoço e impulsionou o corpo até o meu. Nossos beijos saíram de frenéticos para necessitados enquanto ela desabotoava minha camisa. Deslizei as mãos sob sua camisa justa preta e as esfreguei para cima e para baixo nas costas, saboreando a sensação de tocá-la de novo.

Puro paraíso.

Deslizei a língua em sua boca e ela gemeu. Nossa, senti falta de seus sons. Eu os amava. Amava tudo nela, seu corpo, sua mente.

Ela levou as mãos ao meu cinto.

— Ada — avisei.

— Preciso de você — respondeu, ofegante. — Eu te amo, Wes.

Eu não tinha vergonha de admitir que meu pau ficava duro toda vez que ela dizia meu nome, e eu torcia para que fosse assim para sempre. Beijei seu pescoço e mordisquei a base de sua garganta.

Os cavalos selvagens em meu peito saíram galopando enquanto eu a deitava no assento. Ergui sua camiseta para poder ver os seios perfeitos se erguerem enquanto eu enfiava nela. Observei os olhos se revirarem e a boca se abrir.

— Porra, Ada — grunhi. — Eu sonho com você o tempo todo. Com como me sinto quando estamos juntos. — Sua respiração se tornou mais rápida e entrecortada. — Meus sonhos não chegam nem perto da realidade.

Ela me puxou para beijá-la e eu fui tirar meu chapéu, mas ela me impediu com a mão no peito.

— Fica com o chapéu de caubói — pediu com um sorriso malicioso que fez meu quadril se mexer.

Fiquei com o chapéu.

Chegamos no Rebel Blue quase duas horas depois. O sol estava se pondo atrás das montanhas, e eu me sentia no topo do mundo.

— Espero que a gente não tenha perdido nada — comentou Ada, preocupada. — Eu vou me sentir terrível se tivermos perdido a entrada deles.

— Se perdemos — respondi com um sorriso —, é culpa sua. — Embora eu soubesse que não tínhamos perdido nada.

Não teríamos tempo de deixar as coisas de Ada na nossa casa, como eu havia planejado, mas Brooks e Emmy só chegariam em quinze minutos.

Parei a caminhonete na frente do Casarão. Ao que parecia, Teddy, Gus e Dusty já estavam lá. Quando saímos da caminhonete, entrelacei os dedos nos de Ada.

Lá dentro, estava tocando uma música antiga country. Eu podia ouvir vozes sobre a música e sentir o cheiro das comidas favoritas de Brooks e Emmy: frango ensopado, purê de batata, pão fresco e cenouras caramelizadas.

Só coisa boa.

Quando Ada e eu entramos na cozinha, encontramos meu pai, Hank, Gus, Riley, Teddy e Dusty. Teve sorrisos, abraços e "bem-vinda" para ela. Eu assisti Ada abraçar todo mundo. Seu sorriso era genuíno — eu não conseguia lembrar a última vez em que tinha visto o sorriso profissional forçado que ela usou no início.

Ada pertencia ao Rebel Blue, e todos sabiam.

— Chegaram bem em cima, não foi? — perguntou Gus.

— O que vocês estavam aprontando, crianças? — indagou Teddy com uma piscadela.

Antes de podermos responder, a porta da frente se abriu de novo e todos nós paralisamos, esperando que Brooks e Emmy aparecessem na cozinha.

Quando apareceram, ambos estavam com os olhos brilhantes e pareciam mais felizes do que um cavalo num campo aberto. Os sorrisos estavam tão grandes que as bochechas provavelmente estavam doendo, e eles ficavam ainda maiores enquanto olhavam para nós. Ver Emmy e Brooks tão felizes assim fazia meu coração se encher de alegria.

— E aí? — perguntou Teddy, e Emmy riu enquanto soltava a mão esquerda da de Brooks e a erguia para todos nós vermos.

O anel da minha mãe, uma aliança dourada simples incrustada com pequenos diamantes, agora agraciava seu dedo anelar.

Eu sabia que Brooks estava com esse anel desde cerca de uma semana depois da última corrida de tambores de Emmy.

Aplausos irromperam, e houve mais abraços e lágrimas. Meu pai ficou esfregando o nariz — seu sinal revelador de que estava emocionalmente abalado.

Emmy estava radiante e Brooks se deliciava em seu brilho. Eu estava feliz pra cacete por eles. E houve mais abraços, mais lágrimas e mais risadas. Gus deu um tapa nas costas de Brooks, e Teddy deu um abraço apertado em Emmy e beijou a lateral de sua cabeça.

Quando as coisas se acalmaram um pouco e nos sentamos para jantar, Ada se aproximou e sussurrou:

— Acho que gostaria de fazer isso algum dia. Com você. — Eu a olhei com ar de interrogação. O que ela queria dizer? Ela deve ter percebido, porque meu mundo inteiro parou por um minuto quando falou: — Quero dizer casar.

Beijei sua têmpora e respondi:

— Sim, senhora.

Agradecimentos

Escrever um livro é difícil. Escrever um segundo livro é bem difícil. Enquanto escrevia *Toda pra mim* houve múltiplas vezes em que me perguntei se eu tinha sido feita para isso. Eu me sinto lisonjeada e profundamente grata por estar rodeada de familiares, amigos e leitores que me impulsionaram a escrever um livro do qual me orgulho.

Muitas coisas mudaram desde que escrevi meus agradecimentos por *Feita pra mim*, mas algo que nunca vai mudar é minha gratidão e amor por meus pais — minha mãe gata preta e meu pai golden retriever. Sou o que sou por causa de vocês dois, pelo jeito que se amam e pelo modo que me amam. Obrigada por terem superado todas as adversidades.

Muitas lágrimas foram derramadas enquanto eu escrevia este livro, mas Stella pegou todas elas. Obrigada, meu anjo.

Este não seria um romance Rebel Blue se não agradecesse à minha amiga Lexie — você está bem ao meu lado enquanto eu escrevo isto e nem sabe —: nos dias mais sombrios, sua fé em mim parecia a luz do sol. Obrigada por dizer a todos que conhecemos que eu escrevi um livro.

Para Sydney: obrigada por nunca estar ocupada demais para escutar. Obrigada por me ajudar a vasculhar os destroços dos meus pensamentos a fim de criar algo bonito.

Para Candace: obrigada por ter me apoiado desde o início. Você se tornou minha rocha, e sou muito grata por te conhecer.

Para Tayler: sou incrivelmente grata pelas oportunidades que tive de trabalhar com você. Você é gentil comigo nos dias em que meu cérebro não é, e não consigo agradecer o bastante por você amar Rebel Blue tanto quanto eu amo. Obrigada por me receber em sua família.

Para Angie: você continua a me apoiar de uma forma que eu nunca poderia ter imaginado. "Obrigada" não basta, mas torço para que seja o suficiente por enquanto.

Para Austin: você me surpreende. Obrigada por compartilhar seu talento comigo e minhas histórias. As capas que você cria são minhas coisas favoritas.

Para Jess: não estou brincando quando digo que te acho a melhor agente do mundo. Obrigada por me apoiar, por cuidar e acreditar em mim. Essa carreira às vezes é assustadora, mas você atenua isso. Obrigada por fazer parecer que eu sei o que estou fazendo.

Para Emma: obrigada por ver algo em mim que eu mesma nunca vi. Você mudou minha vida. Mal posso esperar para recebê-la em Rebel Blue com os braços abertos e um par de botas de caubói.

E o mais importante: obrigada a vocês, meus leitores. Se você está aqui desde o começo de Rebel Blue ou se esta é sua primeira aventura em Meadowlark, fico muito feliz por estar aqui. Essa tem sido a viagem da minha vida, e eu sou a garota mais sortuda do mundo por poder compartilhar tudo isso com vocês.

Mantenho cada um de vocês no coração. Vocês todos apareceram de um jeito que só poderia ser descrito como milagroso. Muitos de vocês não só leem meus livros, como também os recomendam para os amigos e os usam como inspiração para fazer coisas lindas! Isso me deixa muito emocionada! Uma chorona! Obrigada por amarem meus livros com paixão. Meu coração bate por todos vocês e, claro, por Rebel Blue.

Finalmente, um "olá" para Huey, Thumper, Brindle, Spanky, Jewel, e toda a família do Rancho Absaroka. Obrigada por torcerem por mim. Enviar esta história enquanto eu estava rodeada por todos vocês, pelas montanhas e pelo grande céu azul foi um momento que nunca esquecerei.

Spanakopita (torta de espinafre) do Wes

RECEITA SAÍDA DIRETAMENTE DA BOCA DE MAMA SAGE
(ELA NUNCA MEDIU NADA NA VIDA)

Ingredientes:

1 pacote de massa filo
900 gramas de espinafre picado (Mama Sage gosta dele picado porque fica mais fácil de comer)
3 cebolinhas-verdes picadas (inteiras — as partes verdes e brancas)
½ xícara de salsinha picada

225 gramas de queijo feta (ela sente a necessidade de dizer "um bom feta" aqui)
3 ovos
Sal a gosto
Azeite (mais uma vez, ela sente a necessidade de dizer "um bom azeite" aqui)

Modo de preparo:

1. Preaqueça o forno a 180ºC.
2. Lave o espinafre, as cebolinhas e a salsinha e seque-os bem.
3. Misture a maioria dos ingredientes do recheio (espinafre picado, cebolinhas, salsinha, ovos e sal a gosto) na maior tigela que tiver. Isso é controverso, mas Mama Sage não refoga o espinafre antes (mas não contem para a minha vó).

4. Depois de tudo misturado, adicione ¼ xícara de (bom) azeite e esfarele o queijo feta. Misture de novo. Minha mãe diz que é melhor usar as mãos.

5. Unte uma assadeira de 30 × 23 cm com (bom) azeite.

6. Despeje um pouco de (bom) azeite em uma tigela pequena. Você vai usá-lo para pincelar as folhas de massa filo antes de colocá-las na assadeira. A massa folheada é delicada. Para evitar que quebre, depois de tirá-la da embalagem e desdobrá-la, cubra-a com papel-filme e um pano de prato.

7. Pincele uma folha de massa com azeite e coloque-a na assadeira. Deixe alguns centímetros sobrando fora da fôrma. Continue o processo até você ter uma sobra de massa em toda a borda e o fundo da fôrma todo coberto.

8. Despeje o recheio na assadeira e o espalhe uniformemente.

9. Pincele mais folhas de massa com azeite e use-as para cobrir o recheio. Uma vez coberto, pegue a massa que está sobrando nas bordas da fôrma e a dobre. Isso deixa as extremidades da *spanakopita* crocantes. Minha família briga por essas partes.

10. Pincele a parte superior da *spanakopita* com azeite (bom). Às vezes minha mãe acrescenta um pouquinho de manteiga, mas isso é coisa dos Estados Unidos.

11. Com uma faca afiada, marque quadrados com delicadeza em sua *spanakopita*. Isso facilita o corte depois de pronta, e ajuda a liberar o vapor enquanto assa.

12. Asse entre 30 e 45 minutos. (Sim, há uma larga margem entre os tempos de forno, mas foi o melhor que consegui tirar da minha mãe.)

13. Aproveite!

TIPOLOGIA Adriane por Marconi Lima
DIAGRAMAÇÃO Vanessa Lima
PAPEL Pólen Natural, Suzano S.A.
IMPRESSÃO Gráfica Bartira, fevereiro de 2025

A marca FSC® é a garantia de que a madeira utilizada na fabricação do papel deste livro provém de florestas que foram gerenciadas de maneira ambientalmente correta, socialmente justa e economicamente viável, além de outras fontes de origem controlada.